まさかの"先生"
ミーティア
「ですから、この場合の挨拶は――」
メアリ
イリアス
授業は予想外の形で進んでいた。
案内された部屋にいたのは、
少しふくよかな三〇代半ばほどの女性。
当然、授業は彼女がすると思ったのだが、
前に立ったのはイリアス様だった。
矢面に立たされるメアリとミーティアは
大変だなぁ、理解できるのかなぁ……。
などと思っていたが、目がぐるぐるしている
メアリはともかく、ミーティアは話を理解して、
質問すらしている。

突然の……

「異世界転移、地雷付き。10」

「……しかし、
どうしたんだ、突然」
「私たちはパートナー
なんでしょ？
それっぽいことを
してもいいんじゃない？」
ハルカの手がいつの間にか止まり、
その顔が俺のすぐそばにあった。
近くで見ても、本当に綺麗だな、
こいつの顔。
そっと手を伸ばし、
顔を近付けていくと、
ハルカがまぶたを閉じる。
そして——。
ハルカ
ナオ

「もうっ！
あんなことが起きるなら、
先に言ってほしいですの！」
紗江が破裂するように
言葉を吐き出して
歌穂を睨んだ。
睨まれた歌穂は
小首を傾げて肩を竦める。
紗江子
佳乃
「儂は初めての感動を
大事にしたのじゃ。
ゲームに於いてネタバレは
許されざることじゃぞっ！」
歌穂
Side Story
翡翠の翼　其ノ五

異世界転移
いせかいてんい、じらいつき。
地雷付き。
10
いつきみずほ
Illustration 猫猫猫

口絵・本文イラスト：猫猫猫
デザイン：AFTERGLOW

CONTENTS

ISEKAITENI
JIRAITUKI 10

「異世界転移、地雷付き。」周辺マップ

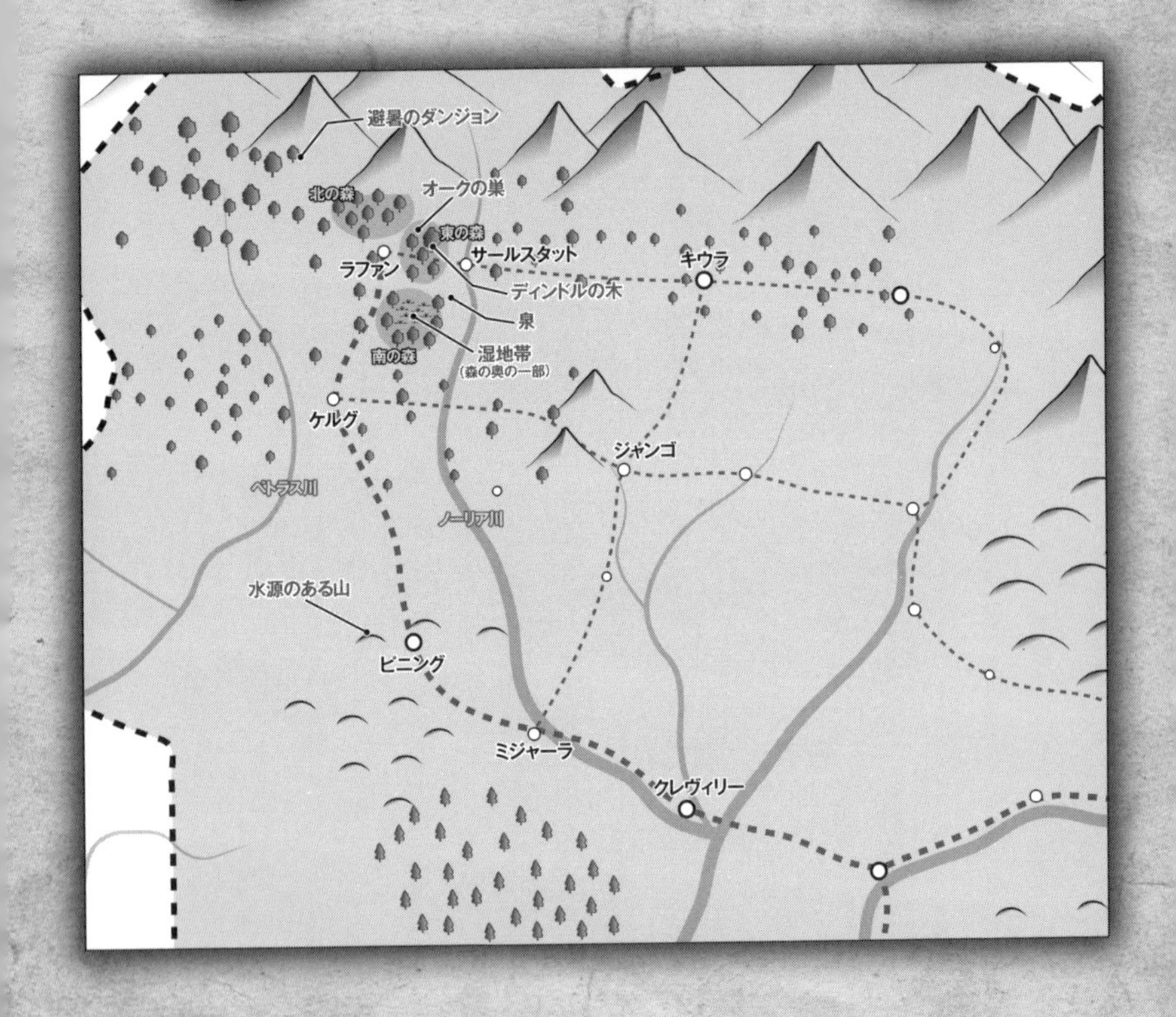

プロローグ

ケルグの町からピニングまで。

前回は馬車で通った道を、今回の俺たちは徒歩で辿った。

ケルグからピニングまでは、ラファン＝ケルグ間の距離と比べて一・五倍ほどもあり、馬車を使うと五日ぐらいは掛かるのだが、元々人は長距離を走ることが得意な動物である。

鍛えられた今の俺たちなら尚更であり、早朝にケルグを出発した俺たちは、お昼休憩を一回挟んだだけで、当初の予定通り三時頃にはピニングに到着していた。

スケジュールには余裕があるので、別に急ぐ必要はなかったのだが、季節は冬。雪こそ降っていないが、草原を渡る風はとても冷たく、前回のようなピクニック気分なんて皆無である。

当然、野宿など避けたいわけで、誰一人異論なく、俺たちは街道をひた走ったのだった。

ただメアリとミーティアに、ここまでの長距離を走らせたのは初めてのこと。

体調に問題はないか、治癒魔法は必要ないかと、少し不安だったのだが――。

「都会なの！　今回はお小遣いもあるの！」

ピニングの街門の前、入場を待つミーティアはわくわくが隠しきれない様子。

途中休憩を挟んだとはいえ、一〇〇キロ以上走ってきたとは思えない元気っぷりで弾んでいた。

「……メアリは大丈夫か？　足とか、痛かったりはしないか？」

「え？　あ、はい、全然。そんなに速くもなかったですから」

一応確認を、と尋ねてみたのだが、メアリは俺を見上げて両目をぱしぱし。

まるで『何故そんなことを訊くのか解らない』とばかりの表情で、笑顔で頷いた。

考えてみれば彼女たちは虎系の獣人。鍛えていた期間が違うとはいえ、普通の人間であるユキやエルフであるハルカより、走ることに関しては得意そうだよなぁ。

「本当に元気になったわよね、二人とも。他のみんなも大丈夫？　どこか痛めたなら治すけど」

そう言いながら、ハルカがさり気なく俺たちにかけるのは『浄化』の魔法。

長距離を走ることに問題はなくても、疲れはするし汗もかく。

全員の息が落ち着いたところで、汗冷えを避けるために使ってくれたのだろう。

「ありがと。あたしは問題ないかな」

「私もまったく。ブーツにお金を掛けた甲斐はありましたね」

爪先を鳴らしながら言ったナツキの言葉に、俺たちは自分の足下を見下ろして苦笑する。

素材持ち込みでありながら、一人あたり金貨二五枚もする高級ブーツ。足を守る防具としての役割もあるので、『履いている感じがしない』なんてことはないのだけど、職人の手で丁寧に足形を取って作られたブーツはぴったりフィットしていて、靴擦れなどとはまったく無縁だった。

「やっぱ、足は重要だな。戦いはもちろん、歩くだけでも」

「そうだな――っと、そろそろか」

俺の言葉にトーヤが頷きつつ、視線を前に向ける。

話している間に列は進み、俺たちの順番が近付いていた。

俺がギルドカードを手に取ると、メアリとミーティアもそそくさとカードを取り出す。

先日作ったばかりのそれは、まだランクも一番下で何の変哲もないが、それをじっと見たミーティアは、俺を見上げて嬉しそうに『にぱっ』と笑った。


数ヶ月ぶりに訪れたピニングの町は今日も平和だった——少なくとも、表面上は。

前回との違いは、町を行く人たちの服装が厚着になったことと、出歩く人の数が少ないことぐらいだろうか。その原因は冷たくなった風の影響か、それとも——。

「むー、この前より、ちょっと寂しい感じなの。けど、市場とかは楽しみなの」

「でも、一人で出歩いちゃダメですよ？　ミーティアちゃん」

「解ってるの。ミー、言われたことはちゃんと守るの」

ミーティアはいつも聞き分けが良い。それでもナツキが注意したのは、ラファンを発つ前にディオラさんから『未確認の情報ですけど』という前置きと共に聞かされた話が原因だろう。

それはピニングで発生しているという、行方不明事件の噂。

総数は不明ながら、少なくない数の住人が所在不明となっているらしい。

それが単なる事故なのか、それとも人為的な事件なのか。

町の外に出れば魔物や盗賊が普通にいる世界だけに、行方不明になる人も一定数存在し、確定的なことは判っていないのだが、ディオラさんは事件であると睨んでいるようだ。

「ま、オレとナオはまだしも、女性陣の一人歩きはやめといた方が良いんじゃね？」

「だね～。地元と違って、この町はまだ二回目だし。注意するに越したことはないよね」

既に地元とも言えるラファンは当然として、騒乱で町中を走り回ったケルグも、近付かない方が良い場所は概ね把握しているのだが、ピニングはそうではない。

今となっては、チンピラに怯えるようなことはないけれど、薙ぎ倒して喜ぶような趣味もないし、万が一にでも怪我をしたら損なだけ。避けられるトラブルは避けておくのが一番なのだ。

「……しかし、行方不明、か」

仕事に出た冒険者が帰ってこないというのなら、まだ良い。

魔物にやられて志半ばで斃れたと、そう思えるから。

しかし、今回の行方不明は町の中で起きている可能性が高く、そこに魔物とは違う人の悪意を感じる。平和に見えるこの町にも、誘拐犯や殺人鬼が潜んでいるのだろうか？

人出の少ない大通りに吹く風が妙に冷たく感じられ、俺はぶるりと肩を震わせる。

「ナオくん、寒いですか？」

「いや、そこまでじゃないが……。冬ではあるよな」

心配そうにこちらを窺うナツキに首を振って俺が空を見ると、ナツキもまた空を見上げた。

「この辺り、雪はあまり降らないそうですが、もう少し冬物を作っても良いかもしれませんね。何もしていないときはやっぱり冷えますし……セーターでも編みましょうか」

俺たちの服装は基本、戦闘時の激しい動きに対応したものになっている。

それはもちろん、その状況こそ最優先すべきだからだが、例えば今のように、ただ歩いている場合や野宿や休憩などで座っているときは、少々寒いというのが本音である。

一応、魔法で対処できなくもないが、防寒着を着るというのが普通の行動だろう。

「んー、でも、羊や山羊の魔物って、まだ出てきてないよ？　どうやって毛糸を作るの？」

どこか頓珍漢なことを言ったのはユキ。

確かに俺たちの装備は、その大半を自分たちで狩った魔物素材で賄っているのだが……。

「いや、気持ちは解らんでもないが、何故自給自足しようとする？　買えば良いじゃん」

当然のようにトーヤからツッコミが入り、ハルカもまた同意するように頷く。

「仮に羊や山羊の魔物がすぐに見つかったとしても、そこから毛糸に加工するには時間がかかるわよ？　それからセーターなんて編んでたら、確実に春になるわ」

「それもそっか。じゃ、今年は買おう。ここなら良い毛糸も手に入るかもしれないし、折角だから、布も補充しておこうかな？　春物用のパステルカラーの布とか、ないかな？」

ここは領都。ネーナス子爵領では一番の都会で、店の品揃えも豊富だろう。

しかし、今回この町に来た目的は、それではないわけで。

「では、お買い物を楽しむ前に、まずはお仕事を片付けましょうか」

少し苦笑してナツキが視線を向けた先には、この町で一番大きな建物があった。

第一話　護衛依頼

領主の館を訪(おとず)れるのはこれで二度目だったが、近寄りづらさは相変わらずだった。

立派な門構えと、その前に立つ数人の門番。

彼(かれ)らから向けられる警戒(けいかい)するような視線。

もっとも、客観的に見れば、俺(おれ)たちは武器を持った集団である。

その対応は当然だろうし、今回は直前にアポを取っているわけでもない。

ただ、子爵(ししゃく)本人との面会が必要だった前回とは違(ちが)い、今日は突撃赤野牛(レッド・ストライク・オックス)のミルクを納品することが目的。ディオラさんからも直接訪ねれば良いと言われていたので、門の所で預かった紹介状(しょうかいじょう)を見せると、話はきちんと通っていたらしく、門番は安堵(あんど)したように頷(うなず)いた。

「なるほど、あなた方が。少々お待ちください」

言われるまま、その場で待つこと数分ほど。やってきたのは前回の交渉(こうしょう)時に会った執事(しつじ)だった。

「ようこそおいでくださいました、〝明鏡止水〟の皆様(みなさま)。中へお入りください」

丁寧(ていねい)な執事に案内されたのは、館に入ってすぐの場所にある小部屋だった。

置いてあるのはテーブルだけで、他に目立つ物はその上に置かれた木箱ぐらい。

殺風景な部屋だが、客を持て成すわけでなし、商品の受け渡(わた)し場所と考えれば妥当(だとう)だろう。

「まずは、運搬依頼の方から処理させて頂きます。こちらの上にお願いします」

「解りました」

俺がマジックバッグから突撃赤野牛のミルクを取り出してテーブルに並べていくと、執事はその封印を一つ一つ丁寧に確認して、テーブルの上にあった木箱に一〇本ずつ入れていく。

一〇本入れ終わったら蓋を閉じ、その木箱をすぐに自前のマジックバッグへ。すべての瓶に破損も封印の破れもないことを確認すると、執事は安堵したようにホッと息をついた。

「一一〇本。確かに受け取りました。ありがとうございます」

「こちらこそ、ありがとうございます。効率の良い仕事でした」

俺が差し出した受領証に署名をしつつ、お礼を口にする執事に、俺もまた感謝の言葉を返す。

実際、この運搬だけで金貨一〇〇枚の報酬。俺たちからすれば美味しすぎる仕事である。

「それを言うなら、私どもの方こそ、ですね。贈り物の準備と運搬、更に護衛の依頼まで請けて頂けて、大変ありがたく思っております。ディオラ様が自信を持ってお勧めする皆様に請けて頂けて助かりました。特に高ランクで女性の冒険者は、なかなか確保できないですから」

「やはり、それが決め手ですか？」

「大きな要因ではあります。残念なことに今の当家には、護衛を担える女性騎士がいませんので。――ところで、そちらのお二方も同行されるということで、よろしいのですよね？」

そう言いながら執事が視線を向けるのは、メアリとミーティア。既に下手な冒険者よりも強くなっている二人だが、見た目は子供であり、他人からすれば不安になるのも当然だろう。

「マズいでしょうか？　まだ小さいですが、十分な戦力に――」

「いえいえ！　まったく問題ありません。むしろありがたいぐらいでして。護衛をお願いするイリアス様は御年九歳。同年代の方が一緒なら、気も紛れるでしょう」

事情を説明しようとした俺の言葉を遮るように、執事が首を振ってそんなことを言う。

俺たちが気にしないように——ということはないか。メアリたちは前回も連れてきていたし、一緒に活動していることぐらいは、子爵家であれば事前に知っていただろう。

だとすると、『むしろありがたい』というのは本音の可能性が高いか？

それに今回の報酬はダンジョンの権利。人数が増えても依頼者の持ち出しが増えるわけではないのだから、邪魔にさえならなければ忌避する理由もないだろう。

執事の説明に納得して俺が頷くと、彼は「ところで」と言葉を続けた。

「皆様は出発までピニングに滞在されますよね？　既に宿はお決まりでしょうか？」

「いえ、到着してすぐにこちらへ参りましたので」

そうそう破損することもないだろうが、それでも高価な品物である。

できる限り早く納品してしまうのが正解と、宿も取らずに来たのだが、俺の答えを聞いた執事は笑みを浮かべると、両腕を広げて少し意外な提案をしてきた。

「であれば、是非当家へお泊まりください。部屋を用意させますので」

「え？　いや、そんな、ご迷惑をお掛けするわけには……」

むしろ、積極的にご遠慮したい。貴族の家で落ち着けるとは思えないから。

不潔な宿しかないならまだしも、前回の宿は悪くなかったし、今の俺たちなら宿賃程度は大した負担でもないので、心労を考えれば宿で過ごす方がマシである。

しかし残念ながら、執事は笑みを浮かべたまま、やや大袈裟に首を振った。

「迷惑どころか、むしろ滞在して頂きたいのです。そして可能であれば、当家の兵士の訓練にもご参加頂けないかと。もちろん、お時間を頂く分は何かしら考えさせて頂きますので」

そんなことを言われ、俺たちは顔を見合わせる。

基本的な護衛は兵士に任せて、俺たちは近付いてくる魔物や盗賊を蹴散らしていれば良いと思っていたのだが、一緒に訓練とか、ちょっと予定外である。

どうしたものか、と考え込んだ俺たちを代表して、ナツキが口を開いた。

「何故でしょうか？　私たちも訓練は欠かしていませんが……」

「第一の目的としては、共に訓練をすることで、連携しやすいようにという理由があります」

「それは……一理ありますね。ほとんどの魔物は、私たちだけでも対処できるとは思いますが、その際に混乱しても困りますから」

「ですが、同行するのはケルグの騒乱時に対処に当たった人たちですよね？　一応、共同で作戦に取り組んだこともありますので、そこまで問題になるとは思えませんが」

あの時もぶっつけ本番。それに比べれば、今回の護衛任務の方がまだ容易いはず。

時間があるから万全を期したいというのであれば納得もできるが、理由としてはやや弱い気がする。そう思って執事を見ると、彼は少し苦い表情を浮かべて言葉を付け足す。

「仰る通りです。ただ兵士たちの中には、今回の護衛に参加できず、忸怩たる思いを抱えている者も多いのです。そのような居残る兵士たちに、皆様の腕前を知らしめて安心させて頂けませんでしょうか？　皆様には関係ない話であると、重々承知はしていますが……」

むっ、そういう問題もあったか。これは、断れないよなぁ。

今回の護衛対象――イリアス様は、兵士たちからすれば大事なお姫様である。

そんな人の護衛を冒険者に依頼するのは面白くないと思う人も、当然いるだろう。

それは俺たちの仕事じゃないと突っぱねることもできるが、それで護衛に失敗すれば本末転倒、ハルカたちに視線を向けると、彼女たちも同じように思ったのか、小さく頷く。

「解りました。そういうことであれば、出発までご厄介になります」

「ありがとうございます。すぐにお部屋をご用意致しますので、こちらで少々お待ちください」

俺が了承を伝えると、執事は表情を緩めて軽く頭を下げた。


おそらく事前に準備をしていたのだろう。

さほど待つこともなく、俺たちに用意されたのは三つの部屋。

そこに俺とトーヤ、ユキとナツキ、ハルカとメアリたちに分かれて入り、軽く荷ほどきをしていると、執事が『イリアス様との顔合わせをしたい』と、俺たちを呼びに来た。

すぐに案内された部屋へ向かえば、そこで待っていたのはネーナス子爵と四人の女性だった。

一人はネーナス子爵の隣に座る穏やかそうな雰囲気の女性で、年齢は二〇代後半。座っている位置や着ている物からして、彼女が子爵夫人なのは間違いないだろう。

そして、夫人の隣に座る一〇歳前後の女の子が、おそらく護衛対象のイリアス様。

残り二人はメイド服を着ているので……お嬢様の世話役として同行する人だろうか？

「よく来てくれた。今回は護衛依頼を請けてくれたこと、感謝する。お前たちの腕前ならば安心して娘を任せられる。よろしく頼むぞ」

「恐縮です。最善を尽くします」

最初に挨拶したのはネーナス子爵本人。それに俺が応えると、続いて隣の女性が口を開く。

「妻のリエット・ネーナスと申します。こちらが娘のイリアスです」

「ネーナス子爵家長女、イリアスと申します。よろしくお願いします」

「イリアス様の侍女、アーリンです」

「同じく、イリアス様の侍女、ヴィラです」

イリアス様は、ふわふわのブロンドヘアーで身長は一三〇センチほど。

事前に聞いていた九歳という年齢より言動が大人びて見えるが、メアリと同じと考えれば、『こんなものかな？』と思えなくもない――俺の知っている、元の世界の九歳とは全然違うが。

アーリンさんは四〇歳前後、ヴィラさんはそれよりもかなり若く、二〇代半ばだろうか。

不機嫌というわけではないのだろうが、やや厳しそうな顔つきに見えるアーリンさんに対し、ヴィラさんは柔らかな表情で笑みを浮かべている。

「初めまして。〝明鏡止水〟のナオと申します」

俺がそう自己紹介するとハルカたちも続いて名乗り、メアリとミーティアのところでイリアス様が少し驚いたような、それでいて興味深そうな顔をするが、特に何か口にすることはなかった。

「あぁ、そういえば私も名乗っていませんでしたね。ネーナス子爵家で執事をしております、ビーゼルと申します。お見知りおきください」

そして、付け加えるように初老の執事が名乗り、俺たちは今更ながら彼の名前を知る。

――いや、前回会った時に、ネーナス子爵が名前を呼んでいたか？

これまでは〝執事〟で困らなかったから気にしてなかったが、この屋敷に滞在するとなると、知っていた方が良いのは間違いない。うん。覚えておこう。

「この度、皆様に護衛をお願いするのは、イリアス様とこちらの侍女二人になります」

「兵士を除いた同行者は、こちらの三名だけですか？」

「はい。当然ですが、兵士を守る必要はありませんし、侍女を見捨てることでイリアス様の生存率が上がるのであれば、見捨てて頂いて構いません。それは二人も納得済みです」

なかなかに非情なその言葉に俺が侍女たちに視線を向けると、二人は真面目な顔で頷く。

そんな二人にイリアス様が一瞬辛そうに口元を歪めるが、やはり無言を貫いた。

「ただ、二人は私の大切な部下でもあります。可能な限り助けて頂ければ幸いです」

「それはもちろんです。お任せください」

しかし、子爵の名代として出席するのに、まだ幼いと言って良いような子供が一人のみ。

普通ならサポート役の大人が付きそうなものだが、余程イリアス様が優秀なのか、そんな余裕もないほどに人材不足なのか、それとも侍女がその役目を兼ねているのか。

俺たちが口を出すことではないが、少し気になるところである。

そんなことを思って考え込んだ俺を見て、イリアス様が遠慮がちに口を開く。

「あの、お訊きしてもよろしいですか？　そちらのお二人も戦われるのでしょうか？」

彼女が視線を向けたのは、メアリとミーティアの二人。

一応、あまり目立たないように後ろの方で控えていたのだが、やはり気になっていたらしい。

「はい。こう見えて、彼女たちはそれなりに戦えます。少なくとも、この周辺で遭遇する程度の魔物であれば、一人でも十分に対処できるぐらいには」

「まぁ、まだ小さいのに……。おいくつですか？」

「メアリの方がイリアス様と同じ年齢ですね。ミーティアがその二つ下です」

俺がそう紹介すると、イリアス様が表情を輝かせる。

「まあまあまあ！　それでしたら、私とお友達になってくださいませんか？」

「えっと……」

両手をポンと合わせ、イリアス様が嬉しそうにそんなことを言う。

ネーナス子爵やリエット様も止めるつもりはないようで、ニコニコと観察している。

逆にメアリたちは困ったように俺を見上げるが、この状況で『嫌なら、別にお友達にならなくても良いぞ？』などと言えるはずもなく、二人には頑張ってもらうしかないと俺が軽く頷くと、メアリとミーティアは微妙に引き攣った笑みで頭を下げた。

「「よ、よろしくお願いします（なの）」」

「はい、こちらこそよろしくお願いします。――早速ですが、あの……お耳、触らせて頂けませんか？　獣人の方とお知り合いになったのは初めてでしてっ！」

ニコリと笑うイリアス様の視線がロックオンしているのは、メアリとミーティアの耳。

俺としても、その気持ちはよく解る。

拾われた頃の二人の髪はゴワゴワで、耳や尻尾の毛並みも艶に欠けていたが、俺たちと一緒に生活するようになって、栄養状態や衛生状態が大幅に改善された結果、今や完全にキューティクルが復活。いつまでも撫でていたくなるような、ふわふわ毛並みを手に入れている。だが、獣人にとって、あまり親しくない人に耳や尻尾を触られるのは少々不快で、俺たちの感覚で喩えるなら、お尻を触らせるような感じらしい。

親しい同性や親兄弟なら気にならないだろうが、初めて会った人に『お尻を触らせて』とか言われたら、同性でも超警戒する——いや、お尻の場合は同性の方がむしろ怖いか。

俺ならダッシュで逃げるか、殲滅を選ぶ。

だが、相手が貴族となると対応が難しい。ミーティアならまだしも、メアリぐらいの年齢ではやはり気になるようで、困ったように俺たちとイリアス様の間で、視線をきょときょとさせる。

俺としても、『触らせてやれ』とも言いがたく、かといって無下に断るのも——と悩んでいると、イリアス様の後ろに控えていた侍女のヴィラさんが一歩前に出て口を開いた。

「お嬢様、失礼ですよ。お友達になったばかりで、例えば『髪を触らせてください』なんて、普通の人が頼みますか？　あ、いえ、すみません。お友達がいないお嬢様はご存じないですよね。教えて差し上げますが、そんなことを頼んだりはしないんですよ？」

——おいおい。その言葉、半分ぐらいは不要じゃないか？

なんとも遠慮のない——いや、それどころか、言いすぎなほどの言葉を吐いたヴィラさんだったが、ネーナス子爵とリエット様はそれを叱責するでもなく、苦笑するのみ。

そしてイリアス様も、少し不満そうに口を尖らせただけで納得したように頷いた。

「う、酷いです、ヴィラ。ですが、その言、もっともです。二人とも、すみませんでした。もっと仲良くなれたら、そのときにお願いしますね？」

「あ、いえ、その、はい」

なんと応えるべきか戸惑いつつ返したメアリの言葉は、そんな曖昧なものだった。

今回の護衛は、順調に行けば往復で一二日間ほど。

いくら物怖じしないミーティアでも、貴族相手に自分からアプローチはしないだろうし、出発までの滞在と護衛をしている間にメアリたちと仲良くなれるかは、イリアス様次第だろう。

ちょっとした空き時間に話をして、少しずつ距離を縮めていけば、旅が終わる頃には――。

「では、早速遊びに行きましょう！」

「「えっ？」」

予想以上にイリアス様はアクティブだった！

メアリとミーティアの手をガシリと掴み、部屋から出て行こうとするイリアス様。

「お待ちください」

だが、そんなイリアス様を侍女がトラップ。

それが彼女の役目なのか、立ち塞がったのはやはりヴィラさんだった。

「お嬢様。本日はまだするべきことが残っております。遊ぶのはその後になさってください」

「……そうでした。貴族たるもの、勉強も疎かにはできません。うぅ、残念です」

「イリアス、〝明鏡止水〟の方々には、出発までここに滞在して頂く。これからも時間はある」

名残惜しげに手を離すイリアス様をフォローするようにネーナス子爵が口を挟むが、貴族に突然手を掴まれて、ガチガチに固まっているメアリたちの心情もフォローしてほしい。

立場的に、貴族に誘われると断れないのだから。

「明日！　明日は絶対遊びますからね！」

「はい、はい。遊ぶ時間が作れるように、勉強を頑張りましょうね～」

メアリたちをピシッと指さして力強く宣言したイリアス様は、ヴィラさんに背中を押されて退出し、ほぼ無言だったアーリンさんも、こちらに一礼してその後を追った。

「すまないな。イリアスはこれまで同年代との付き合いがなかったのだ。どう対応して良いのかよく解らず、少し燥いでしまったようだ。ふふふ……」

どこか嬉しげなネーナス子爵と、それに同意するように微笑むリエット様とビーゼルさん。

実の子である両親は当然として、イリアス様とビーゼルさんには孫と祖父ぐらいの差があるだけに、気持ち的にもそれに近いものがあるのかもしれない。

「いえ、なんというか……思ったよりも付き合いやすそうな方で、少し安心しました」

俺がそう応じると、リエット様が笑みを深めて頷く。

「そう言って頂けると助かります。メアリさんとミーティアさんも、礼儀などは気にせずとも構いませんので、お時間があるときに付き合ってやって頂けませんか？　イリアスが何か困ったことを言うようでしたら、先ほどのヴィラに言えば対処すると思いますので」

「は、はい。私でよろしければ」

「はい、なの」

穏やかに頼まれてはメアリたちも断れないようで、少し緊張した様子ながらも頷く。

しかし、貴族が遊ぶといっても何をするのかよく判らないが……メアリたちも普段からあまり遊んでいる様子もないし、それはそれで良いのかもしれない。

「しかし、貴族ともなると、あの年齢でもお忙しいのですね」

元の世界には『子供は遊ぶのが仕事』なんて言葉もあるが、この世界の子供たちの場合、貴族は勉強で、庶民は文字通りの仕事で、普通に遊ぶ余裕がないのは同じらしい。

「いつもはそこまででもないが、今回のイリアスは私の名代として赴くことになる。それ相応の振る舞いを学ぶため、頑張ってもらっているのだ」

普段からある程度の教育は受けているようだが、そこはまだ九歳。

今回の出発に合わせて、復習も兼ねて再度教育を受けているらしい。

「なるほど。しかし、他に名代となる方はおられないのですか？　失礼かと存じますが、名代としての重責に担わせるには、イリアス様はまだ幼いと思うのですが……」

「残念ながらな。私の長男はまだ乳飲み子だ。お前たちがどれだけ知っているかは判らんが、当家とダイアス男爵の関係を考えると、ただの陪臣では格が足りん。選択肢がないのだ」

「今回のイリアスの役割は、結婚の祝辞を述べ、ご祝儀を渡すだけです。さほど難しいことではないので、なんとかやり遂げてくれると思うのですが……」

やはり不安はあるのだろう。ネーナス子爵とリエット様も憂い顔でため息をつく。

子爵の方は「ケルグの騒乱さえなければ……」とも漏らしているが、それでもケルグの方を優先するあたり、領民からすれば良い領主ではあるのだろう。

「は～、貴族も大変なんだねー。あたしたちのような気楽な冒険者と違って」

「いや、お前たちも大変だろう？　少なくとも、当家の兵が勝てないような魔物にも対処する必要があるのだから。ランクが上がれば報酬も増えるが、難しい仕事も増えると聞く」

ユキが小さく漏らした言葉を拾い、ネーナス子爵がそう言うが、それを傍で聞いたビーゼルさんが、何かを思いついたようにふと顔を上げると、笑みを浮かべて子爵と俺たちを交互に見た。

「旦那様、〝明鏡止水〟の方々にも勉強会に参加して頂くのは、いかがでしょうか？」

「うん？　彼らに？」

「はい。皆様も今後冒険者ランクを上げていくのであれば、身に付けておいて無駄にはならない知識だと思いますよ？　いかがですか？」

「い、いいえ、イリアス様のお邪魔になってはいけませんので」

貴族の礼儀を知らなくても問題ない、という条件で仕事を請けているのに、勉強をするとか面倒すぎるし、教える方としても、いきなり人数が増えたら困ることだろう。

そう思っての断りの言葉だったが、ビーゼルさんは笑顔で首を振る。

「邪魔どころか、むしろプラスになるかと。共に学ぶ者がいるだけでイリアス様のやる気や自主性を引き出せるかもしれません。いかがでしょうか、旦那様」

「なるほど、一理あるな。どうだ？」

そう尋ねるビーゼルさんとネーナス子爵の視線は、俺よりもむしろメアリに向いていた。

確かに同年代がいるというのは良い影響を与えるかもしれないし、年齢的にターゲットは彼女なのだろう。だが、戦い方面ではセンスを見せるメアリも、勉強の方はさほどではない。

年齢からすれば言動はしっかりしているし、地頭も悪くないが、学力的には平均レベル。

脳筋では困るので、ハルカたちが授業をしているのだが……うん、頑張ってはいる。

逆にミーティアの方は吸収力に優れ、小学校であればクラスで一番とか、学年で一番とか、そのレベルにありそうなのだが、その程度と言えばその程度。天才肌ではあるが、天才ではない。

いきなり貴族の勉強に参加しても、年齢的にワケも解らず困惑するだけだろう。

また、ビーゼルさんは『無駄にならない』と言うけれど、それらの勉強が役に立つ機会など、あえて貴族関係の仕事を請けでもしなければ、ほとんどないわけで。

俺はハルカたちとも素早く視線を交わし、互いの共通認識を得て頷く。

「……そうですね。時間が合えば、検討させて頂きます」

「はい。是非、ご検討ください」

俺の遠回しな断り文句にも、ビーゼルさんは穏やかな笑みを浮かべた。

◇　◇　◇

「諸君！　こちらがイリアス様の護衛を担当される、〝明鏡止水〟の皆さんだ。ご挨拶を」

「「「よろしくお願いします‼」」」

翌日の早朝、ネーナス子爵家に併設された訓練場に響き渡ったのは、そんな野太い声だった。

号令をかけたのはケルグの騒乱で面識を得たサジウスで、彼の前に整列するのはマッチョとは言えないまでも、それなりに鍛えられていそうな二〇歳前後の若者ばかり三〇人ほど。

ずらりと並んだ兵士たちはまぁまぁ迫力があるが……『まぁまぁ』の範囲だな。

元の世界にいた頃ならまだしも、一年以上魔物と戦い続けた俺たちからすれば、やや険しい彼らの視線も微風のようなもの。その程度で揺れるのはメアリとミーティアぐらいである。

もっとも、二人は俺たちの後ろにいるので、目立ちはしないだろう。

「ケルグの作戦に参加した者たちには周知のことだろうが、彼らは非常に腕が立つ。今回はその実力をお前たちに見せてくれることになった。胸を借りるつもりでしっかり学べ」

「「「はい‼」」」

揃った返事をする兵士たちにサジウスは頷き、今度は俺たちの方へと向き直る。

「お前たちも依頼を請けてくれて感謝する。ただ、訓練中は特別扱いはしないが構わないな？」

「もちろん構わない。俺たちも学べることは学びたいしな」

「そうね。特に対人戦については期待してるわ。私たち、魔物との戦いを主体としてるから」

俺に続きハルカがそう言うと、ユキやナツキも頷く。

実際、そこが俺たちの課題。神様のおかげで剣術などの基礎的能力は身に付いているのだが、それを応用してどう戦うのか、頭を使った戦い方については手探りの状態である。

魔物に関しては討伐を繰り返すことで経験を積めるのだが、まさか人間相手に同じようなことをするわけにもいかず、かといって、ラファンでは学べるような場所も存在せず。

実のところ、今回のビーゼルさんの依頼は、俺たちにとっても渡りに船だったりする。

「ふーむ、なるほどな。どれだけ役に立てるかは判らんが、努力はしよう。——ところで、そちらの子供たちも訓練に参加するのか？　あの時はパーティーにいなかったと思うが」

訝しげにサジウスが目を向けたのはメアリたち。

年齢からすれば見学と判断するところだろうが、二人が運動できる格好に着替えていることから気になったのだろう。そして当然のことながら——。

「もちろん参加するぞ？　この二人はメアリとミーティア。俺たちの大事な仲間だ」

「二人は強いからなぁ。軟弱な兵士じゃ、勝てねぇかもな？」

ニヤリと笑うトーヤの言葉に兵士たちがざわりとし、サジウスが苦笑を浮かべる。

「おいおい、トーヤ、煽ってくれるなよ……。二人は本当に良いのか？　訓練は甘くないぞ？」

「はい！　よろしくお願いします！」

「頑張るの！　ミーは結構やるの！」

やる気満々の二人に、サジウスは少し困ったように眉根を寄せるが、「無理そうなら、抜けさせれば良いか」と呟き、俺たちに目を向けた。

「解った。だが、訓練中は荒い言葉遣いになるし、命令もする。それは了解してくれ」

「あぁ、理不尽なものじゃなければ問題ない」

どこぞの軍曹のブートキャンプ的なものは受けるつもりはないし、メアリたちに受けさせるつもりもない。兵士であれば、非日常の極限状態でも怯まない根性を身に付けるため、必要な訓練なのかもしれないが、俺たち、自由な冒険者だしな。

全体の為に捨て石になる気なんて更々ないし、自分たちの命を守るためなら普通に逃げる。

下手に軍隊の色に染まる気も、染めさせる気もないのだ。

「よし。それじゃ、準備運動からだ。全員、訓練場の外周、五〇周！　始め！」

「「「はい‼」」」

訓練場の大きさは目算で外周四〇〇メートルほど。五〇周すれば二〇キロにはなるだろうか。

元の世界の軍隊が『準備運動』でどの程度の距離を走るのかは知らないが、こちらの人は平均的に身体能力が高く、兵士として鍛えていれば二〇キロはそこまで問題のない距離だろう。

良い返事をして走り出した兵士の後について、俺たちもまた走り始める。

全体のペースはゆっくり。毎朝走っている俺たちからすれば、何の問題もなく付いていける。

そして、そのまま走ること二五周ほど。

最初は纏まっていた集団も、その頃になるとだんだんとバラツキが出てくる。

ぶっちぎりでトップを走るのはトーヤ。俺たちの中で一番の体力馬鹿なのは伊達ではない。

――いや、これはトップを走っている、と言うべきなのか？

既に二周ほど先行しているので、トップには見えないが……まぁ、間違いではない。

続いて、いつもより遅めのペースで走るユキとナツキ。当然のように余裕の表情である。

彼女たちから半周遅れで兵士集団の先頭部分。ユキたちに引き摺られて、普段のペースを乱してしまったのか、その辺の兵士はかなりヤバそうな顔になっている。

それからずるずると兵士たちが続き、集団の前から三分の一ぐらいの位置にいるのが俺たち。

俺とハルカで、メアリとミーティアを挟むような形で走っている。

「オラオラ！　子供に負けるようなヤツは兵士失格だぞ、コラァ！　負けたヤツは、楽しい、楽しい再訓練をプレゼントだ！」

「「ウ、ウスッ！」」

サジウスの声に遅れていた兵士たちがペースを上げ、メアリとミーティアが俺の方に『手加減すべき？』みたいな視線を送ってきたのだが、俺は軽く首を振って今のペースを維持する。

俺としては普段よりも遅め、メアリたちからすると少し速め。

彼女たちが最後までペースを維持できるかは判らないが、毎朝のジョギングコースよりは短いので、なんとかいけそうな気もする。兵士たちにはご愁傷様なことではあるが。

ちなみにサジウスはナツキたちのすぐ後ろ。少なくとも他の兵士たちよりは体力がありそうだ。

そんな感じで残りの二五周が終わり——結果から言えば、すべての兵士は脱落した。

メアリたちは最初のペースのまま走りきり、二人より早くゴールしたのはサジウスのみ。

二人が無事に走り終えたのは、俺とハルカがペースメーカーになったことも大きいと思うのだが、
逆に兵士たちが脱落した大きな要因は、ユキたちに釣られてペースを乱したことだろう。

普段からこの程度の距離は走っているはずなのに、半分を過ぎた頃には既に顎が上がっていたからなぁ、半数以上の兵士たちが。そんな兵士たちに対し、サジウスの叱咤が響く。

「お前ら！　外部参加者がいるだけで、いつも通りのこともできねぇのか⁉　兵士が平常心を失うとか、ナメてんのか！　あぁ⁉　その場で腕立て五〇回！」

「「はい‼」」

いや、途中で要らんことを言って、平常心を更に乱れさせたのはアナタですよね⁉

あの言葉の直後は兵士たちの速度が上がり、俺たちも少し順位が下がったし。

まぁ、当然のようにすぐに速度が落ちて、追い抜くことになったけど。

もちろん、あの発言も訓練と言われてしまえば、なんにも言えないのだが。

「よーし、少し休憩したら素振りだ。各自、準備しろー」

腕立てを終えた兵士たちが、身体を引き摺るようにして用意を始めたのは木剣。

どこかで見たような……と思ったら、トーヤが最初に購入した木剣とよく似ている。

――なるほど、あれは訓練用だったわけか。安いはずである。

「サジウス、オレたちも借りて良いか？」

「あぁ、もちろん。自分たちの武器を使ってもらっても構わないが……あ、いや、この後の模擬戦を考えると、そういうわけにもいかないか。どれでも自由に持って行ってくれ」

「ありがとよ――っても、全部同じか」

さすが軍隊と言うべきか、木剣はすべて同じ形で、特に個人用に合わせて調整などはされていないようだ。トーヤがそんな木剣から適当に七本取り出し、俺たちに配る。

普段、このサイズの剣は使わないのだが、少し振ってみると木製だけに軽く、取り回しに苦労するほどではない。俺に【剣術】スキルはないが、小太刀の延長で扱えないこともないだろう。

全員に木剣が行き渡り、数分ほどしたところで、サジウスが集合をかける。

「息は整ったな？　並べ！　素振りを始める！　イチ！　ニ！　サン！」

軽快に木剣を振る兵士たちに交ざり、俺たちも素振りを行う。

ふむ。部活みたいで、なんだか少し楽しいな。

だが、楽しげなのは俺たちだけで、兵士たちはなかなかに苦しそうな表情である。

ミーティアは体格の関係で木剣を少し持て余し気味だが、それでも体力的には問題はないようで、順調に回数を重ねていく。

メアリもまだ小柄なのだが、普段からトーヤと同じサイズの剣を使っているので危なげはない。

そんな二人の様子を見て、サジウスは感心したように頷く。

「ほう。小さくてもなかなかしっかりしているな。ブレもなく、体幹も鍛えられている」

「この程度であればオレたちも毎日やってることだからな」

「真面目に訓練をしているのか。さすが、高ランクになる冒険者は違うな」

「やらなければ死ぬ。そういう仕事だからな」

有事以外では訓練をしている時間が多い兵士と、大半が実戦の冒険者では状況も立場も違う。

俺たちもある程度の余裕ができたので、以前ほど『強くなければ生きていけない』という強迫観念に急き立てられることもなくなったが、それでも訓練は決して疎かにはしていないのだ。

そして、素振りを続けること三〇分ほど。

さすがに腕が疲れて来た頃、サジウスの声で素振りが終わる。

「やめ！　暫しの休憩の後、模擬戦だ！　組み合わせは……」

サジウスが地面に座り込んでいる兵士たちと、立ったままでいる俺たちを見回して考え込む。

彼も入れれば三八人。一九組作れるわけだが、まさか全員同時にやったりはしないよな？

俺たちが見ていない状況で、メアリとミーティアを戦わせるのはちょっと怖いので、そうであれば拒否したいところ。更にトーヤが根本的問題をサジウスに告げる。

「ちなみに、オレたちの中でこのタイプの剣を使うのは、オレとメアリだけだからな？」

「なに――っと、そういえばそうだったか。普通に木剣を振っているから忘れていたが、ケルグでのお前たちは別の武器を使っていたな」

サジウスが一瞬目を丸くするが、すぐにあの時のことを思い出したらしく、納得したように頷き、ハルカが軽く肩を竦めて口を開く。

「私たちの主力は魔法だからね。冒険者だから、一応武器も使えるけど」

「む……では、模擬戦は難しいか？」

「相手次第じゃないかな？　あたしたちでも対応できるようなら——いや、あたしたちに対応できるようなら、かな？　慣れてない武器だと調整もしにくいから」

「ですね。寸止めや見切りが上手くいかず、怪我をさせてしまう危険性もありますから」

「なるほど。では、お前たちは俺が相手をしよう。まずはトーヤ、お前からで良いか？」

「おう！　よろしく頼む」

どうやら模擬戦は一対一で行い、それを周りで見る形の訓練のようだ。

今までへばっていた兵士たちが剣を杖に立ち上がり、中央を大きく空けるとトーヤとサジウスがそこへ移動して木剣を構える。

トーヤがどこか嬉しげなのは、人を相手に戦う機会が少ないからだろうか。

そしてそれは俺たちも同じ。何か盗めるものはないかと模擬戦を注視する。

「いくぞ！」

「おう！」

かけ声と同時に、ガツンとぶつかる木剣と木剣。

そのまま近距離でガツガツとやり合った後、示し合わせたように素早く後ろへ下がり、互いにニヤリと笑みを浮かべる男二人。

「正統派の剣術ではないが、強いな？」

「そうか？　そう言ってくれると、自信が付く、なっ！」

再び飛び込み、剣を交え始めるが……トーヤ、本気じゃないな。

魔力による身体強化をしていないのはもちろん、戦い方もいつもと違っておとなしい。

強引さのない、剣道の試合のような模擬戦。まぁ、『模擬戦』なのだから、こんなものなのかもしれないが、普段、俺たちとやっているときはもっと遠慮がない。

骨をボッキリとやって、何度ハルカやナツキのお世話になったことか！

――いや、骨をボッキリやられて、だな。被害者はほぼ俺だから‼

そんなトーヤの雰囲気は、サジウスにも伝わったのだろう。

強くトーヤを押し返すように距離を取った彼は、少し忌々しそうに舌打ちをする。

「ちっ。お前、手加減してるな？」

「手加減ってのもチョイ違うが、訓練だからな。互いに学ぶものがなけりゃ、意味ねぇだろ？」

「はっ、違いない！　ハハッ！」

笑いながら戦う二人に、女性陣は少し呆れたような視線を向けるが、兵士たちは逆に驚いたように目を見開き、真剣にその試合を見つめている。

――打ち合いが続いたのは一分あまりか。

休みなく続く激しい動きにサジウスの息が乱れ、足が僅かに縺れる。

トーヤがそこを攻めた。素早く振るわれた剣がサジウスの手から剣を叩き落とした直後、一瞬で翻されたトーヤの剣が、サジウスの首元に突きつけられ――両者は動きを止めた。

「……まいった。クソッ、ケチもつけられねぇ」

「護衛として雇われるんだぞ？　オレたち。逆に安心しただろ？」

ニヤリと笑ったトーヤに、サジウスは頷きつつも、悔しそうに地面を蹴る。

「その点はな！　だが、負けるのは気に入らねぇ！」

「それは頑張れとしか言えねぇな。オレとしては、お前みたいな正統派の剣士と戦えたのは良い経験だったが」

「ちっ。おい、次はお前とお前だ！　気張れよ！」

サジウスは木剣を拾い上げて移動し、二人の兵士を指して模擬戦を行わせる。

俺たちはサジウスが相手をすると言ったが、さすがに連続してやるような体力はないのだろう。

兵士同士の模擬戦を間に何戦か挟みつつ、俺たちも順番にサジウスとの模擬戦を行っていく。

隊長だけあって、サジウスは十分に強かった。

強かったのだが、結果から言えば、彼に負けたのはメアリとミーティアの二人だけだった。

魔力による強化を使わずともナツキは余裕を持って、俺を含む他三人は、少し危ない部分はあれど普通に勝利してしまい、サジウスはガックリと大きく肩を落とした。

「ないわー。これで剣がメインの武器じゃないとか、マジでないわー」

俺はまだしも、女性三人に負けたのは、さすがにショックだったらしい。

「ユキとメアリ以外は剣の扱い方が妙な感じはするが、十分に強いじゃねぇか」

ユキは普段小太刀を使っているが、一応【剣術】のスキル持ち。

メアリはトーヤの剣術を習っている。二人の剣の扱いがまともなのは、そのせいだろう。

俺やハルカたちは、小太刀の扱いを流用して剣を扱ったのだが、それでもそれなりには戦えた。

実戦では斬ることのできない剣と、斬れる小太刀を同じように扱うのは危ないだろうが、模擬戦ではそのあたり、あまり影響しなかったのだ。

むしろその動きの違いが、サジウスを戸惑わせた部分もあるのかもしれない。

「当然、メイン武器を使えばこれより強いんだよな？　更に強力な魔法まであるってんだから……。かあぁぁー！　こりゃ、御館様が護衛依頼を出すのも納得だわ‼」

サジウスはパシンッと顔に手を当てて、呆れたように暫し天を仰ぐ。

「ちなみになんだが。サジウスって、この国だとどのぐらいの強さなんだ？」

非常に答えにくい質問をトーヤが平然とぶつけ、サジウスがやけくそ気味に笑う。

「俺？　はっはっは。それを訊くか？　おい。――まぁ、あれだ。ネーナス子爵領は強い魔物もいないし、争い事も少ない平和な領地だ。……あとは、解るな？」

笑っていたサジウスは、最後は真顔になってじっとトーヤを見つめ返す。

――うん、なるほど。そんなに強くはないワケか。

こう言っちゃ何だが、本当に強ければもっと待遇の良さそうな所に行くだろうしなぁ。

だが、一年あまりネーナス子爵領で生活してきた経験から言えば、集団でオークを斃せるレベルの技量があれば、この領地の兵士としては十分なんじゃないだろうか？

給料は多少安いかもしれないが、安全で安定しているという点では、ネーナス子爵領の領兵もそう悪くない職業なのかもしれない。

そんな俺たちの理解を見て取ったのか、サジウスは少し苦い表情を浮かべたが、やがて気を取り直したように、ふっと息を吐いた。

「よしっ！　すまねぇが、コイツらの稽古も付けてやってくれ。お前らなら安心だわ」

サジウスは俺たちに向かってそう言うと、今度は兵士たちに向かって声を張り上げた。

「おい、お前ら‼　イリアス様の護衛に付けないのが不満な奴は、コイツらを斃しちまえ！　人数が足りなくなれば、追加が必要になるかもしれねぇぞ？」

その言葉を聞いた瞬間、兵士たちの目がギラリと光ったような気がした。これはイリアス様が慕われていると好意的に捉えるべきか、それとも俺たちが気に入らないのか、どっちだ？

「オイオイ、オレたちが怪我をして護衛に影響が出たら、どうしてくれんだよ？」

「お前らなら問題ないだろ？　さすがに、そっちの嬢ちゃんたちに不満をぶつけたりはしない」

サジウスの言う嬢ちゃんは、当然、メアリとミーティアのこと。

イリアス様と年齢が近いせいか、兵士たちから向けられる視線も二人に対しては妙に優しい。

「私、一応非力なエルフなんですけど？」

「じゃあ、非力で普段剣を使ってもいないエルフに負けた俺は、いったい何だよ？　コイツら相手なら、どうせ怪我なんかしないだろうが」

ハルカの抗議もあっさりと流し、始められる模擬戦。

俺たちの技量に問題がないと判ったからか、四箇所で同時に模擬戦を行い、数を熟していく。

更に二日目からは、俺たちが普段使っている槍や小太刀と同じサイズの棒も用意して、それを使った模擬戦も行うようになった。

サジウス曰く、『そういう武器を使う相手への対処を学ばせたい』らしい。

俺たちからすればやや物足りないが、三日目からはそれも変わった。

始まったのは、多対一の模擬戦。

当然、一が俺たちであり、相手は最低でも二人以上。

二人ならまだしも、三人、四人と増えていくとさすがに苦労したのだが……それもまた良い経験ではあった。こういう訓練ができるのは、人数がいてこそだし。

そして俺たちは出発の日まで、午前中は兵士たちとの訓練に時間を費やすのだった。

さて、訓練はそんな感じで頑張ることになった俺たちではあるが、『時間が合えば検討する』などと言っていた勉強会の方はどうなったかというと。

――メアリだけではなく、俺たちまでがっつり参加することになっていた、何故か。

いや、何故かというか、イリアス様みたいに可愛く小さな女の子に、わざわざ部屋まで迎えに来られて、笑顔で『さあ、皆さん、行きましょう！』などと言われたら、さすがに断れないよな？

その背後には、穏やかに笑う一人の執事がいたのだが……黒幕が判ったとて意味はない。

抵抗もできずにただ向かうのみである。凄く久し振りの『授業』というものに。

まぁ、イリアス様の標的はメアリとミーティアだったので、二人だけ差し出して俺たちは遠慮する方法もあったのだが、心細そうなメアリたちの視線にも、俺はまた勝てなかった。

それに少し意外だったことに、ハルカとナツキが思ったより乗り気だったことも大きい。

ビーゼルさんが『知っていて損はない』と言っていたことに加え、『知りたいと思ったとしても、なかなかそんな機会がない』ことが大きな理由のようだ。

実際この世界、何かしらの勉強をしようと思っても、なかなかに難しい。

まず教師がいない。日本ならちょっと探せば、低価格のカルチャースクールから、料理教室、音楽教室など、色々なものを見つけられるが、こっちにそんな気軽なものはない。

運良く教師を見つけられても、専門職故に必要な謝礼は高い。

戦闘技術などであれば、冒険者に依頼を出すことで学ぶこともできるが、まともな技術を持つ冒険者は高ランクであり、つまりは依頼料も高額になる。

その上、ラファンなどでは、その高ランクの冒険者自体がいない。

俺たちも一時期、スキルアップのために師匠になってくれる人はいないかと、考えてみたこともあるのだが、そんな事情もあって断念している。

それを考えれば、タダで領兵と一緒に訓練する経験が積めたり、貴族の子女が受けるような授業を聴けることは非常にありがたいのだろう、本来は。

だがしかし。勉強と聞いて尻込みしてしまうのは、学生の本能ではあるまいか？

冒険に明確に役立つと判っている知識ならまだしも、貴族関連のマナーなんかはなぁ……。

——ま、良い経験なのは間違いないし、一つ頑張ってみるか。


「ですから、この場合の挨拶は——」

授業は予想外の形で進んでいた。

案内された部屋にいたのは、少し脹よかな三〇代半ばの女性。

名前はシデアで、当然、授業は彼女がすると思ったのだが、前に立ったのはイリアス様だった。

どうやら彼女の復習を兼ねて、これまで習ったことを俺たちに教えるという形を取るらしい。

シデアは口を出さず、時折注釈を入れたり、ちょっと訂正をしたりするのみである。

まぁ、出発までは残り五日しかない。

この時点でイリアス様に対する授業が終わっていなければ、それはそれでマズいだろう。

それに俺たち（具体的には、メアリとミーティア）に教えることで、イリアス様の習熟度を把握でき、更には年下には負けられないというプライドを刺激して、自学自習も促すこともできる。

――と、シデアさんが人の良い笑みを浮かべつつ、こっそり意図を教えてくれた。

そんなわけで、爵位で挨拶が変わるのは解ったの。でも、相手の爵位を知らない場合は、どうするの？」

「爵位で挨拶が変わるのは解ったの。でも、相手の爵位を知らない場合は、どうするの？」

俺たちはモブで賑やかしでエキストラ。後ろの方に座ってのんびり話を聞いている。

矢面に立たされるメアリとミーティアは大変だなぁ、理解できるのかなぁ……。

などと思っていたのだが、目がぐるぐるしているメアリはともかくとして、ミーティアの方は話を理解して、時には質問すらしている。

そんなミーティアに、シデアさんも驚いたようで「とんでもなく優秀ですね」と漏らす。

幼い頃から教育を受ける貴族の子女ならともかく、ミーティアはごく普通の市井の子供なのだ。

家で勉強を教えているときも優秀だとは思ったが、一般的に見てもかなり賢かったらしい。

ちなみに俺たちの方は……まぁ、普通？

基本的に単なる知識なので、暗記するだけ。

実際の場面で活用できるかは別にして、理解できないものはない。

俺とトーヤ、それにユキは単に話を聞くだけだったのだが、ハルカとナツキは興味深そうにメモも取っていたので、万が一、必要になればそれを見せてもらえば良いだろう。

さて、そんな授業を毎日受けていれば、なんだかんだと互いに言葉を交わす機会も多くなる。

午前中は訓練なので、授業を行うのは午後だけだったが、それでも合間、合間に休憩時間が挟まれることもあり、好奇心旺盛なイリアス様がメアリたちに質問するという形で会話も弾む。

俺たちを授業に引っ張り出した人の意図が、イリアス様の学習意欲を高めることにあったのか、それともメアリたちとの仲を深めることにあったのか。その真意は不明ながら、最初はたどたどしく受け答えしていた二人も、三日もすればそれなりにリラックスして話せるようになっていた。

事件が起こったのは、そんな休憩時間――みんなでお茶を楽しんでいる時のことだった。

出されたお菓子を食べながら、ミーティアがポツリと漏らしてしまったのだ。

『ハルカお姉ちゃんたちが作るお菓子の方が、もっと美味しいの』と。

――まぁ、事件というのは少々大袈裟だが、失礼な発言であることは間違いない。

メアリは即座にミーティアの口を塞いだものの、それを聞いたイリアス様が『どんなお菓子を食べているんですの?』と興味を示すのは、避けられないことであった。

当然の帰結として今日のお茶菓子は、俺たちが提供したアップルパイとなっていた。

「まぁまぁまぁ！　凄く美味しそうです！」

「皆様はお菓子作りもされるのですね？」

テーブルに並んだアップルパイに目を輝かせるイリアス様と、ちゃっかり相伴に与りつつ、俺たちの方に不思議そうな視線を向けてくるシデアさん。

もっとも、イリアス様がメアリとミーティアにばかり構う関係で、逆に俺たちは彼女と親睦を深めて色々興味深い話も聞けているので、このくらいは別に構わないのだが。

「私たちのように冒険者をしていると、市場では買えないような素材を手に入れることもできますから、手慰みで少々。趣味程度で大した腕ではありませんが」

「いえ、これで大した腕ではないと言われると、料理人も困ってしまいますよ」

ナツキの謙遜に、シデアさんが苦笑を浮かべる。

実際、昨日のお菓子と今日のお菓子。食べ比べれば、確実に今日の方が美味しいだろう。

これは単純な腕の問題ではなく、使っている素材やレシピの違いも大きい。

長い歴史の中で改良されてきたレシピは、多くの人たちの経験の成果でもあり、それを知っていることは料理人として非常に大きなアドバンテージなのだから。

「イリアス様は貴族でも、あまりお菓子は食べないの？」

「お父様はとても倹約家なのです。必要なことにはきちんとお金を使いますが、不必要な贅沢はしませんし、普段の生活で無駄なお金は一切使いません」

ミーティアの素朴な疑問に、イリアス様は少し苦笑して首を振る。

今回のアップルパイは、突撃野牛のミルクから作ったバターをたっぷり使った逸品。

やや甘さ控えめの林檎の甘酸っぱさと、濃厚なバターの香りがなんとも言えない美味しさ。

家で食べた時は更にアイスまで載っていたのだが、そのアイスの原料も突撃野牛のミルクなわけで。一口分の原料だけでも、市場価格なら軽く金貨が飛んでいくだろう。

だいぶ稼ぐようになった俺たちではあるが、これを気軽に食べられるような金銭感覚は持ち合わせて――いや、トーヤは数時間で数十枚の金貨を溶かしていたな？　とある場所で。

それぐらい思いきれる人なら可能かもしれないが、普通の経済感覚なら、たかがお菓子にそんなお金は使えないよなぁ。数口でなくなってしまうのだから。

「なるほど、領主様はしっかりした方なのですね。あ、イリアス様、折角ですから、まだ温かいうちに召し上がってください。シデアさんも」

ハルカが納得したように頷き、イリアス様とシデアさんにアップルパイを勧める。

こんなときでも焼きたてを提供できるのは、やはりマジックバッグの大きな利点だろう。

「それでは、遠慮なくいただきますね。――っ！」

「いただきます。――わぁっ、凄いです！　こんなに美味しいお菓子、初めて食べました！」

アップルパイを一口食べ、声こそ上げなかったものの、口元を押さえて目を丸くするシデアさんと素直に感嘆の声を上げたイリアス様。

イリアス様はそのままパクパクと、お皿の上のアップルパイを見る見るうちに消費し、とろけるような笑みを浮かべている。

そんな笑顔に誘われるように俺たちもまた、アップルパイに手を付ける。

――うん、やっぱ美味いな。

パイ生地のサックリと軽い感じが、コンビニで買える菓子パンのアップルパイとは全然違う。

加えて、特徴的で濃厚なバターの香りが凄い。バター自体が元の世界で市販されている物よりもずっと美味しいことと、焼きたてであることが影響しているのだろう。

あえて不満点を挙げるのならば、やはり砂糖に含まれる雑味がちょっと重く感じることと、シナモンの香りがないことだが、これに苦情を言うのは少々贅沢というものだ。

ただし、これを作ったのは、ハルカがアエラさんから『精製（リファイン）』の魔法を教えてもらう前。

今新しく作ってもらえば、その砂糖の重さも改善されていることだろう。

「……あぁ、もうなくなってしまいました」

パクパクと食べていればなくなってしまうのも当然早く、俺が半分も食べ終わらないうちにイリアス様の皿は空になり、イリアス様は名残惜しげにフォークを口にくわえる。

「イリアス様、はしたないですよ」

「あぅ、すみません……」

すかさずシデアさんから注意が飛び、イリアス様がしょんぼりするが、どちらかといえば注意されたことよりも、アップルパイがなくなったことに意気消沈（いきしょうちん）している様子。

いつでも食べられるから、俺のを譲（ゆず）っても良いのだが、さすがに食べかけはマズいよな。

と、俺は思ったのだが、そんなことを気にしない人がここにいた。

「イリアス様、ミーの食べる？」

「……っ！　い、いえ、大丈夫（だいじょうぶ）ですよ？　それはミーティアが食べてください」

フルフルと迷うようにフォークを震（ふる）わせながらも、イリアス様は微笑みを浮かべて、きっぱりと断り、それを見たシデアさんは『よろしい』とばかりに、満足そうに頷く。

それも教育ということなのだろうが、やっぱり貴族って、ちょっと窮屈（きゅうくつ）だなぁ。

食事の作法は授業でも語られていたが、なかなかに面倒くさかったし。

こちらの世界の常識もあるだろうと、俺もある程度は頑張って覚えたのだが、そのマナー通りにきっちりやろうと思ったら、絶対美味しく食事なんかできそうもない。

「しかし今更ですが、よろしいのですか？　私たちが提供したお菓子を食べても」

名残惜しそうにフォークを置いたイリアス様に、ナツキがそんなことを尋ねた。

もちろん提供する前には、ビーゼルさんにもきちんと確認を取っているので、これで俺たちが何か言われるような心配はないのだが、想像以上にあっさりと許可が出たのは少し意外だった。

「大丈夫ですわ。これを気にするのであれば、護衛の依頼など致しません。それに皆さんは、ディオラお姉さまのご紹介ですし」

まぁ、毒殺を警戒するぐらいなら、護衛依頼なんかできないか。

それこそ、護衛の最中に殺す方が余程楽だろうし。

——だが、それよりも気になった点が一つ。

それに引っ掛かったのは俺だけではなかったようで、すぐにナツキが訊き返した。

「ディオラ、お姉さま？　失礼ですが、ディオラさんとのご関係は？」

「血縁（けつえん）としてはお母様の姉、私の伯母（おば）様の子になります。簡単に言うなら従姉妹（いとこ）の関係ですね」

想像以上に近い関係だった！

これまでの遣（や）り取りから、ネーナス子爵家とは何か関係があるとは思っていたが……。

「そうなると、ディオラさんも貴族、なのでしょうか？」

「ええと……そのあたりは少し微妙なところがありますね」

顎に指を当てて尋ねるナツキに、イリアス様は複雑そうに眉尻（まゆじり）を下げた。

ここでレーニアム王国の爵位について、簡単に説明しておこう。

まず、必ず貴族として扱われるのは、貴族家の当主とその配偶者に限定されている。

つまり厳密に言えば、貴族の子息は貴族ではないのだが、慣例的に準貴族として扱われ、親の爵位の一つ下、例えばイリアス様であれば男爵相当と見なされている。

親の爵位が影響しなくなるのは、独立して別家を立てたり、婿入り、嫁入りをしたとき。

その時、上手く他の貴族家の当主と婚姻できれば貴族のままでいられるのだが、当然のこととして、貴族の当主よりその子供の数の方が多く、競争率は非常に高い。

一応、この国では一夫多妻や多夫一妻も認められているのだが、それは配偶者の席と共に、子供の数も増やすことであり、必然的に大半の貴族の子は平民に落ちることになる。


ディオラさんに話を戻すと、彼女の父親は小さいながらも男爵家の当主であるらしい。

つまり、未婚の彼女は男爵の一つ下、騎士爵としての扱いを受けることになる。

だがここで少し複雑なのが、ディオラさんの家での立場。

まず、ディオラさんの母親は側室であり、男爵の正妻は別にいる。

しかし、男爵家の子供はディオラさんただ一人で、跡継ぎ候補は彼女のみである。

この場合、普通はディオラさんが婿を取って家を継ぐのだが、問題となるのは正妻との関係。

正妻としては、自分に子供ができた場合にディオラさんが継嗣となっていては困るので、婿を取ることはもちろん、正式な跡継ぎとも認めたくない。

かといって、結婚して家を出てしまっては、跡継ぎがいなくなるので男爵としては困る。

斯(か)くしてディオラさんは、未(いま)だ結婚ができていないらしい。

う～む、不憫(ふびん)としか言いようがない。

「少し困った方なのです、あそこの正妻は……」

ネーナス子爵家の教育係になるだけあって、シデアさんも知っているらしい。

困ったような笑みで正妻の年齢も教えてくれたのだが……さすがにちょっと厳しくないか？

現代ですら高齢出産にはリスクを伴うのだから、医学が未熟なこちらでは言うまでもなく。

魔法や錬金術がある世界だけに、元の世界では実現できない特別な方法もあるそうだが、ただの男爵家にそのような手段を取る資金や繋がりがあるはずもない。

「未だ諦(あきら)めない正妻も正妻ですが、男爵が優柔不断(ゆうじゅうふだん)なのが一番の問題なのです！　継嗣として認めないのであれば、解放して差し上げれば良いのに！　お姉さまが可哀想(かわいそう)です」

イリアス様はプンプンとばかりに両手を振って、不満を口にする。

ディオラさん、現代日本ならまだまだこれからの年齢だが、こちらの常識では結婚がちょっと厳しくなるお年頃だからなぁ。イリアス様の憤(いきどお)りもよく解る。

ちなみに、ディオラさん本人としては、もう半ば諦めているらしい。

下手をすれば質(たち)の悪い貴族の後妻にされかねず、男爵家を継がないのであれば未婚を貫くか、男爵家を継いだ場合も、養子を取って跡継ぎとすることすら考えているとか。

「でも、現状でも騎士爵、将来的には男爵になる可能性の方が高いんですよね？　よっぽどのことがなければ。なんで冒険者ギルドで働いているんでしょうか？」

「お姉さまの実家は領地を持たないので、自分で職を見つけないと仕事がないのです。ですので、収入を確保する目的と、あと、結婚相手もできれば見つけたい、と仰っておられましたね」

冒険者は一般的な女性に比べて晩婚である。

それを考えれば可能性はあるが、その目的にラファンはどうなんだろう？

ディオラさんは副支部長になって長いと聞いたし、既に答えは出ているような気もするが。

「貴族って大変なの。冒険者の方が気楽で良いの」

「いえ、冒険者の方が大変……でも、こんなに美味しいお菓子……もしかして冒険者って……？」

やれやれ、とでも言うように首を振るミーティアの言葉を、イリアス様が否定しようとして、ふと空になったお皿に視線を向ける。

そんなイリアス様に、メアリが慌てたように言葉を掛ける。

「い、いいえ、イリアス様、冒険者は凄く、凄く大変ですから！　寝る場所はもちろん、日々の食事に事欠くような冒険者も多いんですよ？　ハルカさんたちが特殊、スゴイだけですから！」

「で、ですよね？　皆様の様子が、ディオラお姉さまから聞いた話と全然違ったので、ちょっと混乱してしまいました」

ホッとしたようにウンウンと頷きつつ、イリアス様が俺たちの方にチラリと視線を向けたので、俺たちもまた同意するように、苦笑して頷く。

ないとは思うが、イリアス様が冒険者に憧れる、なんてことがあっても困るしな。

こんな感じで午前中は訓練、午後は勉強とお茶会。

出発までの五日間、俺たちはちょっとした買い出しに街に出る以外は、領主の館でそれなりに充実した日々を過ごし、予定通りに出発の日を迎えた。

◇　◇　◇

その日の朝、俺たちは一緒に護衛を担当する領兵と共に、お屋敷の玄関前に集合していた。

今回同行するのは、俺たち七人と領兵一〇人、それにイリアス様と侍女二人の計二〇人。

整列した領兵の前にはネーナス子爵とリエット様、それにビーゼルさんが立っている。

移動は馬車で、ここピニングの町から南に向かって山を越え、南東にあるミジャーラという町を経由、目的地であるダイアス男爵領の領都クレヴィリーへと向かうことになる。

もちろん、馬車に乗るのはイリアス様たちだけで、俺たちは徒歩なのだが。

「エカート以下一〇名、揃いました！」

「うむ。頼んだぞ」

「はっ。身命を賭して！」

領兵を率いるのは、今し方、ネーナス子爵に声を掛けられ、ビシリと敬礼をしたエカートという名前の部隊長で、当然ながらここ五日間の訓練で俺たちとも面識がある。

強さとしては、サジウスよりも一段落ちるが、一般の領兵よりは強いというレベル。

全体の指揮官ではあるが、正確に言うなら、俺たちの指揮官というわけではない。

有事に際しては領兵がイリアス様の乗る馬車の周りを固め、俺たちは自由に動いて敵を殲滅、または追い払う予定なので、戦闘に関して俺たちは半ば独立している。

「〝明鏡止水〟も、イリアスのことをよろしく頼む」

「はい。全力を尽くします」

俺たちの前にも歩いてきて一声掛ける子爵に、俺も礼をして応える。

さすがに『身命を賭す』とまでは言えないが、護衛対象がむさいオッサンじゃなくて、可愛い女の子なので、死ぬ直前ぐらいまでは頑張ろうかな、とは思う。

いや、実際に命の危機になったときに、きちんと対応できるかは判らないのだが。

やっぱ、自分たちの命が大事だし。

プロ意識？　知らない言葉ですね。

――一年前まで、ごく普通の高校生だったからなぁ、俺たち。

「お父様、行って参ります」

「あぁ。イリアスには苦労を掛けるな」

続いて馬車の前、イリアス様に声を掛けるネーナス子爵の表情は少々苦い。

「いえ。これも貴族に生まれたが故の責務です。お任せください」

そう言いながらも少し緊張した様子のイリアス様にリエット様が近付き、そっと抱き締める。

「あまり気負う必要はありませんよ？　イリアスはまだ成人していないのです。多少の失敗は許される年齢です。いざとなれば、お父様がなんとかしてくれます」

「お母様……ありがとうございます」

母親のその言葉に、イリアス様の表情が少し柔らかくなる。

「アーリンとヴィラもよろしくお願いしますね？」

「「お任せください」」

「それでは、お母様、お父様、行って参ります！」

イリアス様が馬車に乗り込み、それに侍女の二人、そして何故かメアリとミーティアも続く。

――いや、何故かというか、そう要請されたからなのだが。

その理由は、イリアス様が努力した甲斐もあって二人と仲良くなったこと、メアリたちが〝明鏡止水〟の主な戦力でないことと、それでありながらある程度は戦えることの三つ。

二人の存在は護衛兼話し相手として最適だろうと、抜擢されたのだ。

俺たちとしても、メアリとミーティアの安全が確保されるのだから否はない。

全員が乗り込み馬車の扉が閉まると、全体が動き出す。

先頭は俺たち。このまま馬車の速度でミジャーラへ向かうのだが、予定ではそこまで四日。

距離的にはあまり遠くないのだが、街道がネーナス子爵領とダイアス男爵領に跨がっていること、間に山が挟まっていることの二点から、きちんと整備がされていないらしい。

もちろん、一番危険性が高いのはこの区間。ミジャーラから領都のクレヴィリーまでの街道は管理が行き届いているため、そこまで行けばかなり安全になる。

事前に調べた限りでは、道中に危険な魔物は生息していないはずなのだが……ネーナス子爵が護衛を雇っている時点であんまり油断はできないよなぁ。

旅の始まりは、比較的平穏だった。

あまり整備されていないという街道も、馬車が通るのに苦労するほどではなかったし、たまに出てくる魔物もゴブリンレベルで、俺たちが魔法でサクッと処理、領兵が動く必要もなかった。

慣れない野外での野営と三交替での見張りには、少々戸惑うところもあったが、キャンプと思えば一週間程度は耐（た）えられるだろう——一番の問題は『浄化（ピュリフィケイト）』で解消されるので。

ちなみに領兵は誰（だれ）も魔法を使えなかったが、意外にもヴィラさんが光魔法を覚えていた。魔法を使える人族が少ないことを考えると、これはかなり珍（めずら）しく、彼女が選ばれた理由の一つのようで、イリアス様と侍女たちに関しては、いつも清潔に保たれていた。

対して、少し問題——いや、残念だったのは食事。

今回の食事は依頼者持ちで、俺たちも、そしてイリアス様も含め、全員に同じ物が出されるのだが、ネーナス子爵家の持つマジックバッグは俺たちの物ほど高性能ではないらしい。

どうやら突撃赤野牛（レッド・ストライク・オックス）のミルクを詰（つ）めたらあまり余裕はないようで、使われる食材は保存が利（き）く物だけ。それをアーリンさんたちがその場で調理し、俺たちに対して提供される。

決してアーリンさんたちの腕が悪いわけではないのだが、制約の多さから味は正直微妙。

だからといって、俺たちだけ別の物を食べるのは不和の元であり、ミーティアも、そしてイリアス様までも不満を言わずに食べていたのだが、美味いと思っていないのは明白だった。

二回目からは【調理】スキル持ちのハルカたちも食事の準備に参加して、だいぶ改善されたのだが、それでも普段の料理とは比較（ひかく）にならない味であり……結果、何が起こったかといえば。

「——ん？　タスク・ボアーがいるな」

二日目の昼過ぎ、左脇（ひだりわき）の森の中にタスク・ボアーの気配を感じ、俺はそちらに目を向けた。

「おう。反応からして、結構大きめだな。無視しても良さそうだが……」

タスク・ボアーは魔物ではなく、一応は動物に分類される。

通常であれば、これだけの大人数に対して襲いかかってくるようなことはないが、何かの拍子にパニックになって、突進してくる可能性もゼロとは言えない。

俺はトーヤに頷き、馬車を囲むような位置で歩いているハルカたちに声を掛ける。

「タスク・ボアーだ。一応注意してくれ――」

森の方を指さして、俺がそう言うや否や。馬車の扉が開かれた。

「焼き肉！　食べたいの！」

そこから飛び出してきたのはミーティア。

ギラリと目を光らせると、小太刀を引き抜きながら、俺が指さす方へダッシュ。

タスク・ボアーの方は、突然向かってくるミーティアに混乱したのか、こちらに向かって突進を開始したが、それをミーティアはさらりと躱し、その首をしゅばっと掻き切った。

「とったの！」

ミーティアの宣言通り、首筋から血を噴き出させたタスク・ボアーは、数歩ほど歩いて地面に倒れ、ミーティアは満面の笑みを浮かべてこちらを振り返った。

無邪気とも言えるその笑顔と、頬に少し付いた血糊がなんともアンバランス。

そして、自身よりも大きなタスク・ボアーの死体を掴んで、こちらに歩いてくるミーティアの姿は見方によっては衝撃的であり、それを目にしたイリアス様は――。

「ミーティア、凄いです！」

意外や意外、馬車から降りてきて、パチパチと手を叩きながら嬉しそうに賞賛した。

さすがは名代を任されるだけはあると言うべきか、思った以上に強い精神を持っているらしい。

だが、それはそれとして、ミーティアの行動は護衛としては失格である。

唖然としている領兵の手前、放置はできないと思ってか、ナツキが真面目な表情で手招きする。

「ミーティアちゃん、こっちへ来てください」

「――？　わかったの」

小首を傾げたミーティアが、タスク・ボアーを手放して戻ってくると、ナツキはその類の血糊を綺麗に拭いつつ、言い聞かせるように穏やかに口を開く。

「ミーティアちゃん、普段であれば多少自由に行動しても問題ありませんが、今の私たちは冒険者として護衛の仕事に就いています。それを踏まえて、さっきの行動をどう思いますか？」

「あ。そうだったの。良くない行動だったの。ごめんなさいなの」

ミーティアも頭の回転は悪くない――どころか、かなり速い。

ナツキに説明されればすぐに理解し、耳と尻尾をぺしょんとさせて謝罪を口にした。

だが、これは俺たちも悪いかもしれない。彼女の模範となるべき俺たちが、行動に制限が掛かるような依頼をほぼ請けず、自由気ままに魔物を狩ったり、素材を採取したりしているのだから。

もちろん、護衛依頼について説明はしたのだが、しっかりしてもまだ子供だからな。

「はい、解れば良いんですよ。次からは注意してください」

ナツキがニコリと笑ってミーティアの頭を撫で、俺はイリアス様に頭を下げる。

「申し訳ありません、イリアス様。勝手な行動をしました」

「ご、ごめんなさいなの！」

　俺の隣でミーティアも慌てて頭を下げるが、イリアス様は微笑んで首を振る。

「いえいえ。護衛に支障がなければ、自由にして頂いて構いません。むしろ……焼き肉、ですか？　私としてはそちらの方に興味があります。ミーティア、どんな物なんですか？」

「楽しくて、美味しい物なの！　こんなのを使って……時々食べさせてくれるの！」

「まぁ、楽しくて、美味しい……」

　表情を輝かせたミーティアが楽しげに四角く手を動かし、イリアス様がハルカを窺う。

　おそらくイリアス様の頭にあるのは、先日提供したアップルパイ。あれを作れる料理の腕を考えれば、興味を持つのは当然であり、あまり美味しくない料理が続いていれば余計にだろう。

　そんな視線を向けられたハルカは、苦笑を浮かべてアーリンさんに目を向ける。

「折角ミーティアが獲ってきたことですし、今晩はこれを使った料理を作ろうと思いますが、よろしいですか？　当然、領兵の皆さんも含めて全員分を用意しますので」

　ハルカのその発言に、領兵たちの間から小さな歓声が上がるが、アーリンさんがそちらに視線を向けると、彼らは表情を引き締めてすぐに静かになった。

「皆さんの料理の腕なら心配はありませんが、良いのですか？　そのタスク・ボアーは皆さんが狩ったもの。売ればそれなりの額になると思いますが」

「それは気にしなくて良いですよ。俺たちもがっつりした物が食べたいと思っていたので」

　そう言いながら、俺がチラリとミーティアを見ると、アーリンさんは期待するような目を向けているイリアス様の顔を見て、小さくため息をついた。

「ふぅ。そういうことであれば、よろしくお願いします」

「やったの！」「やりました！」

馬車で一緒に過ごすうちに更に仲良くなったのか、ミーティアとイリアス様が揃って声を上げ、向かい合って両手をパシンと合わせ、それをメアリが少し困ったように見る。

――うーむ。ミーティアの耳をイリアス様が触れるようになる日も、案外近いのか？

などと、俺が内心思ってると、こちらに近付いてきたメアリが小さく謝罪を口にした。

「すみません、ナオさん。ミーがご迷惑を。私がちゃんと注意すべきなのに……」

「ん？　それは少し違うぞ、メアリ」

俺はメアリを促してその場を離れ、タスク・ボアーの解体準備を始めながら続ける。

「注意すべきなのはその通りだが、『私が』ではなく、『俺たちが』だな。ミーティアはメアリの妹だが、俺たちの妹でもある。一人で抱え込む必要はない」

俺がそう言えば、傍にいたユキもまた頷いて、口を挟む。

「そうそう。あたしたちも含め、気付いた人が言えば良いんだよ。むしろメアリは、あたしたちが厳しく言いすぎてミーティアが凹んだときに慰める役でも良いと思うよ？」

「ははは、ミーが凹むことは、あまりないですが……。でも、ありがとうございます。――あ、解体は私が。ナオさんは周辺の警戒をお願いします」

「そうか？　じゃ、頼むか」

今もトーヤたちが警戒しているので大丈夫だとは思うが、今回は人数が多いだけに、いつもより警戒すべき範囲も広い。俺が場所を譲ると、メアリは笑顔で頷く。

「はい。任せてください！　――ミー！　焼き肉を食べたいなら、手伝いなさい！」

「あっ！　そうだったの！」

メアリの声に、ミーティアはすぐに駆け寄ってきて手伝いを始める。

俺たちに比べればまだ拙い手付きだが、二人で行えば解体もすぐに終わり……。


「焼き肉とは、そのような網を使って行うのですか？」

「はい。串で焼いても良いのですが、こちらの方が何かと都合が良いのです」

その日の夜、準備を進めるナツキたちの傍で、イリアス様が興味深そうにその手元を見ていた。

火や竈の準備は俺やトーヤ、領兵たちが手分けして行い、その上に載せるのはトミーに作ってもらった大きめの金網。大食いが含まれる俺たち七人でも、余裕を持って使えるサイズである。

ただし、今回は総員二〇名。予備として用意していた金網も使って、合計四枚をセットする。

「お肉は、随分と薄く切るんですね？」

「その方が火が通りやすいからね～。誰が焼いても失敗しないための工夫かな？」

金網を使って行う焼き肉の良さは、その調理の手軽さである。

串焼きのようにじっくりと焼けるのを待つ必要はなく、薄いお肉を金網に載せ、ちょいちょいと焼いてタレを付けてパクリと食べる。誰でもできることであり、時間もかからない。

その代わり、最初に切る手間が発生するのだが、ユキやハルカたちの手に掛かれば、程良いサイズのスライス肉が、見る見るうちに皿の上に積み上げられていく。

その皿を四箇所作った竈に配置すれば準備は完了。あとは自由に焼いて食べるだけである。

「イリアス様、ミーがやり方を教えてあげるの！　このトングを使ってお肉を載せるの」

「わ、解りました！　えいっ、わ、わわ、ジュジュって、いってますよ！」

イリアス様の隣で付きっきりで教えているのは、ミーティア。

メアリはその隣でハラハラしながら見守っているが、イリアス様は楽しそうである。

「大丈夫なの。でも、すぐに焼けちゃうから注意なの。色が変わってきたらひっくり返すの」

「あ、変わってきました。こうやって……これぐらいで良いでしょうか？」

「焼けたお肉は別のトングを使って取るの。同じのを使っちゃダメなの！」

「そうなんですね。注意します」

俺たちが教えたことをきちんと覚えていて偉い。食中毒対策は重要である。

【頑強】スキルのおかげか、食中毒になったことはないが、できることをしないのは怠慢というもの。医療施設の整っていないこの世界では、元の世界以上に気を付けるべきことである。

「あとはタレを付けて食べるだけなの。このタレがとっても美味しいの！」

「随分と簡単――わぁ！　本当です。凄く美味しいです！」

使っているタレは、ハルカたちが作って常備している物。

焼き肉に於ける最重要アイテムと言っても過言ではないので、これは俺たちから全員に対して提供している。塩で食べるのも悪くないが、それだけだとすぐに飽きるからな。

ちなみに、領兵たちについては基本放置。好きに焼いて食べてくれというスタンスだが、美味しいタレの効果もあってか、競い合うような速度で網に肉を並べて食べまくっている。

生焼けで腹を壊さないか、少々心配だが……。エカートが『それはまだ焼けてねぇ！』とか怒鳴っているので、大丈夫そうか。焼き肉奉行の誕生かもしれない。

なお金網の割り当ては俺たちとイリアス様、侍女の二人で二枚、残り二枚が領兵たち。

人数的には同数ながら食べる量は大きく違うため、やや殺気立っている領兵たちと違い、こちらは随分と平和なものである――もちろん、一部はいつも通りの健啖家っぷりを発揮しているが。

「アーリンさん、このタレ、凄いです！　私、こんなの初めて食べますよ⁉」

「ヴィラ、落ち着きなさい。ですが本当に美味しいですね。作り方を教えて頂くわけには……？」

少し興奮気味のヴィラさんを窘めつつ、アーリンさんがハルカを見るが、ハルカは迷いつつも困ったように笑って首を振った。

「申し訳ありません。これはエルフの秘伝でして……」

タレの原料はインスピール・ソース。実際にはご家庭の味というレベルらしいが、エルフのソースであることは間違いなく、俺たちもアエラさんから分けてもらったもの。

おそらく、それを勝手に教えるのもどうかという思いに加え、俺たちがアレンジを加えて色々と手に入りにくい材料を使っていることも、ハルカが断った理由だろう。

しかしアーリンさんは、ハルカの返答に気を悪くするでもなく、納得したように頷く。

「いいえ、レシピは財産でもあります。当然のことかと。では、タレ自体を売って頂くことは？　当家の料理長が味見すれば、必ず欲しがると思います。それに、イリアス様も」

アーリンさんの視線の先には、ミーティアとメアリに釣られるようにもりもりとお肉を食べるイリアス様の姿。ついでに一緒に焼かれている野菜も、タレを付けて美味しそうに食べている。

この世界の野菜は品種改良が進んでいないため、あまり美味しくない物が多いのだが、イリアス様が自分から手を伸ばしているあたり、タレの力は偉大である。

「えっと……。ナオはどう思う？」

「良いんじゃないか？　そこまで大量じゃなければ。価値はあると思うぞ？」

お金を稼ごうというのではなく、ネーナス子爵家との繋がりという意味での価値。

今後もあの領地で暮らしていくなら、領主と良好な関係を築けるのは大きな利点だし、後ろ盾とまでは言わずとも、貴族に関連して何かあったときには力になってもらえるかもしれない。

「けど、売るとなると、結構な値段にならね？　使ってる材料、高いよな？」

そう口を挟んだのはトーヤで、その言葉にナツキも頷く。

「はい。私たちは大半を自前で確保しますが、もしそれを市場で買うとなると……」

俺たちが使っている焼き肉のタレはハルカたちによって日々改良されていて、今の物は醤油風味のインスピール・ソースをベースに、避暑のダンジョンで採れる果物なども使われている。

ちなみにインスピール・ソースは、加熱すれば発酵が止まるので、投入した果物が勝手に分解されるようなことはなく、そのフレッシュな美味しさも感じられる逸品となっている。

ただ逆に言えば、原材料費だけでも庶民には手の出ない高級品となっているわけで。

普段の生活は倹約家であるらしいネーナス子爵が、果たしてどれだけのお金を食事に掛けるか。

「……ラファンでの受け渡しでよろしければ、ほぼ原価でお分けしますが？」

当然ながら、ラファンはネーナス子爵の治める町。ピニングとの間で定期的な遣り取りもあるだろうし、運搬を任せられるのなら俺たちの負担は少ない。

そう思って提案すると、アーリンさんはホッとしたようにすぐに頷く。

「これだけの味であれば、高いのは当然でしょうね。受け渡しの方はなんとかなると思いますが、さすがに私が即決することはできませんので、ピニングに戻った際に相談させてください」

「解りました。ネーナス子爵や料理長も、食べてみないと判断はできないでしょうしね」

「はい、そうして頂けると。——あぁ、すみません。さすがにそろそろ止めなければ」

そう言ってアーリンさんが目を向けるのは、食べすぎて動けなくなっているイリアス様——ではなく、その向こうで暴食に耽る領兵たち。年齢や職業を考えると、まだまだ食べられそうな感じではあるが、その姿が護衛として正しいかは別問題である。

近付いてくるアーリンさんの姿に、領兵たちもようやく気付くが、時既に遅く——。

「あなたたち！　それでお嬢様をお守りできるのですか！」

子供のようにビシリッと叱られ、慌てて姿勢を正す領兵たち。

そんな彼らの姿を見て、俺たちもそろそろやめておくかと箸を置き、ただ一人、そんなの関係ないとばかりに、もりもりと食べ続けるミーティアを眺めた。

——もっともそのミーティアも、程なくイリアス様の隣に枕を並べることになったのだが。

◇　◇　◇

そんな穏やかな状況が少し変わったのは、三日目のことだった。

領境の山へと近付くにつれ、次第に街道の幅が狭くなり、路面も少しずつ荒れ始めたのだ。

窪みを避けることができずに馬車が大きく揺れることも多くなり、また、周囲の森も鬱蒼として道の両側に迫ってきて、かなり見通しも悪くなっている。

気のせいかもしれないが、なんだか不穏な空気を感じて警戒を強めてしばらく。

街道の三分の一ほどが大きく崩落した場所を発見したことで、俺たちは馬車を止めた。

「これは、雨水による土壌の流出か？」

「かもな。専門家じゃないからよく判らないが」

縦横一メートル前後で、深さは五〇センチはある大きな穴。

地面の下の土壌が流出したのか、陥没したようにポッカリと穴があいている。

「これは……なかなかに立派な穴だな。埋めるしかないな」

穴を覗き込んで検分する俺たちの隣にエカートがやって来て、同じように覗き込む。

一応、こういう穴を越えるために橋代わりの板も持ち運んでいるのだが、イリアス様の意向としては、少なくともネーナス子爵領部分の街道に関しては、できる限り補修しておきたいらしい。

少々面倒ではあるが、クライアントの意向は無視できない。

仕方ない、やるかと顔を見合わせる俺たちを制するように、エカートが口を開く。

「ま、安心してくれ。荒事はお前たちに敵わない俺たちだが、こういう仕事は慣れているんだよ。最近、良い物も手に入れたしな。――オイ！　アレを持ってきてくれ！」

「了解しました！」

これまで仕事がなかったからか、どこか得意げにエカートが後ろの隊員に声を掛けると、三人の隊員が穴を埋めるための道具を担いでやってきた。

「あ……」

それを見てトーヤが思わずとばかりに声を漏らす。

担いでいる道具、それはどう見てもショベル。どうやらトーヤプロデュース、ガンツさん&トミー作のショベルは、ピニングの辺りにまで販路を伸ばしているらしい。

「これが穴掘りに便利で――ん？　トーヤ、どうかしたのか？」

自慢げなエカートだが、トーヤの微妙な表情に気付いてそう尋ねるが、さすがにトーヤも『それは自分が作った』と主張するのは恥ずかしかったのか、別のことを口にした。

「あ～、わざわざ手作業でやらなくても、魔法で直せるぜ？」

「えっ……？」

「だよな？　ユキ」

「うん、このぐらいならね。ダンジョンじゃないし」

トーヤの確認に、ユキが気軽に答える。

ダンジョンの壁面などに比べ、ごく普通に魔力が通る土は扱いやすい。

俺も協力すれば数分ほどで終わる作業であり、残念ながらショベルの出番はない。

「……魔力の残量は？　いや、それ以前にお前たちは土魔法も使えるのか？」

「魔力も問題ないぞ？　一応、エルフだからな」

「そうなのか……。お前たち、そういうことらしい」

「「「……うぃーす」」」

楽ができるのに、むしろ残念そうなエカートと、似たような表情で戻っていく隊員たち。

うーむ、何か仕事を割り振るべきなのだろうか？

だが、彼らの仕事は馬車の護衛。それを俺たちと代わって、魔物を斃させるというのもなぁ。

俺が少し考え込んだのに気付いたのか、ハルカが俺の肩を叩いて首を振る。

「ナオ、私たちがやるべきことは、私たちの仕事。下手の考え休むに似たりよ？」

「そうそう。今のところ順調だけど、この辺りが一番危ないんだよね？　早く通りすぎよ？」

「ですね。道の補修に人を割けば、その分、護衛の人数が減るわけですから」

ハルカだけではなく、ユキとナツキからも揃って言われ、俺は苦笑して肩を竦める。

「いや、俺も無理にどうこう、とは思ってないんだがな？　それじゃ、ユキ、さっさと埋めるか」

「ほいほい。ついでにちょっと硬くしておこうかな～」

魔法を使えば、面倒な土木工事も一瞬のこと。

簡単なお仕事をサクッと終わらせ、俺たちは再び先へと進み始めたのだが……。

「なーんか、怪しい反応が」

歩き始めて数十分。前方の森の中に魔物とは違う反応があった。

トーヤを窺えば、こちらを見ていた彼の視線とぶつかり――俺とトーヤは互いに頷き合う。

そんな俺たちの様子にハルカたちも気付き、こちらへ近付いてくる。

「どうしたの？」

「いや、どうも盗賊っぽい反応があってな」

「確定？」

「ほぼ。まさかこの辺で、たまたまキャンプをしていましたとか、ないだろ？　しかも道の左右に分かれて二人と三人、動かずにいるとか」

「元の世界なら山のレジャーかと思うところだけど、ここだとほぼあり得ないよねー」

「魔物とか、普通に出てくるしな」

「私たちなら、できなくはないですが……知らせてきますね」

「頼んだ」

ナツキが馬車の方へと下がっていき、すぐにエカートを連れて戻ってきた。

「盗賊が出たと聞いたが？」

「おそらくな。エカートたちは矢に注意して馬車を守ってくれ。攻撃してきたら俺たちで対処する」

ほぼ間違いなくても、いきなり魔法を撃ち込むわけにもいかない。

俺がそんな風に言うと、エカートはむしろ不思議そうに言葉を返してきた。

「別に攻撃を待たずとも、こちらから攻撃をして構わないぞ？　子爵家の馬車が通る道で怪しげな行動をしている時点で、殲滅されても文句は言えないからな」

「お、おう、そうなのか……？　まぁ、うん、危なそうならそうする」

さすが貴族。そのあたりは案外理不尽である。

日本だと、よっぽどじゃなければ正当防衛なんて成立しないのに——と、思ったのだが、エカートによく訊いてみれば、これは普通の隊商であってもそんなものらしい。

怪しい場所で、怪しい行動をする方が悪い。これがこの世界の一般常識。

——うん、俺たちも気を付けないと。

冒険者だけに、森の中に潜んで魔物や動物を狙うこともあるわけだから。

基本的には、街道の傍に潜むようなことをしなければ、問題はないようだが。

まぁ、そんなことを説明された俺たちではあったのだが、何もされていないのにいきなり殺害に走るというのは少々心理的ハードルが高く、当初の予定通り、相手の反応を待つことにする。

先制攻撃を受けるのはかなり不利なのだが、これを選んだのはハルカが『風　壁』（ウォール・オブ・ウィンド）を使えるようになっているため。護衛依頼を請けることが決まって以降、重点的に練習したようで、既に遠距離から放たれる矢ぐらいであれば、十分に防げるようになっている。

ちなみに、この魔法は【風魔法】のレベル6にあたり、スキルレベル自体はまだそこまで上がっていないのだが、こういうことができるのがこの世界の魔法の良いところだろう。

もちろん、この魔法の出番がないのが一番良いのだが――。

「はぁ。これは確定だろ」

ため息をついたトーヤの視線の先にあったのは、道を塞ぐように倒れている一本の木。

それを確認するのとほぼ同時、ハルカが魔法を使う。

「――『風　壁』（ウォール・オブ・ウィンド）！」

その魔法が発動してさほど間を置かず、森の中から矢が放たれた。

狙われたのは馬車に先行する俺たち。だが、それらの矢は魔法の風によって完全に逸（そ）らされてこちらには届かず、お返しとばかりに俺たちも三本の『火　矢』（ファイア・アロー）を放つが――。

「……マジか」

別々の場所を狙った『火　矢』（ファイア・アロー）は、いずれも標的を外れ、虚（むな）しく地面へと突き刺（さ）さった。

いや、より正確に言うなら、狙った場所には当たったが、標的には避けられてしまったのだ。

人間と魔物は違うとはいえ、自信のあった魔法だけにちょっとショックである。

「トーヤ！　油断するな。かなりの手練れかもしれない」

「当然！」

森から飛び出してきたのは、事前に【索敵】で把握していた五人。

覆面で顔を隠した男たちは何か口上を述べるわけでもなく、無言のまま二手に分かれると、俺たちの方へ三人、後ろの馬車の方へ二人が向かう。

——コイツら、本当に盗賊か？

以前討伐した冒険者崩れに比べ、明らかに動きが統率されている。

だが、相手が盗賊だろうが、そうでなかろうが、やるべきことが変わるわけではない。

俺たちの方へ来た三人のうち、二人をトーヤとナツキが受け持ち、もう一人はユキとハルカが二人で対応。後ろに向かった二人は——。

「二番隊と三番隊、三人ずつで当たれ！」

「「「了解！」」」

エカートの声と、それに応える領兵の声。

三対一であれば問題はなさそうだが、残念ながら領兵はあまり強くない。

念のため、俺は後ろの援護に向かおうとしたのだが——。

「すまん！　ナオ、こっちの援護を頼む！」

俺に向かって、やや焦ったような声を上げたのはトーヤ。

対峙しているのは、トーヤと同じぐらいの体格の男で、少し肉厚なショート・ソードを扱い、サジウス相手でも余裕があったトーヤを半ば翻弄している。

「何者だ！」

答えは期待していないが、多少でも気が引ければと思って放った言葉。

それと同時に槍も突き込むが、相手は沈黙を保ったまま、俺の槍をあっさり去なす。

トーヤですらそれなりに追い込める、俺の突きを。

「――おい、トーヤ、強くないか？」

獣人故に、人間と比べて秀でた膂力と素早さ。

「強いな。技術では完全に負けてる。力と速度でなんとか、だな」

それを魔力で更に強化したトーヤと渡り合うあたり、かなりヤバい。

少し不安になってナツキたちの方へ視線を向けるが、そちらはこの男ほどではないのだろう。

若干苦戦はしているようだが、二人の男をナツキたち三人できっちりと抑えている。

そして馬車の方も、三対一を四対一に変更はしていたが、戦線離脱者はいない。

問題はやはり、俺たちの前にいる男か。

一応、隊長であるエカートと領兵が一人、それに最後の砦としてメアリとミーティアが残っているが、この男を止められるとは思えず、もしここを抜かれてしまえば破綻する。

そうでなくとも、万が一別働隊でもいようものなら完全に終わる。俺の【索敵】に反応はないが、これが万能でないことは、【隠形】スキルがあることからも判っている。

そうでなくとも、誰か一人でも脱落してしまえば……。

俺はやや大きく槍を振り、男を後退させると同時にトーヤの後ろに下がり、ハルカたちにも聞こえるように声を上げる。

「二番、三本‼」

「「はい！」」

――三、二、一、今！

「「『火矢（ファイア・アロー）』！」」

なんとかの一つ覚えみたいだが、単体攻撃なら、やはりこれが一番効率が良い。

特に人間相手の場合、少しでも怪我をさせることができれば、それだけで有利になる。

痛みがあれば動きが鈍（にぶ）るし、仮に希少な治癒（ちゆ）魔法使いが敵にいたとしても、即座に治せるわけもなく、一時的にでも戦線離脱させることができれば均衡（きんこう）が傾（かたむ）く。

三本の『火矢（ファイア・アロー）』で狙うのは、ナツキが相手をしている敵。ちなみに一番だと俺たち、三番だとハルカの前にいる敵になるのだが、当たる確率が一番高そうな敵を選択した。

戦いながら放ったユキたちの魔法はやや狙いも甘く、威力（いりょく）、速度共に乏（とぼ）しいが、それで良い。

本命の魔法は、一時的にでもトーヤに敵を任せられる俺。

狙った敵はナツキに邪魔をされつつも、ハルカとユキの『火矢（ファイア・アロー）』を一つは躱し、一つは切り払ったが、そこに二人の物とは速度の違う俺の『火矢（ファイア・アロー）』が迫る。

それにもなんとか対処しようとする男だったが、さすがにナツキの猛攻（もうこう）を受けつつ、そこまでやるのは無理があったらしく、できたのは直前に身体を捩（よじ）ることのみ。

ギリギリで胴体（どうたい）には当たらなかったが、左脚（ひだりあし）の根元に『火矢（ファイア・アロー）』は突き刺さった。

「――ぐっ！」

左脚が千切れ飛び、男が呻（うめ）き声を漏らした瞬間、ナツキが追撃を行うが、男は即座に武器を手放すと、屈み込むようにして地面に手を突き、残った脚と手の力で大きく後方へと飛び退った。

「……うわーぉ」

思わず声が漏れてしまう。

炎で焼き切った状態になっているため、激しく噴き出るほどには出血していないが、それでもドバドバと表現したくなるほどには、血が流れ出しているのだ。

その状態であの動きとか、シャレになってない。

というか、オークの頭ぐらいなら簡単に吹き飛ばす威力を込めた『火矢』なのだ。

それを喰らって片脚だけとか……どういうこと？

だが、片脚を失って武器も手放したとなれば、さすがにナツキに対抗することは無理だろう。

——これで勝てる。

そう思ったのが悪かったのか。トーヤと戦っていた男の判断は迅速だった。

トーヤを押し返して距離を空けると、懐から取り出した笛を「ピィィィ！」と吹き鳴らす。

そして、即座に怪我をした男へ向かって走り、ハルカたちと戦っていた男も同様に離脱。

その男と共に、脚を失った男の両腕を持って担ぎ上げ、森の中へと走り込んでいった。

また、後方の馬車で戦っていた男たちも、笛の音を聞くと同時に速やかに森へ撤退していく。

やろうと思えば、その背中に魔法で追い打ちを掛けることはできたのだろうが……。

正直俺は、彼らが見せた想像以上の強さに、少々動揺していた。

下手に追い打ちを掛けて、命を捨てて掛かってこられたら？

片脚を失ってもあれだけ動けるのだ。こちらが無事でいられるとは到底思えなかった。

それに俺たちの目的は、敵の殲滅ではなくイリアス様の護衛なのだ。

追い払うだけでも十分に役目は果たしているのだから、そこまでのリスクを取る理由はない。

「はぁぁ……。お疲れ。怪我はないか？」

俺が大きく息を吐いてトーヤに声を掛けると、トーヤもまた息を吐き、額の汗を拭った。

「なんとかな。正直、かなりヤバかったが……。ただ、相手もある程度の安全マージンを取って戦っているように感じたな」

トーヤのその言葉に、近付いてきていたユキもまた頷く。

「それはあたしも思ったかも。少しこちらに踏み込めば攻撃が当たりそうな時でも、無理をせずに一歩引くというか……。だから助かった部分もあるんだけど」

「是が非でも殺そうという感じではなかったですね。死ぬ気で来られたら危なかったと思います」

「その代わり、見事に逃がしちゃったわけだけど」

「それは別に構わないだろ。今回の仕事は盗賊の討伐じゃない。まぁ、そもそも盗賊っぽくはなかったんだが。――エカート、そっちはどうだ？」

話をしながら馬車の方に向かい、隊員を纏めていたエカートに声を掛けると、彼はこちらを振り返り、やや厳しい表情ながらもホッとしたように頷く。

「こちらも大きな問題はない。四対一という、ちょっと情けない状況だったが」

「馬車はきっちり守っているんだ。上出来だろ」

戦闘が落ち着いたのが判ったからか、馬車の窓から少し不安そうにこちらを覗くイリアス様の顔が見えるが、その馬車には戦いでできたような傷は一つもなかった。

「怪我をした人は？　いない？」

「二名ほど、軽く切られただけだな。戦闘に支障があるほどではない」

「そう。でも一応治しておきましょ」

「そうか？　すまない。おい」

「「はっ！　恐（おそ）れ入ります！」」

エカートが声を掛けると、二人の隊員が進み出て、ビシリと敬礼。

見れば腕と脚に創傷はあるが、出血量も多くなく、さほど深い傷ではない。

「このくらいなら問題ないわね。『小治癒（ライト・キュアー）』」

ハルカが軽く魔法を使うと、それだけであっさりと傷口が塞がり、血も止まる。

「「ありがとうございます！」」

あの程度の傷であれば、俺たちのように鎖帷子（くさりかたびら）を着ていれば防げそうだが、残念ながら財政的に厳しいネーナス子爵家では、兵士一人一人に支給するほどの予算はないらしい。

属性鋼製が高いのは当然として、白鉄製の物ですら乗用車一台分ぐらいの値段がするわけだし。

ちなみに、俺たちに対する領兵のやや硬い態度は、出発前の訓練で俺たちが半ば教官役になっていたことが原因だろう。焼き肉パーティーで親睦を深めたこともあり、平時では結構気軽に話しているんだが、今は任務中という意識の方が強いのかもしれない。

「そういえば、『火矢（ファイア・アロー）』を切り払った奴もいたんだよな」

「そうね。普通に考えれば、属性鋼以上の武器を持っていたってことになるわけだけど」

「あ、落としていった剣、一応拾っておきましたよ」

ナツキが差し出したのは肉厚のショート・ソード。おそらく、俺とトーヤが戦った男が持っていた剣と同じ物。それをトーヤが受け取り、じっと見つめる。

「これは……火の属性鋼だな。単なる盗賊が持つには、明らかに分不相応だろ」

「しかも、凄く強かったよね～。トーヤとナオの二人がかりで斃しきれないとか、怖すぎるよ？」

「行動もな。一言も喋らずに襲撃と撤退を熟したわけだが……エカート、どう思う？」

『金を出せ！』とか、『ぶっ殺す！』とか、典型的盗賊台詞どころか、仲間内で声を掛け合うことすらせずに戦闘が始まり、そして笛を合図に鮮やかに退く。もしあれが盗賊というのであれば、恐ろしく訓練されているし、当然、名の知られた盗賊団である可能性が高い。

というか、あのレベルの盗賊と普通にエンカウントするようであれば、正直、冒険者を続ける自信がなくなるし、町から出ること自体が怖すぎる。

そんなこともあってエカートに話を振ったのだが、彼は困ったように首を振る。

「すまん、そのへんは俺の管轄外だ。多少でも判るのは――イリアス様、よろしいですか？」

「ええ。出ても良いですか？」

「少なくとも、感知できる範囲には敵対反応はありません」

俺が答えると、まずメアリたちが降りて、続いてイリアス様、最後に侍女の二人が出てきた。

「ふぅ。まさか、盗賊に襲撃されるとは思いませんでした。あまり商人が通る場所でもないはずですが……。我が領としては残念なことですけど」

長時間馬車に乗っているのはやはり疲れるらしく、少しホッとしたように息をついたイリアス様は、困ったように辺りを見回す。

「それなのですが……いくつか怪しい部分がありまして」

俺たちが道を修復しなければ馬車が通れなかったように、実際に商人の往来は少ないだろう。

そのことからも、ここに普通の盗賊が待ち構えているというのは、少々考えにくい。

更には要求もなく襲ってきて、盗賊としてはあまりにも強く、統制が取れた動き。

それらの不審点を順に挙げて説明していくと、イリアス様、そしてアーリンさんとヴィラさんも深刻そうに眉根を寄せ、深く考え込んだ。

「普通の盗賊がこの馬車を襲ったとは思えませんね。外から見ただけでも一〇人の兵士に五人の冒険者。それだけの護衛がいる相手を、たった五人で襲うのはただの馬鹿です」

しばらく沈黙した後、そう言ったのはアーリンさん。

この一行の中で武力方面の責任者はエカートだが、全体の責任者といえば彼女になるだろう。

もちろん名目上のトップはイリアス様なのだが、さすがに実務を任せるには幼すぎる。

当然ネーナス子爵もそれは理解しているので、信頼できる部下として彼女を付けたらしい。

「でも実際に襲いかかってきた集団がいた」

「はい。正直不可解です」

ハルカの事実確認にアーリンさんは頷きつつ、顔を顰めて首を捻る。

「ネーナス子爵に恨みを持つような、襲撃される心当たりとかはありませんか？」

「正直に申すと、当家は弱小で権力争いとは無縁なのです。御館様ご本人であればまだしも、イリアス様を襲撃してまでは……。ご長男もお生まれになっていますし」

感情を排して言うなら、ネーナス子爵家には既に跡継ぎがいるので、イリアス様が殺されたとしても、それで領内が混乱するようなこともなく、子爵家としてはそこまで痛くない。

もちろん子爵本人は怒り狂うだろうが、利のために襲撃するには少々格が不足している。

「んー、それこそが目的だった、とか？」

首を捻っていったユキの言葉に、アーリンさんは苦笑する。

「いえ、ですから、ネーナス子爵家はそんな恨みを買うほどの家では――」

「ケルグの騒乱、ありましたよね？　潰された貴族や大商人、あったんじゃ？」

言下に否定するユキの言葉に、アーリンさんは笑みを収めて真顔で考え込んだ。

「……確かにいくつかの名ばかり貴族家を潰しました。ですが……あぁ、いえ、やはりそれはないでしょう。宗教にお金を注ぎ込んで潰れたのです。トーヤさんたちに匹敵するほどの手練れを雇うようなお金、用意できるはずがありません。――少なくとも、普通の手段では」

「そうなのよね。宗教だから、お金以外の手段というのも考えられるし……」

「サトミー聖女教団を潰して教祖を捕まえたわけですから、恨みはありそうですね」

ハルカとナツキも、困ったようにため息をつく。

実際に捕まえたのは俺たちだが、その身柄はネーナス子爵家が確保しているはず。

やったことの重大さを考えれば、あまり愉快な結果にはならないと思うので、あれ以降どうなったのか、その生死も含め訊いてはいないが……。

「もしかすると、イリアス様の身柄自体が目的だった可能性もあるか」

「私、ですか？」

「ネーナス子爵に取引を持ちかけるには十分ですから。例えば身柄の交換、とか」

イリアス様を解放する代わりに、サトミーを解放しろとか、ありそうな話。

ただその場合、解放された後に逃げる場所があるかという問題もあるのだが。

元の世界なら、テロリストも不良国家が受け入れたりするが、サトミー聖女教団は潰された理由が理由である。周辺諸侯はもちろん、他国であってもなかなかに厳しそうだ。

「ちなみに、聖女サトミーの身柄はどうなったんだ？」

オイ、トーヤ、それを訊くか⁉　俺があえて訊かずにおいたのに！

「いえ、私は……」

「申し訳ございません」

イリアス様は本当に知らないのか言葉を濁し、アーリンさんはきっぱりと首を振った。

「ですよねー」

ただの冒険者に、そのあたりのことをペラペラと喋るようでは、そちらの方が怖い。

用済みになったら、あっさり消されそうで。

「しかし、もし仮に私が捕まっても、そのような取引にお父様が応じるとは思えませんが……」

自分のことでありながら、なかなかにシビアな見方。

アーリンさんに視線を向けると、彼女も真面目な表情のまま頷く。

「子爵は正しく貴族であらせられます。ご家族はとても大事にされますが、優先順位を間違えることはあり得ません」

必要なことではあるのだろうし、そこで暮らす領民としては安心できる情報なのだが……。

「やっぱり貴族って、大変なの」

ポツリと呟いたミーティアの言葉、正にその通りである。

今度はイリアス様も否定することなく、困ったように苦笑するのみ。

まともな権力者って、絶対にストレスで体調を崩すだろうなぁ。

良い意味で手抜きが上手い人か、優秀な補佐役でもいないと、かなり大変そうである。

少なくとも俺はやりたくないし、関わるとしても、たまに依頼を請ける程度が良さそうだ。

それで権力者と仲良くなり、依頼の見返りとして、困ったときに少し手助けしてもらうが一番良いポジションじゃないだろうか？

——というか、今の俺たちは正にそれを狙っているのだが。

「けどさ、襲ってきた奴らって、狂信者的なところはなかったよな？　かなり冷静というか……」

思い出すようにトーヤがそう言い、俺もそれに同意して頷く。

はっきり言ってアレは盗賊なんかではなく、訓練された軍人のような——いや、怪しげなカルトに、怪しげな特殊部隊的な暗部はつきものか？　幼い頃から訓練された、みたいな。

でも、サトミー聖女教団は歴史がないからなぁ。

「雇われただけなのか、もしくは別件か。どう思います？」

ハルカの問いに、アーリンさんはしばらく考え込んだが、やがてゆっくりと首を振った。

「今ある情報では判断できかねますが、別件の可能性もあるかと思います。場合によっては、当家自体が標的ではなかったのかも……」

「それは？」

「……いえ、やはり現状では。すみません」

アーリンさんはぺこりと頭を下げて、はっきりとしたことは口にしない。

ま、仮に何か思い当たることがあっても、気軽には言えないよな。

「取りあえず倒木を片して、先に進みましょう。さすがに再度の襲撃は……ないと思いたいわね」

「少なくとも、さっきの集団に関しては大丈夫、だと思うけど……」

片脚を失いながらも驚異的な身体能力を見せ、冷静に対応した襲撃者の姿がちらついてか、ハルカとユキの顔にも僅かに不安が見える。

だが、あの襲撃でこちらの力量も把握したはず。一人欠けた状態で襲ってくる確率は低いと思うが、よく判らない集団だけに油断もできないし、追加の人員がいないとも限らない。

「警戒しながら作業を進めよう。エカート、数人、力のある人を出してくれるか？」

「判った。三人で良いか？」

「十分だ。俺たちの方はトーヤと――」

どうするか、と悩む間もなく、ミーティアとメアリが手を挙げた。

「ミーも手伝うの！　身体、動かすの」

「では、私も。力仕事なら、得意ですし」

そのことにイリアス様が目を丸くするが、実際二人の力は、一人前に近いんだよなぁ。

特にメアリはそろそろハルカを超えそうだし、最近はトーヤに【筋力増強】のスキルまで習っている様子。それを身に付けてしまえば、もう普通の大人では勝てなくなるだろう。

もちろん、今はまだ俺の方が強いだろうが、馬車でじっとしているのも逆に辛いか。

「それじゃ、二人に頼もう。俺は警戒にあたるから、トーヤ、指揮を頼む」

「任せろ。それじゃ、まずは邪魔な枝から払うか」

その間、残った俺たちは周辺の監視(かんし)。実のところ、時空魔法を使えば簡単に処理も終わるのだが、さすがにこんな大人数に見せたくはないし、倒木自体もそこまで大きな物ではない。

そのことをトーヤも理解してか、文句を言わずに作業を進め、程なく道は無事に開通。

俺たちはこれまで以上に周囲を警戒しながら山越えの道を先へと進み、峠(とうげ)を越えてダイアス男爵領へと入ったのだが、ここからは街道の状況が更に悪化した。

まったく管理していないのか、路面の穴ぼこだけではなく、大きく崩れている箇所も多数。

歩くだけならまだしも、馬車が通行するのはかなり厳しい状況となっていたが、ここは既に他家の領地、補修をすることはせず、俺たちは板を活用して先を急ぐ。

そして迎えた三日目の夜。

再度の襲撃を警戒して、いつも以上に見張りに力を入れた俺たちだったが、結局は空振り。

多少魔物に襲われた程度で、無事に翌日の日が昇(のぼ)り――四日目。

街道の先に、中継地点となるミジャーラの町が見えてきた。

第二話　現実の難しさ

遠目に見ても、その町は少し異常だった。

俺たちがこれまで見てきた町はいずれも、町全体を壁で囲んで形成されていた。

壁の堅牢さに差はあれど、その内側が人が暮らす領域。外側にあるのは畑や牧場、もしくはそれに関係する小屋程度で、住居を建てている人は見たこともなかった。

しかし、視線の先にあるミジャーラの町では……。

「あれは……スラム、か？」

ミジャーラに入る門の周辺、街壁の外側に位置する場所。

そこには荒ら屋という表現すら上等な建物が、ただごちゃごちゃと秩序もなく並んでいた。

近付かなくても判るほどに不潔で人に溢れていながら、その周囲には柵すら存在していない。

「あんな所にスラムを作って、魔物は大丈夫なのか？」

「大丈夫じゃないだろうな」

思わず呟いた俺に、傍を歩いていたエカートが応える。

「……つまり？」

「運が良い奴が助かる。それだけだ」

上手く町の中に逃げ込めれば助かるのかもしれないが、冒険者のギルドカードを持っていなければ、門を通る度に税金が徴収されるわけで……あそこの住人はどうなのだろうか？

比較的簡単に取得できるとはいえ、仕事をしなければ没収されるからなぁ。

「もちろん、運だけじゃないぞ？　観察して、何か気付くことはないか？」

エカートの言葉に、俺は次第に近付いてくるスラムの様子を眺める。

まず目に付くのは建物か。

門の周辺は一応、『建物』と言える代物なのだが、そこから同心円状に離れるにつれ、だんだんと酷くなり、外周部分はそれこそ『建物』というのが烏滸がましいほど。

柱と屋根しかない――いや、それどころか、木の棒になんとか板を立てかけただけ、みたいな物すら存在する。下手をすれば、以前見たオークの巣の方がマシというレベルだ。

「外周の建物がボロくね？　それもかなり」

それに気付いたらしいトーヤが呆れ気味に漏らし、エカートはそれに頷きつつも先を促す。

「他には？」

建物の他というと……人か。

スラムだからか、目に付くのは誰も彼も薄汚れて、生気の乏しい人たち。

年齢層は様々で、子供から年寄りまで男女関係なくいるが、数が多いのは男の方だろう。

全体として言えるのは、不健康そうで、怪我をしている人が多いこと。

腕や脚がない人もいるし、酷い人になると腐敗して蝿が集っていたりもする。

総じて目を背けたくなるような状態だが、外周部分に関していえば――。

「年寄りが多いか？　あとは子供や不健康そうな人が……」

「そういうことだ」

そういうこと……逃げ足の遅い者を外に？　もしかして餌なのか？　足止めのための。

よく見れば、死体すら放置されているようにも見える。

それを魔物が食っている間に、町の中に逃げるのだろうか？

だが、逃げ込めなければ、そして魔物が満足しなければどうなるのだろうか？

——いや、どうなるもないよな。判りきったこと。

傍で聞いていたハルカやユキ、そしてナツキもそれを理解して、不快そうに顔を歪める。

「同情してもどうしようもないぞ？　ここはそういう場所だ」

「……おう」

「……了解」

そう言いながらも、エカート自身、決して愉快ではないのだろう。その表情は苦い。

そんなスラムの間を通り、俺たちの馬車は門に向かって進んでいく。

これは死臭なのだろうか？

なんとも言えない嫌な臭いが鼻を突く。

スラムの住人は俺たちを遠巻きに見ながらも、近付いてくる様子は見せない。

こちらが貴族の馬車と理解してか、それとも領兵たちが腰の武器に手を掛けているからか。

脅威度なら昨日の襲撃者の方が圧倒的に高いが、それ以上の嫌な緊張感が漂っている。

そんな中、近くの荒ら屋から一人の子供が転び出て、俺たちの少し先、道端で倒れ伏した。

「あっ――」

思わず足を止めかけた俺の背を、エカートが小突く。

「おい、立ち止まるなよ？　下手に同情した様子を見せれば、集られるぞ？」

「いや、だが――」

「目の前で倒れ込むぐらい序の口。小銭(こぜに)を貰(もら)うためなら、子供の手脚ぐらい切り落とす。ここにいるのは、そういう連中だ」

エカートが吐(は)き捨てるように言って、先ほどの子供を顎(あご)で示す。

そして、その言葉通り、倒れた子供の左腕は半ばからなくなっていた。

――ここの住人、妙(みょう)に欠損部位が多いと思ったが、実はそういうことなのか？

「魔物が原因と思ったか？　はっ、魔物が手脚だけで満足するかよ」

手脚を失いながらも生きている。つまり、魔物から逃げ出した、もしくは誰かに助けられたということになるが、ここの住人たちにそんなことができるだろうか？

大人なら傷痍(しょうい)軍人という可能性もあるが……子供だからな。

「ちっ、胸糞(むなくそ)が悪いな」

盗賊(とうぞく)の討伐(とうばつ)でも酷いものを見せられたが、悪人のやったことだとある程度は割りきれた。

ケルグの騒乱(そうらん)も悲惨(ひさん)だったが、あれは非常時である。だがここは平時にありながら、それ以上の惨状(さんじょう)。メアリたちを馬車に乗せてくれたイリアス様には、本当に感謝しかない。

もっとも、彼女(かのじょ)たちが冒険者を続けていくなら、こういう現実にも慣らしていく必要はあるのだろうが……気が重いな。せめて成人するまでは、あまり見せないようにしたいところだが。

「気を付けろよ？　商人の馬車なら、平気で馬の前に放り出してくるぞ、子供でも」

貴族の馬車の前に飛び出さないのは、問答無用で切り捨てられるから。

商人であれば、子供が轢かれても馬車が止まればそれで良い。

足を止めさせて施しを願い、場合によっては強引に奪っていく——そういう場所らしい。

「ナオ、私たちの仕事は？」

「イリアス様の護衛だな」

「そうね」

ハルカはそれ以上何も言わずに口を噤むが、その言葉は俺に言い聞かせると同時に、自分にもまた言い聞かせているようにも聞こえた。

トーヤの方を見ると、口を真一文字に結んで強く手を握りしめている。

実のところ、ミジャーラの町は荒れていて治安が悪いという話は事前に聞いていた。

だが、ここまでとは完全に予想外。ネーナス子爵領の町でも治安の悪い場所はあったし、スラムっぽい場所も見かけたが、ここと比べれば、それらの場所など普通の町の範疇だ。

領主によってここまで違うのか？

それとも何らかの、別の要因でもあるのか？

やるせない気持ちを抱きつつも、俺たちは周囲から目を逸らして先へと進み、ようやくとばかりに門を潜るが、入ったそこもまた、外よりは若干マシ、という程度の状態だった。

衛生状態の悪さもまた同様で、更にここは街壁のせいで風が通りにくいこともあってか、空気が淀み、吐き気を催すような酷い臭いが漂っている。

「なんなんだ、この町は……」

「こっちの北門周辺はこんな感じなんだよ。宿がある辺りは全然違うから、そこまで耐えろ」

一応はピニングと隣接する町だけに、ここに来た経験があるのだろう。

エカートたち領兵はウンザリとした顔だが、驚いたりはしていない。

既に向かうべき宿は決まっているらしく、エカートの先導で足早に進んでいくと、先ほどの言葉通り、次第に街並みが綺麗になっていくのが見て取れる。

「着いたぞ。あそこが今日宿泊する宿だ」

エカートが指し示したのは、町中を流れる川の岸辺に立つ大きな石造りの建物。この辺りまで来ると、周囲の建物もピニングの少し良いエリアと同じぐらいの状態になっていた。

「同じ町で差がありすぎだろ……」

思わず呆れ混じりの言葉を漏らすと、エカートは苦笑して肩を竦める。

「それが特徴なんだよ。――イリアス様、到着致しました」

エカートが声を掛けると馬車の扉が開き、メアリたちに続いてイリアス様が降りてくる。

「ご苦労様です」

「いえ、イリアス様こそ、お疲れ様でした」

イリアス様が領兵たちに一声掛けて宿に入り、エカート以下五名が付いていく。

残りの領兵は馬車を厩の方へと移動させ、俺たちはメアリたちと共に宿の中へ。

揉み手で現れた宿の従業員に案内されるまま、俺たちに割り当てられたのは貴賓室の右隣。

貴賓室に対するお付きの部屋なのか、やや狭い間隔でベッドが六個ほど詰め込まれているが、部屋自体はそれなりに広いので、あまり狭っ苦しいという印象はない。

領兵たちが使うのも同じタイプの部屋で、貴賓室と俺たちの部屋を挟むように位置している。

そして、貴賓室を使うのは当然、イリアス様と侍女の二人なのだが、就寝時には護衛として、ハルカとナツキがそちらに行くことになっている。

町の中なので寝ずの番まではしないが、一応の用心である。

「はぁ……。こんな町もあるんだな」

「あぁ。良い場所だったんだな、ラファンって」

部屋に入り、他人の目がなくなったことから、俺が深いため息を漏らすと、トーヤもしみじみと応え、ユキたちもまた同意するように深く頷く。

「町の造りがえげつないよね～」

「そうですね。たぶん、意図的なんでしょうね」

ここミジャーラは、ノーリア川の下流に位置する町である。

上流には、あの不味い魚料理が印象的なサールスタットの町が存在していて、両町ともに川を挟んで町が造られていること、そして川港の町であることが共通している。

ただ、この町で漁はあまり行われておらず、主産業となっているのは川を使った水運だ。

北西に位置するピニング、そして北東に位置するジャンゴという町から運ばれてくる荷物を集め、下流にある領都クレヴィリーへと運搬するのが主な役割。

また、ピニングからミジャーラへ続く街道は、川を越えてクレヴィリーまで延びているのだが、その街道には橋がないため、渡し船も重要な仕事の一つである。

もっとも、通ってきた街道の状況からも判る通り、現状ではピニング＝ミジャーラ間の交易は少なく、大半の荷物はジャンゴから運ばれて来ているらしい。

町の位置的に、ピニングからの荷物は川の西側、ジャンゴからの荷物は川の東側。

結果として、東側がより発展するのは必然なのだろうが……。

「それにしたって、綺麗にグラデーションで分かれすぎだよね」

門から川に近付くにつれて、見事なまでに滑らかに周囲の状態が良くなっていく。

部屋から川向こうを望めば、こちらとは比較にならない綺麗な街並みが見えるのだから、どう考えても為政者があえてそうしているとしか思えない。

窓の反対側に目を向けるが、そちらにあるのは廊下へ出る扉。

当然ながら何も見えず、また見せないためなのか、廊下にも窓は作られていなかった。

「ナオ、スラムの子供助ける、とか言わないでね？」

「言わないさ。それに……そのことは既に話し合っただろ？　な、トーヤ」

「だな。メアリとミーティア、そのぐらいがオレたちの器だ」

「そうね。……ここは、想像以上に酷かったけど」

「うん。知識として知っているのと、実際に見るのは……結構違うよね」

メアリたちを拾った後、『旅をしていれば、同じような光景を頻繁に見るようになる』という話は、既に【異世界の常識】持ちのハルカやユキから聞いていた。

そして、『助けられないのだから、見捨てる必要がある』ということも。

もしそういった話をしていなければ、この町で受けた衝撃はもっと大きくなっていただろう。

「私たち、幸運ですね。ハルカさんたちに拾ってもらえて」

「まぁ、正直なことを言ってしまうと、メアリたちを助けるべきか、そして私たちで引き取るべきかは、結構迷ったんだけどね。トーヤが決めたからって部分はあるわ」

ポツリと漏らすメアリにハルカは困ったように眉尻を下げるが、メアリはすぐに首を振る。

「それは当然だと思います。実際、町の人は誰も助けてくれませんでしたし、大怪我した子供なんて邪魔なだけ。それが普通ですから」

この世界、俺たちの感覚からすれば、子供の扱いがかなり粗雑だ。

例えば農家。

農地を継承する長男は大事に育て、その予備として次男まではそれなりに扱う。

だが、それ以降は余り物。継がせる土地もないし、仕事もない。

多少の金を与えられて、家から出されるのならまだマシ。酷ければ裸一貫で放り出されたり、生活が苦しくなれば幼子は間引かれたり。そんなことが普通にある。

そんな扱いなので、見知らぬ――いや、多少親しくても、大怪我をした子供を助けるために、金貨数十枚から数百枚もの治療費を払えるようなお人好しはそうそういない。

女子供だから守られる、そんな優しい世界ではない。

例えば、父親が一人の子供を守って、代わりに死んだとしたら？

美談に聞こえるかもしれないが、現実には大黒柱を失って、残った子供たちも飢えて死ぬ。

だから、子供一人を見捨てる方が正解。まだまだそんな社会情勢である。

「あとは、メアリたちを見つけたのがケルグだったから、だよね。もしこの町でメアリたちを見かけても、何もしなかった――いや、できなかったと思うし」

「あの人数は、なぁ。手の出しようがねぇよ……」

ケルグの騒乱の時と比べても、あまりに状況が酷すぎる。

ハルカたちが頑張ったところで、全員の怪我を治すことなどできないし、仮に治せたとしても、エカートが言ったように手脚の欠損が意図的なものであれば……。

「多少の金でどうにかなるとは思えないが、神殿にでも少し多めに寄付しておくか？」

「それは避けた方がよろしいでしょうね」

「アーリンさん……」

俺たちの話に割り込んできたのは、突然、扉を開けて入ってきたアーリンさんだった。

「申し訳ありません。無断で入ってしまって。気になるお話が聞こえたものですから」

「いえ、それは構いませんが……何故ですか？」

「おそらく、皆様はスラムの様子を見て、心を痛められたと思うのですが……」

「はい」

「そこに中途半端に――いえ、少しでも介入することはお勧めできません。ダイアス男爵家が当家よりもかなり裕福なことはお聞き及びだと思いますが、その上であれなのです」

必要とあれば、金貨千枚以上をポンと出せるネーナス子爵家。

そこをして『かなり裕福』と言わしめるダイアス男爵家。

「多少の資金ではどうにもできない、もしくはするつもりがない？」

「後者ですね。現にこの町の神殿には、孤児院もありません」

「ないですね。建て前として神殿は独立していますが、領主からの補助金なしに孤児院を運営することはほぼ不可能ですから、孤児院のない神殿もあります」

領主の方針としてやっていることを、一介の冒険者が邪魔をすれば目を付けられる。

しかもそれがネーナス子爵家の護衛であれば、子爵家にも迷惑を掛けてしまう。

残念だが、そういうことらしい。

「ここでは意図して領民に差を付けています。そして、それを見せつけています。ご存じですか？　クレヴィリーにスラムはないんですよ？　お金のない者たちはすべて放逐していますから」

ここダイアス男爵領の税金は、ネーナス子爵領などと比べて大幅に高い。

それもあってダイアス男爵は裕福なのだが、高い税率は必然的に払えない人も増やしてしまう。

つまり税金の滞納であり、それに対する罰則は非常に重い。

手持ちの金はもちろん、田畑や店などの資産があれば、それらも容赦なく没収。

結果、仕事ができなくなり、更に稼ぎは減り、だんだんと落ちぶれ……行き着く先がスラム。

その最終地点が、俺たちが通ってきた門の外らしい。

「それを見せることで領民は必死になります。自分は絶対にああはなりたくないと。そのおかげでクレヴィリーの町は発展し、税収も良いそうです」

不満を逸らすため、もしくは締め付けるために、統治に階級制度を利用する手法は、ありがちといえばありがち。それをかなり極端にしたのがこの領地なのだろう。

「神殿も炊き出しなどはしていて、それに対しては多少の補助金を出しているようですが、救済というよりは、ギリギリで生かすため、という感じですね」

ネーナス子爵は基本的に、領民に対して手厚い統治を行っている。そこに所属するアーリンさんとしては受け入れがたいことなのか、苦々しい顔で吐き捨てる。

そんな相手であっても、高価な贈り物を持って、笑顔でお祝いを言うために出向くのだから、貴族も因果な商売である。

「それって、問題にならないのですか?」

「なりませんね。税額を決めるのは領主の権限です。税が払えないからと奴隷にすれば国法に反しますが、田畑を没収しても、それは正当な権利です。国王でも侵すことはできません」

「貴族でも、いや、国王でも解決できない問題か。オレたちにはどうしようもないわ、こりゃ」

トーヤは「はぁ~」と重い息を吐き、上を向いて肩を竦めた。

「厳密に言えば、国王が強権を発動すればなんとかなりますが、難しいでしょうね。領地貴族を簡単に潰せるほどには、力がありませんから」

アーリンさんはそう言い、「だからこそ、ネーナス子爵家も残ったんですけど」と付け加える。

ふむ、アレか。

〝避暑のダンジョン〟――いや、それになる前の、ミスリル鉱山に関する不祥事。

改易まではされずに当主の交代だけ、しかも弟が当主になることが許されているのだから、この国の貴族と国王の力関係がなんとなく想像できる。

「そんなわけですから、申し訳ありませんが、不満はあっても怺えてください。何かあっても、当家では皆さんを庇うことができませんから。もちろん国法に反するような、余程理不尽なことであれば別ですが」

「わかりました。留意しますね」

ハルカは暗い表情で頷くが、アーリンさんを含め、誰もが釈然としない気持ちは抱えている。

だが、どうすることもできないのもまた同じで、暫し部屋に沈黙が落ちるが、そんな空気を変えるように、「あっ！」と、少し明るい声を出したのはユキだった。

「ところでアーリンさん、何か用事があったんじゃ？」

「あぁ、そうでした。これからの予定を伝えに来たのでした。今日の夕食は各部屋に運んでもらいますので、それで済ませて外出は控えてください」

「解りました。さすがに、この町ではあまり外に出たいとも思えませんし」

俺がそう言うと、アーリンさんは苦笑しつつ頷き、言葉を続ける。

「夕食後、ハルカさんとナツキさんは、イリアス様の部屋での待機をお願いします。メアリさんとミーティアさんは、『自由に遊びに来てください』とのことです」

「解ったの！　行くの！」

「はい、お待ちしています。明日は朝のうちに川を渡り、クレヴィリーへと出発します。以降は比較的安全な街道になりますが、引き続き、護衛をよろしくお願いします」

◇　◇　◇

一般的にミジャーラからクレヴィリーへ行く場合は、船を使うことが多いらしい。

だが、逆方向の移動は川を遡ることになるため、川に並行してしっかりした街道も存在する。

俺たちが利用するのもそれ。これまでとは段違いに管理が行き届いたその街道では、盗賊や魔物に遭遇することもなく、とても順調に馬車は進んだ。

そしてミジャーラを出発してから三日目の朝。

無事にクレヴィリーの門を潜った先にあったのは、とても『綺麗』な街並みだった。

スラムは当然として、ラファンにもあるような、少し治安の悪そうな場所すら見当たらない。

普通に見れば、きちんと統治が行き届き、整備されている発展した町だったが、ミジャーラを見た後では、その綺麗な街並みが醜悪なものにすら感じられてしまう。

割りきるしかないと解っていても、微妙な気分になることは避けられず、宿に着いて割り当てられた部屋に入ったところで、俺は大きくため息をついた。

「はぁ……。取りあえず、仕事の半分は終わったな」

この町にいる間、イリアス様の護衛は領兵たちが受け持ってくれる。

慣れない護衛任務と、異常に強い襲撃者。危ないところもあったが、それでもなんとか撃退できたし、一時的にとはいえ緊張感から解放された安堵と共に、俺はベッドに転がった。

「そうね。予定では四日後に結婚式、翌日が帰還準備で、六日目の朝にこの町を出発ね」

それまでの五日間は自由時間。

初めて来た町だけに本来なら良い息抜きになるはずだが、ハルカたちの表情はどこか晴れない。

そしてその理由は、言うまでもないだろう。

もちろん、この町に住む人たちが悪いわけではないと、頭では理解しているのだが……。

「ナオお兄ちゃん、あんまり気にしなくて良いと思うの」

「ミーティア……？」

俺たちの顔を見回して、そう言ったのはミーティア。

訝しく思って目を向けると、ミーティアは大きく胸を張って、手のひらでポンと叩く。

「少なくともナオお兄ちゃんたちは、お姉ちゃんとミーを助けてくれたの。それだけでも不幸な子供が二人いなくなったの。それはきっと良いこと。世の中も少し良くなったの」

とても達観した考え方。しかし、いくらミーティアが賢いとはいえ、子供とは思えないその言葉に俺たちが目を丸くすると、メアリが苦笑して言葉を継いだ。

「――って、イリアス様が仰ってました」

「あ、お姉ちゃん、言っちゃダメなの！　ミーも、格好いいこと、言いたかったの！」

ミーティアが抗議するように両手をぶんぶん。

さすがに大人っぽすぎると思ったら、受け売りだったらしい。

――いや、それにしても、御年九歳のイリアス様の言葉ではあるのか。

これが為政者の視線と言うべきなのか。

自分の手が届く範囲で、自分のできることをする。

あまり無理をすれば、本来自分が守るべきものすら失うことになりかねない。

「うーむ、ネーナス子爵領に暮らす俺たちとしては、頼もしいと言うしかないな」

「はい。ですが、そう考えるべきなのでしょうね。酷い状況の町は他にもあると思いますから」

「そういうのを見る度に凹んでたら、旅なんてできねぇか」

寂しそうに言ったナツキにトーヤも頷き、彼は気を取り直すように顔を上げてニヤリと笑う。

「よっしゃ！　それじゃ、気分を変えるためにも街に繰り出してみようぜ？　この町が実際にどんな町なのか、ほとんど見てねぇんだし。部屋に籠もっていても暗くなるだけだろ？」

トーヤのその言葉には、一理あった。

故に俺たちはその提案を受け入れ、適当に分かれてクレヴィリーを見て回ったわけだが……。


どうやらダイアス男爵は、決して無能というわけではないらしい。

町を見た感想。それは総じて治安が良く、清潔であり、栄えているというものだった。

訊けば、日が落ちた後でも女性が一人で歩けるぐらいには安全で、変な規制もなく商売もしやすいため、交易も盛んで集まる商人も多いらしい。

ダイアス男爵の一部施策には眉をひそめざるを得ないが、それは外部から見た場合。

領民から搾取して、領主だけが贅沢をして肥え太っている——なんて判りやすい悪徳領主でもないため、町中から怨嗟の声が聞こえるようなこともない。

ピニングとクレヴィリーを比較すれば、確実にクレヴィリーの方が発展している。

それは間違いない。間違いないのだが……。

「国王が領主を替えれば解決、とか、そんな簡単な話じゃないよな、やっぱ」

「うん……悪徳領主を成敗してハッピーエンド、なら良いんだけどね」

俺とペアで町を歩いているのはユキ。

住民の明るい表情を見て、複雑そうな表情を浮かべている。

失敗者がいれば、成功者もいるわけで。

両方が幸せなら一番なのだろうが、それに必要なお金を負担するのは成功者だ。

だからダイアス男爵は領主の判断として、税金を払う成功者を優遇し、払えない失敗者を救うのは無駄なコストであると切り捨てたのだろう。

もし、お金が無限に湧いてくる物でもあるなら簡単――でもないか。

インフレが起きて滅茶苦茶になるだけだな。

〝湧いてくる物〟を持っている人はまだ良いが、周囲は壊滅、確実に戦争になる。

「とても賛成はできないが、ある意味では成功はしてるんだよなぁ」

「領民を〝人〟として考えないなら正しいのかも？　大昔はそんな感じだったらしいし」

「『適当に増えるだろ』的な感じか。人権、ないなぁ」

人間は生まれながらに〝人権〟を持っていると言う人がいる。

だが、その権利を行使できるかは背景となる力次第。主張するだけではなんの意味もない。

「結局は人権も、普遍的なものじゃなくて、社会契約的なものだよねぇ……」

ユキは眉根をぐぐっと寄せるが、すぐに表情を笑顔に変えて俺の腕に抱き着いた。

「あ～、もう！　気分変えるために出てきたのに、また暗い話になってる。考えても仕方ないことは忘れて、楽しもうよ！　ナオと二人で歩くことなんて、あんまりないんだから」

「そうだな。どこか行きたいところは？　――っても、判らないか」

この町に危険はなさそうなので、グー、チョキ、パーで分かれた結果、俺たち以外はトーヤとナツキ、ハルカとメアリ、ミーティアで組になり、それぞれで散策してみよう、となっている。

俺とユキも適当に歩き出しただけで、なにかしらの意図があったわけではない。

「んー、取りあえず、お昼ご飯、食べようか？」

「だな。とはいえ、今回はトーヤの鼻がないわけだが……」

商業が盛んな町らしく、食事処には事欠かない。俺たちの歩いている道の両側にも何軒もの店が並んでいるのだが、その割に屋台がないのが不思議といえば不思議だろうか。

「あたしはどこでも良いよ？　ナオの直感で選んじゃって！」

「そう言われると、責任重大なような……じゃ、あそこで」

俺の直感ではなく、【鷹の目】が捉えたのは、なんとなく美味しそうな料理を運んでいるウェイトレスの姿。特に食べたい物もなかったので、俺はその料理を出している店を指さす。

「あそこ？　うん。それなりに盛況みたいだし、良いんじゃないかな？　それじゃ入ろ！」

軽い足取りのユキに引っ張られ、俺も店に入ると、途端に香る美味そうな匂い。

これは……アタリかもしれないな！

「らっしゃい。お客さん、初めてだよね？　ウチはオタルカの専門店だよ。構わないかい？」

入店と同時に声を掛けてきたのは、典型的食堂のおばちゃんで、少し服よかな人。

かなり忙しいのか、気温は少し肌寒いくらいなのに、額に汗を浮かべている。

俺は聞き慣れない料理の名前に首を捻り、近くのテーブルで客が食べている料理を指さす。

「オタルカというのは、あれですよね？　どんな料理なんですか？」

「オーク肉の細切りと芋の薄切りをソースで絡めて、器に入れてから焼いた料理だね。美味しいから是非食べてっとくれ！」

おばちゃんの言う通り、近くで見てもやはり美味そう。

ユキを窺うと、彼女もまた笑顔で頷くので、俺はおばちゃんに了承を伝えて席に着く。

「選べるのは……ソースの種類だけみたいだね。さすが専門店」

「だな。えーっと、トマト、チーズ、塩の三種類か……ん？　トマト⁉」

「ナ、ナオ、トマトがあるよ、トマト！」

「あ、あぁ。トマトだな。うん。生、か？」

近くの客の料理を見た時、『赤い物があるな』とは思ったのだが、まさかトマトだったとは。

乾燥トマトであればラファンでも手に入るのだが、値段は少々高い。

それにメジャーな食材ではないのか、町の食堂で使われているのも見たことがない。

もっとも、俺たちは食堂をあまり利用しないので、単に知らないだけという可能性もあるが。

「あたしとしては、トマトベースにチーズが載っているのは美味しそうな気がするんだけど、単独なんだね？」

「確かにトマト&チーズが一番美味そうだが、ソースって言ってたし、チーズ風味のホワイトソースみたいな感じじゃないか？　固形のチーズじゃなくて」

その場合、混ぜてしまうとちょっと微妙な感じになりそうである。

まろやかなトマトのハヤシライス的な――む、それはそれで美味いかもしれないな。

「そっかー、それだとちょっとイメージとは違うよね」

ユキが少し残念そうに首を振り、「う〜ん、どうしよう？」と唸る。

俺は……ここはやはりトマトか？

チーズはチーズで美味そうだが……いや、大穴的に塩も美味いのか？

トマト、チーズと来て、塩。その落差が怪しい。

少なくとも同等ぐらいには美味しくないと、レギュラー落ちするだろう。

つまり、塩という名前からは想像できないほど美味い……？

うむ、なかなかに迷わせるじゃないか！

「注文は決まったかい？」

おっと、タイムリミットだ。おばちゃんがやってきた。

少々急かされる感はあるが、大衆食堂では普通。のんびり席を占有することは許されない。

「あ～、トマトソースを基本に、その上にちょろっとチーズを掛けることってできます？」

「うん？　そりゃ構わないけど、美味くなくても知らないよ？」

俺のお願いをあっさりとオーケーしつつ、不思議そうな表情を浮かべるおばちゃん。

どんなソースかも判らないのだから、想像する味とは違う可能性もあるだろう。

不味くなるかもしれないが……ここは挑戦する時！

「はい。構いません。できるならそれで」

「じゃ、じゃあ、あたしもそれで」

頷く俺に、ユキも少し慌てたように追従。此奴もチャレンジャーだな？

「あいよ。サイズはどうするんだい？」

「サイズ？」

「大、中、小から選べるよ。普通は中かね。あの大きささ」

おばちゃんが指さした方を見ると、ちょうどオタルカが運ばれていたのだが――。

「デカっ！」

器の大きさは深さ五センチほど。

直径は……二五センチぐらいはあるか？

器の縁、ギリギリまで入っているわけではないが、アレが芋と肉の塊ならちょっと食えない。

イメージ的にはMサイズのピザを一人で二、三枚、平らげるようなものである。

「……小でお願いします」

「あ、あたしも……」

「そうかい？　やっぱ、エルフは小食なんだねぇ」

不思議そうにそんなことを言いつつ、テーブルを離れていくおばちゃんだが……いや、エルフ関係ないだろ。トーヤなら食えるだろうが、正直、『普通って何？』ってレベルである。

「この辺の人って大食いなのかな？」

「いや、どうだろうな……シェアして食ってる人もいるみたいだが」

おそらく『大』サイズのオタルカ。直径四〇センチぐらいはありそうな、ウェイトレスが一人で運ぶのに苦労するほどの物を、数人で分けて食べているテーブルもある。

さすがにアレを一人で食べる人はいないだろう。

「それより、同じのにする必要はなかったんじゃないか？」

「えー、折角美味しそうなのに？」

「美味しくないかも、と言ってただろ？　それに分けて食べるって方法もあったし」

具体的には、塩も食べてみたかった。

ユキが迷うなら薦(すす)めようと思ったのだが、残念ながらすぐに決めたので言えなかった。

「あぁ、そうだよね。一つの料理を分けて食べるのもカップルっぽいよね？」

「いや、カップルじゃないが？」

悪戯(いたずら)っぽく笑うユキの言葉は、しっかりと否定しておく。

一つの皿から食べたら確かにそれっぽいが、頼めば取り皿ぐらい出してくれるだろう。

ハルカ相手なら、あんまり気にしないんだが。

「つれないなぁ。良いんだよ？　ハルカ一人に絞(しぼ)らなくても。この世界なら」

「俺とハルカは別に――」

「いや、そのへんはもう良いから。確定なのは判ってるから。面倒(めんどう)くさい遣(や)り取りはなしで」

「面倒くさい言うなし！」

「だって、いつ一線を越えるかってだけの話でしょ？　日本にいる時は、トーヤにもワンチャンあるのかと思ってたけど、どうもそんな感じじゃないし？」

「うぐ……うん、まぁ……」

トーヤとハルカも幼馴染(おさななじ)みで付き合いも長いのだが、隣(となり)に住む俺の方が心理的距離(きょり)も近かったということなんだろう。トーヤの方もそんなハルカの気持ちが解っていたのか、微妙に一線を引いて踏(ふ)み込まないようにしている部分があったようにも感じるし。

「あ、言っとくけど、早く一線越えろ、とかそんなつもりはないからね？　むしろ計画的に？　ハルカが急に産休に入ると、あたしたちも困るから」

「ぶっちゃけるなぁ、おい……」

「重要なことでしょ？　避妊具があればむしろ背中を押すところなんだけど……。そうすれば、あたしたちもやりやすくなるし」

「……やりやすくって、何だよ？」

「え？　ナオへのアプローチ？」

「やっぱ、ぶっちゃけすぎだろ！　俺、ハルカ以外と結婚するつもりはないぞ⁉」

『何言ってるの？』とばかりに、平然と応えたユキに、俺は思わず口走る。

「あ、ハルカとはするつもりあるんだね」

「ぐっ……」

——まぁ、したいと思っているのは否定できない。

なんだかんだ言っても、その……好きだし？

「う～ん、男の子って、案外結婚に夢を見てるよね」

「ええ⁉　ダメなのか？」

「ダメじゃないけど、現実も重要。安全に、裕福に、心穏やかに生活できるなら、ある程度のことは妥協できるよ？　あたしなら」

「……妥協してまで結婚するのか？」

妥協が必要なら、結婚しなくても良いと思うのは、俺だけだろうか？

「愛さえあれば貧乏でも、なんて、ナンセンス。お金さえあれば、多少は愛が目減りしても許容できるよ？　結婚に利があるなら」

「〝利〟で結婚するのかよ……」

「大切だよ？　〝利〟は。家族って結局、最小単位の社会。暗黙も含めた諾成契約に基づく、相互利益を追求する集団。〝利〟がなければ契約は成り立たないし、その契約を第三者に示すための一形態として結婚という儀礼があるんだよ。——あたしは普通に好きだしね」

「んん？　なんか小難しいことを言ってるが、つまりは？」

「日本ならともかく、ここで一人で生きていくのは辛い！　助けあって生きないと厳しい！　寄らば大樹の陰。安全に稼げる集団に所属すべきでしょ？」

「理解した」

そうやって説明されると、ユキの言っていることは間違っていない気がしてくる。

理解はしたが、それで俺が結婚というのも……。

「う～む……あっ」

「あいよ！　おまたせさん！」

「来た来た！」

おばちゃんがオタルカを持ってきたのを幸いと、俺はその話題は棚の上に放り投げた。

そんな俺をユキはちょっと不満そうに睨むが、テーブルの上に置かれたオタルカに視線を移すと、すぐに驚いたように目を丸くした。

「わぁ、すっごいぐつぐつしてる！」

「おぉ、美味そうな匂い」

木の板の上に置かれた、直径二〇センチほどの熱々の器。

その中でぐつぐつと音を立てている赤い液体と、上に垂らされた白いソース。

一見すると辛そうにも見えるが、匂いからして間違いなくトマトだろう。

しかも、たぶんフレッシュトマト。ざく切りにした実がゴロゴロと浮かんでいる。

そして鼻を突くこの特徴的な匂いは――ニンニクか！

デートでニンニク。付き合い始めのカップルとかなら、あり得ない組み合わせだが、俺とユキはそんなことを気にする仲じゃないし、そもそも付き合ってもいない。

なので、この暴力的なまでに食欲を刺激する香りは、ただ嬉しいだけである。

チラリとユキを見ると、目をキラキラと輝かせて、早速スプーンを手に取っている。

「熱いから、気を付けて食べるんだよっ！」

俺たちの反応を見て嬉しそうにニカッと笑ったおばちゃんは、そんな注意を残してテーブルを離れる。それを視界の隅で捉えながら、俺もまたスプーンを手に取り、器の中に沈めた。

「ほー、もっと重い感じかと思ったら、シチューに近い感じなんだな？」

「うん。最初に聞いたイメージだと、ジャガイモとベーコンの挟み焼きにソースを掛けてる感じかと思ったんだけど」

器にぎっしりと芋と肉が詰まっているのかと思ったら、そんなことはなかった。

どちらかといえば、トマト味のポークシチューに近いだろうか。芋が入っているという話だったが、煮溶けてしまっているのか、あまり形は残っておらず、ややドロッとしているだけ。

細切り肉も、スプーンで掬えば一、二本が載る程度で、がっつりと入っているわけではない。

「なるほどな。確かにこれなら、中サイズでも食べられたかもな」

「だね。でも、あたしはこれぐらいで十分だけど」

「芋が溶けてる分、腹に溜まりそうだもんな。どれ……」

スプーンで一口。

最初にガツンとくるのは、ニンニクの香り。

そしてトマトの酸味と仄かな甘みが、追いかけるように口の中に広がる。

僅かに青臭さも感じるが……なるほど、これを誤魔化すためのニンニクか。

肉の方は事前にしっかりと下味を付けているのか、味気なさはまったくない。

「へぇ、これ、肉は別に調理してから、後で加えてるね。ソースや芋と一緒に調理したら、もっとパサパサして旨味が抜けちゃうもの」

「ソース自体も結構美味いな？」

「うん。トマトの旨味、タマネギの甘み、塩加減、ローリエっぽい物やローズマリーっぽい物も入ってるかな？　そしてニンニクの使い方。絶妙だね」

さすがは【調理】スキル持ち。

俺よりも的確なコメントである。

「事前に作っておいたそれらを混ぜて器に盛り、オーブンで焼く。客には熱々を出せるし、大鍋料理みたいに火を通しすぎることもない。燃料代は掛かるけど、オタルカのみ提供して、この客の入りなら上手くいく、と。よく考えられてるよ」

「このチーズ部分も美味いぞ？　チーズっぽさは少ないが」

フレッシュチーズに近いのか、熟成されたチーズの風味はほとんどない。

クリームシチューのような味で、これはこれで十分に美味いのだが、トマトとの相性という点では今一歩なので、今度食べることがあれば単品でチーズソースを頼んでみようか。

そんな話をしながら、俺たちは手を止めることなく食べ続け、一人前をペロリと平らげる。

最初はちょっとだけ少ないかと思ったのだが、見た目以上に芋が多く使われているのか、想像以上にお腹を満たしてくれ、満足感も高い。

「これは、さすがと言わざるを得ないね！　ここが特別美味しいのか、それともここレベルの料理が普通にあるのか、ちょっと気になるところかも？」

「ああ。もっとも、もう食えないけどな」

「あたしも無理。食べられるとしても、デザートぐらいかな？　――っと、出ようか」

これだけ混んでいる店で長々とテーブルを占拠するわけにもいかず、俺たちは食べ終わると早々に立ち上がり、おばちゃんに礼を言って店を出た。

代金は二人で大銀貨三枚。アエラさんのお店のランチが大銀貨一枚だから、一・五倍か。

量は満足だが、品数を考えると……。

「う～ん、少し物価が高いかな？　あたしたちが食べたのが『小』ということを考えると」

「あぁ、そうか。普通サイズだと――」

「大銀貨二枚だって。昼食としてはちょっと高いよね」

「だな。単純比較は難しいが……ピニングも結構高かっただろ？」

「そういえばそうだったね。味だけ比較すれば、ここのオタルカの方がずっと美味しいし」

「流通の違いもあるとは思うけどな」

もし先ほどの料理が、ラファンでも同じ値段で提供されたなら、それはかなり格安だろう。

だがそれは、食材の入手のしやすさを考慮に入れていないから。ラファンでは手に入りにくいフレッシュトマトも、こちらでは手に入りやすいのかもしれない。

そう考えると、正確な物価の比較はなかなかに難しい。

サービスであれば少しは比較しやすいが、〝同じサービス〟というのも、これまた難しいもの。

「ま、歩き回っていれば、色々見えてくるよ、たぶん。いこっ！」

宿には夕食までに帰れば良い。俺の手を引くユキの後を付いて、町を見て回る。

やはり印象としては、商店が多い。

ラファンなどでは、大通り沿いにも普通の民家があるのだが、ここは基本的にすべて商店。営業していない店もあるが、作り自体が住宅ではなく店舗である。

おそらくクレヴィリーの町は、商業都市の性格が強いのだろう。また、町周辺には畑が見えなかったことからして、少なくとも食料品は、すべて余所から運んできていると思われる。

立地もミジャーラから続くノーリア川に加え、北から流れてくる小さな川、北東から流れてくる大きな川の合流地点近くに位置しているので、水運という面ではかなり有利である。

「あ！　ナオ、あそこ。錬金術のお店がある。入っても良い？」

「別に構わないぞ。俺もちょっと興味あるし――リーヴァの店と比較して」

今は随分と入りやすい店に変わってしまったが、以前のリーヴァの店は、彼女が『これぞ錬金術師のお店』という拘りを持ってコーディネートした内装だった。

それはある意味でイメージ通りだったが、実際のところ、他の錬金術師はどうなのか。

「ナオはあんまり入ったこと、なかったっけ？　なはは、期待には応えられないと思うけど」

苦笑するユキの後を追い、俺も店の中に入ったのだが……む、確かにこれは期待外れ。

見たかったのは、なんか怪しげな物品が所狭しと並ぶ風景。

だが実際は、怪しげな物など何もない普通の店舗——いや、俺の身長ほどもある巨大な牙と、俺が両手を広げたよりも大きな、真っ黒な毛皮が壁面に飾られているあたりは特殊だな。

その他に目に付くのは、壁に掛かった木の板か。

「シャヴァースターのスガスタ？　ドラドケルスのウロコ？　メルフィルアの粉末？」

そんなよく判らない名前が書かれた板が、ズラズラと大量に。

「大半の物は並んでないんだよ、店頭には。高いからね」

「盗難防止か」

本屋でも同じだったが、そこまで客を信用できないってことなんだろう。

あー、でも、日本でも高い物は似たような感じか。空き箱だけだったり、商品名を書いたカードだったり、ショーウィンドウの中で手に取れないようになっていたり。

本だって一〇万円を超える高額商品と考えれば、手に取れないのも当然かもしれない。

ただ、不思議な物を期待していた俺としては、少々残念である。

仕方ないので、飾ってある牙を観察してみる。

俺の身長よりも僅かに長く、少しだけ湾曲しているものの、象牙ほどには曲がっていない。

床に置かれている、牙の付け根にあたる部分もかなり太く、俺の両手の指を広げても届かない。

もう一つぐらいは手が必要そうだから……ユキのウェストぐらいか？

かなり太い——あ、いや、ユキのウェストじゃなくて、牙が、だぞ？

まさか普通の動物の牙とは思えないし、巨大な魔物か。うーむ、対峙したくないなぁ。

「いったいなんの――ベヒモスの牙？　本物か？」

牙の上に掛かっていた説明の札を見つけ、俺は思わず言葉を漏らす。

魔物事典に載っていただろうか、ベヒモスって。

「本物じゃ。一グラムで金貨一〇枚。格安じゃぞ？」

訝しげな表情を浮かべていただろう俺に応えを返したのは、錬金術という店には似合いの老婆だった。これに関しては、以前リーヴァがやっていたコスプレも、解釈一致だったのか。

しかし、ベヒモスが存在したことに驚くべきなのか。

それとも、一グラム金貨一〇枚という価格に驚くべきなのか。

純金よりもよっぽど高い。これ一本でいったいいくらになるのやら……。

「今は必要ないかな～。でも、品揃えは凄く良いね？」

「ほっほっほ、そうじゃろう？　少なくとも、クレヴィリーでは一番と自負しておる」

ユキの言葉に、老婆が嬉しそうに笑う。

格好は怪しげなのに笑い声は結構陽気そうで、なんだか話しやすそうにも感じる。

「やっぱり、いろんな所から集まってくるの？」

「うん？　そうじゃな。この周辺で採取された素材はほとんどないのぅ」

「それじゃ、あんまり安くないんじゃ？」

「そりゃ、産地に比べればの。じゃが、一つずつ産地に行って買ってくることはできまい？」

「そうなんだよねー。ん～、でも、今すぐ作りたい物はないから、保留、かな？　数日は滞在するから、出発までに買いに来るかもしれないけど」

「そうかい？　それじゃ、仕方ないね」

「取りあえず、何が売ってるかだけメモって帰らせてもらうね。宿で検討するためにも」

「あぁ、好きにしな」

ユキが老婆と雑談しながらメモを取る間、俺は店内を見て回るが……やっぱイマイチだな。

どんな代物かすら判らない素材名とでっかい毛皮（これはベヒモスの毛皮の一部らしい）があるだけで、見て面白い物がないのだから。

なので途中からは、二人の会話を聞き流しながら、素材のメモ取りを半分受け持ち。

ユキが満足したところで、俺たちは店を後にしたのだった。


それからも俺とユキは、いくつもの店を梯子したのだが、それで判ったのは総じて商品の種類が豊富なこと、そして同種の店が同じ通りに複数あること。

食堂のように一般的に多く利用される種類の店なら、他の町でも見られる光景ではある。

だが、錬金術の店や鍛冶屋など、利用者が限られる業種は、他の町では店舗数が限られ、ラファン程度の町であれば、町全体で一軒か二軒。それもかなり離れて営業している。

特産品である家具の工房に関しては別だが、あれはラファンで売るわけではなく、他の町に向けて販売するために作っているのだから、少し違うだろう。

それだけ商売が盛んであるという証かもしれないが、売る方はなかなかに大変そうである。

実際、閑古鳥が鳴いている店もあったし、閉まっている店舗はそれの成れの果てなのだろう。

しかし、商売に失敗して店を閉めた商人が、今どうなっているのか。

その点は気になるところだが、総体として町が栄えていることは間違いないわけで。

自由経済、資本主義社会で暮らしていた俺としては、なんとも否定が難しいところである。

宿に帰ってみると、戻(もど)ったのは俺たちが最後だったようだ。

部屋の中で各々(おのおの)がベッドに寝っ転がったり、椅子(いす)に座(すわ)ったりして自由に寛(くつろ)ぎ、メアリとミーティアなどは店で買ったのか、杏飴(あんずあめ)のような物を美味しそうに食べている。

「おかえりなさい」

最初に俺たちに声を掛けてきたのは、ベッドの上に座っていたハルカ。

暇(ひま)だったのか、その膝(ひざ)の上には本が一冊置かれている。

「ただいま。ちょっと遅かったか？」

「いいえ、私たちもそんなに変わらないから」

「そか。それじゃ早速だが……何か面白い物とかあったか？」

「おっきな鳥がいたの！」

俺の問いに即座(そくざ)に答えたのはミーティア。杏飴を持った手で『こんなに！』と両手を広げたものだから、慌てたメアリに飴を取り上げられている。

ミーティアの言うことを信じるなら、ダチョウぐらいの大きさはありそうだが、子供の言うことである。一緒に行動していたハルカに視線で確認すると、彼女もまた頷く。

「身体の大きさはミーティアよりも大きくて、羽を広げれば、私が両手を広げるよりも大きいんじゃないかしら？」

「それはまた……デカいな？　大鷲以上か？」

「羽を広げた大鷲は二メートルを超えるらしいですよ？　私も近くで見たことはないですが、身体はミーティアより小さいはずですし、ハルカの見た鳥はもっと大きいかもしれないですね」

ちなみに、北海道辺りに行けば大鷲も観察できるらしい。

大鷲ほどは大きくない鷹でも、近くで見るとかなりの迫力があるので、大鷲以上に巨大な鳥が近くを飛んでいたら、かなり怖いかもしれない。

「その鳥は、空送鳥って言うらしいわ。小ぶりの段ボールぐらいの荷物を運べるんだって。ちなみに、猛禽類みたいな鋭さがない可愛い鳥だったわね……大きさを除けば」

「へぇ。伝書鳩みたいだな」

「鳩よりも賢くて、指定された二点間をきちんと往復できるみたいだけどね」

「あぁ、巣に帰るだけじゃないのか。偉いな」

伝書鳩の場合、片道は籠に入れて運ぶ必要があるからな。

「ただし、たまに荷物を落として事故が起きるらしいわ」

「危ないな⁉　結ぶとかできないのかよ」

輸送経路の大半は人が住んでいない場所なので、運悪く人にぶち当たるなんて事故はほぼ起きないようだが、荷物がなくなる事故は時々、建物が壊れる事故は稀に発生するらしい。

輸送する荷物は足で掴んで運ぶようなので、足に紐で結んでおけば、と思ったのだが、そうすると上手く飛び立てないんだとか。

一度飛び立った後で引き返してきて、改めて荷物を掴んで飛んで行くらしい。

「乗って飛んだりは、できないんだろうなぁ」

「ミーティアでも無理でしょうね。赤ん坊ぐらいなら掴んで飛べそうだけど」

「巨大な鳥に乗って世界旅行、なんてことはできないのか。ファンタジーなのに」

モフモフの羽毛に埋もれながら、空を飛べるなら最高なんだが。

そんな俺の希望に、ユキたちは苦笑を浮かべる。

「いや、自分たちが暮らしている場所を空想と言うのもどうなのかなぁ？　あ、でも、飛竜は存在するよ。あたしたちにはほぼ関係ないけどね」

「普通の貴族では持てないレベルだからね。国軍とか、国有数の大貴族とか、そのぐらいじゃないと、手に入れることはもちろん、維持管理ができないから」

当然といえば当然だが、地上を歩く馬ですら大量の餌を必要とする。

それが人を乗せて空を飛ぶような生物ともなれば、食べる餌はかなりの量になるだろう。

ただ、飛竜は一応魔物分類なため、体格や運動量からすればまだ少なめらしいが、そもそも俺たちの場合、飼える場所すらないので無意味な話である。

「え～、じゃあ、オレたちが乗る機会とかねぇの？　オレもちょっと空、飛んでみたかったのに」

「んー、飛ぶだけなら、風魔法でなんとか？　着地はできないけど」

「ダメじゃん！」

ユキの言葉に、トーヤが即座にツッコミ。

トーヤなら落ちても大丈夫な身体に鍛え上げることはできるかもしれないが、それでは『飛ぶ』というより、『吹き飛ばされる』である。

「あとは『空中歩行』って魔法もあるぞ？　もっともこれは、名前の通り空中を少し歩くだけで、飛ぶのとはちょっと違うが」

魔道書によれば、ちょっとした谷とか、落とし穴を渡ったりするのに使う魔法で、自由に空を歩き回る、みたいな魔法ではないらしい。

上方向に上がっていくことも不可能ではないようだが、大量の魔力を消費するため、『気軽に空の散歩を楽しむぜ！』なんてことは非現実的である。

ちなみに俺たちの中に、まともに使える人はまだいない。

俺も試してはみたが、一歩目で落ちた。

「空送鳥の他は……昼食が美味しかったわね」

「あ、それはオレも！　店の数が多いから、結構迷ったけど、アタリだったな！」

少し考えて言ったハルカに、トーヤも笑顔で頷き同意する。

「屋台の料理も美味しかったです。種類も豊富でしたし」

「飴、買ってもらったの！」

俺たちは屋台を見かけなかったが、ハルカやメアリたちが行った方向、そこにあった広場には多くの屋台が軒を並べていたらしい。

しかし、杏飴が——正確には杏ではないようだが——街角の屋台で普通に売っている。

そのことが既に、この町の繁栄具合を示しているようにも思える。

「私の方では、薬の材料となる物がたくさん売っていました。ラファンでは手に入らないので、かなりの量を買い込んでしまいました。流通は圧倒的に良いみたいですね」

「あ、それは同感。あたしの方は錬金術だけど。ハルカと相談して買おうかな、とは思ってる」

「オレはミスリルを見つけたぞ。まったく手が出なかったけどよ」

「ほう、ミスリル。それは俺も興味あるな」

「今買わないとなくなるとか、必要ならお金も貸すとか色々言われたんだけどよ――」

「さすがに私が止めました。そもそも指の先ほどの量でしたし」

基本的に純ミスリルの武器なんて物は（金額的に）あり得ないのだが、さすがに指の先ほどのミスリルでは、ショート・ソードを作るにしても微妙すぎる量らしい。

「最低でも一割は混ぜるべきって話だからな。冷静に考えれば、全然足りねぇよな。思わずセールストークに乗せられるところだったぜ」

「いや、止められる前に気付けよっ！」

『ふぃ～』とわざとらしく汗を拭くトーヤに、思わず突っ込む。

そもそもお前、娼館にお金を注ぎ込んで、あんまり余裕はないだろうに。

武士の情けで、ハルカたちの前では口にしないけどさ！

「見る限り、間違いなく『豊か』なのよね、この町」

「はい。競争社会……封建主義ではありますが、見方によっては資本主義にも似ています。だからこそ料理も美味しいし、商品も多く、栄えている」

「問題はセーフティーネットがないことだよね～」

「政策の良し悪しはともかく、領主自身は特段悪いことはしてねぇみたいなんだよなぁ……。税金が高いことは確かみたいだが、そんなに評判も悪くねぇし」

　トーヤは町の人にも話を訊いてみたらしく、複雑そうな表情を浮かべてため息をつく。

「スラムで話を訊けば、まったく逆の評価になるんでしょうけど……」

「能力のある人は暮らしやすい、と。弱者救済がないのが行政の不作為と言うべきかは難しいよな、この世界の場合は。こりゃ、国王がどうにかするとかは無理だわ」

「あぁ、それは俺も思った」

　確実に領地は発展していて、大多数の領民は幸せに暮らしている。

　これで『きちんと統治できてないから領地を没収』なんて、できるはずもない。

「周囲の領地が受け入れる、っていうのも難しいでしょうね。言い方は悪いけど、質の良い人材がダイアス男爵領に残り、質の悪い人材が周囲に流出するわけだから」

「素直には受け入れられないよなぁ。領主も、領民も」

　地球の難民問題と同じ――いや、それよりも悪いか。

　働けない、生産性のない人が大量に入ってくれば、現在の領民に皺寄せが来る。

　それでもなお受け入れるようであれば、それはそれで為政者としてどうなのか、という話になるだろう。『人道的でお優しい』という評判は、果たして現実的負担に勝るかどうか。

「そもそも、人道に回せるような余裕はないよな、この世界」

「人道でメシが食えるのは、活動家だけじゃね？　――いや、ここだとそれも無理だけどよ」

「普通、こんな風に『余った』人って、どうするのかな？」

「地球の歴史から言えば、戦争で『消費』したり、無謀な開拓に駆り出したり、そんな感じよね。私たちからすれば戦争は嫌だけど、スラムの人たちからすれば、戦争の方がまだマシなのかもね。食べることはできるし、活躍できれば先が開けるかもしれないんだから」

なかなかにやるせないが、現実はそんなものなのかもしれない。

もっともこの国では、ある程度自由に領地の移動ができるため、大人であればミジャーラのスラムに行き着く前に、冒険者として活動するという方法もあるとは思うのだが……。

今回の護衛依頼では、護衛期間の宿と食事は依頼主が負担することになっている。

ただし、自由時間であるクレヴィリー滞在中は、残念ながら宿と朝夕の食事のみ。

これは泊まっている宿が昼食を提供していないためだが、昼食代ぐらいは大した負担でもないし、町の食堂が思っていた以上に美味いと判った今となっては、それもまた選ぶ楽しみと言える。

それに今泊まっている宿は貴族御用達。ただの護衛である俺たちに貴族用の料理が出るとは思わないが、町の食堂よりも美味しい食事は期待しても良いだろう。

そんなわけで、夕食を待つこと一時間ほど。

日が落ちた頃に宿の人から連絡があり、部屋に料理が運ばれてきた。

客層が客層、泊まり客同士の無用なトラブルを避けるため、ここの食事はすべて部屋食だ。

それもあって護衛が使う部屋もそれなりに広く、全員が座れるテーブルも用意されている。

俺たちからしても気兼ねする必要がないので、非常にありがたいシステムである。

そのテーブルの上に並べられていくのは、白パンとスープ、それに飲み物としてワイン。

最後にメインとして出されたのは――。

「メインディッシュは、魚ね。煮込みではないけど」

「魚……ト、トラウマが……」

ユキとナツキの顔が引き攣る。

ここクレヴィリーは、あのサールスタットの下流に位置する。

そのことを考えれば、ユキたちの表情も仕方のないところだろう。

「でも、匂いは良いぞ？　泥臭い感じはない。むしろ、なんつーか……ちょっと甘いような？」

トーヤと違い、俺の鼻では甘い匂いは感じられないが、見た目は悪くない。

ムニエルと言うべきか、フライと言うべきか。

二〇センチぐらいの丸身の魚を素揚げ――ではないな。

だが、フライや天ぷらのように厚い衣が付いているわけではなく、少しだけ何かの粉を付けて揚げたような……俺が知るもので近いのは、竜田揚げだろうか？

「取りあえず食べてみましょうか。無理そうなら、マジックバッグに食べる物はあるから」

「そう、ですね。はい。お昼のことを考えれば きっと……」

全員で席に着き、喫食。

ここは一つ、魚にトライしてみるか。

俺はナイフを手に取り、パリッとした魚の皮に刃先を入れる。

サクリという音が聞こえ、甘いような香ばしいような、不思議な匂いがふわりと漂う。

俺の乏しい語彙力と知識では表現が難しいが、あえて近い物を挙げるとすれば、シナモンの香りに少し似ているだろうか？　トーヤが甘いと表現したのはおそらくこれだろう。

「これは……ヒバーチに少し似てますね」

「……なんだそれ？」

俺と同じように、最初に魚に手を出したナツキの口から出たのは、初めて聞く名前。

「沖縄の香辛料です。あまり一般的ではないですが香りは良いんですよね。味の方は……んっ！」

切り分けた魚を口にしたナツキが、言葉に詰まる。

「か、辛いの！」

ミーティアが声を上げ、慌てたようにテーブルのカップに手を伸ばす。

だが、それに入っているのはワイン。隣に座るハルカが素早くそのカップを遠ざけ、代わりに水を握らせると、ミーティアは一気にカップを傾けて飲み干してしまった。

しかし、それでもなお辛いのか、舌を出してハーハーと息を吐いている。

そして俺も、ほぼ同時に口に含んでいたのだが……確かにちょい辛い。

辛さの種類としては唐辛子的な辛さではなく、山椒みたいな痺れる辛さだろうか。

匂いからは辛いなんて想像していなかっただけに、余計にびっくり、ピリピリする。

「ちょっと慣れない味ですが、不味くはない、ですね」

「うん。食べられる……いや、美味しい、かも？　辛いけど。ミーティアはパンに挟んで食べたらどうかな？　無理そうなら、他の物を出してあげるから」

「うん、やってみるの……」

「メアリは大丈夫？」

「ちょっと辛いですが……なんとか」

メアリの方もハルカが用意した水を飲みつつ、魚とパンを一緒に食べている。

一応食べられてはいるが、メアリもまだ子供ということを考えると、この辛みはちょっとキツいかもしれない。そもそも辛いものなんて、無理して食べる物でもないし。

「味は悪くねぇけど、なんか、匂いとミスマッチだよなぁ」

「同感。脳が混乱する。えーっと、ヒバーチ？　それもやっぱ辛いのか？」

「いえ、島胡椒とか呼ばれたりするみたいですが、そんな辛みはないですよ？」

「そもそも、この匂いと辛みの原因が同じ香辛料とも限らないけどね」

「それもそうか。唐辛子と一緒にシナモンを放り込むことだってできるわけだし。――まぁ、そんなことをしたら、確実に不味い料理になりそうだが」

ハルカの言葉にトーヤが納得したように頷きつつ、嫌そうに口元を歪める。

「シナモン自体は甘くないけど、甘いお菓子のイメージだもんね」

「これも山椒のような匂いなら、もっと美味しく食べられそうです」

「あぁ、山椒は魚に合いそうだよな。鰻に使うし」

もしこの町で山椒が売っているのなら、是非買って帰りたいところ。

鰻の蒲焼きを一段階上に引き上げてくれるから。

「調理方法は、何かの穀物の粉だけまぶして揚げてるのかしら？　バターとは違うわよね」

「うん。たぶん植物油。油を熱して、それを掛けながら焼いた、そんな感じかな？」

「ムニエルほどのしつこさはないですね。こちらの方が食べやすいです」

一番の懸案、魚料理が問題ないと判れば、あとは気軽に食事は進んだ。

スープはややあっさり風味。油を使った魚料理の後で飲めば口がすっきりとするし、パンも柔らかくて食べやすい。ワインは渋みが強く、そんなに美味いと思わなかったが、出された以上は（メアリとミーティア以外）全部飲み干した。たぶん高いとナツキが言っていたので。

ただ、アルコールはあまり含まれていないのか、誰も酔うことはなかったのだが、メアリたちの分も含めて飲み干したハルカだけは、長い耳の先がちょっと紅くなり、陽気になっていた。

珍しい光景だったので、実は少し酔っ払っていたのかもしれない。

◇　◇　◇

「おい、ナオ、起きろ」

「……んあ？」

翌日の早朝、惰眠をむさぼっていた俺は、身体を揺すぶられてうっすらと目を開けた。

目の前にあったのは、狼の耳……じゃなくて、トーヤの顔。

「なんだよ、今日は朝練とかないだろぉ」

移動時間が長い上に、交替で見張りも必要な関係で、護衛の間はやや睡眠不足。

そのため、宿に泊まっている間は早朝の訓練などは取りやめ、自由に起きるように決めていた。

周りを見れば、普段は俺よりも早く起きるハルカやナツキのベッドも、まだ埋まったまま。

窓の向こうでは既に日は昇っているが、その角度を見るに朝早いことは間違いない。

「こんなときでも早起きとか、トーヤ、どんだけだよ……」

寝不足はきっちり解消しておかないと、パフォーマンスが落ちるんだぞ？

そんな思いを込めた苦情を呈し、俺は布団を引き上げてその中に潜り込む。

だが、そんな俺の行動を気にした様子もなく、トーヤは俺の布団を子供のように引っ張る。

「いや、重大事、なんだよ。米？　——っぽいものを、朝市で見つけたんだよ」

「マジで⁉」

それなら仕方ない。

トーヤの重大発言に即座に飛び起き、つい声が大きくなる。

慌てて口を押さえてハルカたちを窺うが、少し身動ぎしただけで誰も起き出す様子はない。

「ふぅ。で、当然確保はしたんだろうな？」

声を潜めてトーヤに確認するが、トーヤは少し困ったような顔で首を振る。

「いや、それが、一応はハルカたちに相談した方が良いんじゃね？　と思って、買ってはいない」

「バッカ！　売り切れたらどうする！」

「それはたぶん心配ねぇよ。たくさんあったし、普通に入荷するらしい。まぁ、ちょっと来い」

「おう、もちろんだ！」

米のために惜しむ労力はない。

俺は素早く服を着替えて、トーヤに案内されるままに朝市へと出向いたのだが……。

「米、だよな？」

「たぶんな？　オレが躊躇うのも理解できるだろ？」

「あぁ。これは、ちょい困ったな？」

朝市の一角にある露店。そこで麻袋に詰められて並んでいたのは、籾状態の米。

ただしその大きさは、俺の知るものとはまったく違った。

形状だけでいうなら、インディカ米よりもジャポニカ米に近いのだが、サイズが明らかに大きく、縦方向で一センチ前後、厚みなどもそれに応じてぶ厚くなっている。

「よく考えたら、これ、サイズ的には米というより、豆じゃね？」

「確かにそんな感じだな！」

精米すれば多少は小さくなるにしても、イメージとしては小豆サイズの米、だろうか？

これを茶碗に盛った姿は……う～ん、味次第？　美味ければすべて許せる。

だが、これは本当に米なのか？

イネ科の植物であることだけは、間違いないと思うのだが……。

「兄ちゃんは、さっきも来てたよな？　買ってくれる気になったのかい？」

店番をしているのは三〇歳ぐらいの男。

他に並んでいるのも穀物ばかりなので、穀物を専門に扱う行商なのかもしれない。

「いや、仲間と相談するために連れてきた。これ、どうやって食うんだ？」

「ん？　適当に砕いて煮込むのが一般的だな。ドロッとするから好みがあるんだが……それを利用してドロッとした料理を作るときに使ったりもするな。あぁ、もちろん、皮は剥くんだぞ？」

ドロッとするのか。お粥みたいな感じか？

「一粒、貰っても良いか？」

「あぁ、一粒なら構わないぜ？」

男に許可をもらい、一粒手に取って籾殻を剥いてみれば、出てきたのは玄米――に見える物。

糠の部分を爪で削ると、半透明の米が現れる。

「サイズ以外は間違いないみたいだが……これ、いくらだ？」

「それなら、一袋で大銀貨五枚だな」

麻袋の大きさ的には、量は二〇キロから三〇キロの間ぐらいか。そんなに高くはないな。

袋の底まで手を突っ込んでかき混ぜてみても、砂や石が混ざっている様子もないし、上だけが綺麗で、底には粗悪品が詰まっているということもない。

「おいおい、心配しなくても、この町で騙すような奴はいねぇぞ？　お上に見つかれば一発で罰金を喰らって、追い出されるからな」

そんな俺の疑わしげな様子を見て、店番の男は苦笑を浮かべる。

こんな露店で買うときには、必須の確認作業なのだが……。

「そのへん、厳しいのか？」

「ああ、厳しいな。たまに抜き打ちでチェックされるからな。しかも普通の客の振りをして。当然だが、見せる物と売る物をすり替えたりもできねぇよ」

ホント、商売のしやすさだけは間違いないんだな、この町は。

「よし、取りあえず買って帰って、どうするかはハルカたちと相談しよう。作るのはあいつらなんだ。俺たちが悩んでも仕方ない」

「だな。このぐらいなら、失敗しても痛くねぇし。おっちゃん、一袋くれ」

「毎度！」

トーヤが大銀貨を五枚差し出すと、それを受け取った男は、俺が確認した米袋の口をちゃっちゃと縛り、トーヤにホイと渡す。

結構重いと思うんだが……穀物を扱うだけあって、力はあるのだろう。

「ちなみに、他の種類はあるのか？」

「あぁ、コイツは粒が小さい方だ。大きい品種だと二倍ぐらいはあるぞ。えーっと、この辺だな」

蓋代わりなのか、袋の上に被せていたザルをいくつか、ひょいひょいと取りのけると、その下にあったのは確かに二回りほどは大きい米（？）だった。

先ほどの米が小豆だとすれば、今回のは大豆サイズか。

「これも確認して良いか？」

「構わねぇぜ。コイツと、コイツ、それにコイツが別の種類だな」

見た目は大粒、中粒、小粒という感じ。

籾殻を剥いてみると、大粒がやや白っぽい以外はあまり見た目に差はない。

その白っぽさも、厚みがあるからそう見えると言われれば納得できそうな違いだろう。

「どうする？」

「買って帰れば良いんじゃね？　大した額じゃねぇだろ。おっちゃん、こっちはいくら？」

「全部大銀貨五枚だ。――あぁ、ただし、量は違うからな？」

小粒は先ほど買った物と同じぐらいだが、中粒は少し少なく、大粒はそれよりも更に少ない。

この世界の市場などで売っている物は、結構こんな感じで、『一〇キロでいくら』という値付けより、『大銀貨一枚で買える量』などになっている場合が多い。

値段の比較がしづらいという欠点はあるが、硬貨の扱いや計算が楽になるという利点もある。

おそらく、一〇レア未満の少額硬貨がほぼ流通していないことや、計算ができる庶民があまりいないことから、そうならざるを得ない部分も大きいのだろう。

「ふむ、全部で大銀貨一五枚か。それじゃ、全部貰おう」

俺が金貨一枚に大銀貨五枚を渡すと、男は嬉しそうにそそくさと袋の口を閉めると、袋を持ち上げてから、俺とトーヤの間で視線を彷徨わせる。

「二袋はあっちに。これは俺が持つ」

「お、そうかい？　兄ちゃん、力持ちだねぇ。さすが獣人！」

種族に関して含むところはまったくないのだろう。

男はニカッと笑うと、二袋をポンポンとトーヤに渡し、俺は大粒が入っている袋を持ち上げた。

これが一番軽いはず、と選んだのだが、これでも二〇キロは超えてそうだな……？

「おぉ、オレが三袋か。いや、別に持てるけどよ」

さすがに全部合わせても一〇〇キロまではないだろうが、トーヤはそれを片方の肩の上に積み重ねて軽々と担いでいる。同じ男として、この膂力だけは正直羨ましい。

一応俺も、もう一袋ぐらいなら十分に持てるのだが……。

「俺の方がトーヤの三倍、金を払ったしな」

「なるほど。そう言われると、荷物持ちぐらいしねぇとな！」

俺の言い訳にトーヤは納得したように頷き、任せろとばかりに笑ってサムズアップ。

ま、この米が美味く食べられれば、共通費から出してもらえそうだけどな。

「兄ちゃんたち、気に入ったらまた買いに来てくれよな！　俺は朝市では毎回、この場所で店を広げているからな！」

「ああ、美味ければ、必ずまた寄らせてもらう」

大量購入したからか、見送る男はとても愛想の良い笑顔である。

俺たちは彼に別れを告げ、他にも掘り出し物がないかと、朝市を見ながら宿へと向かう。

昨日の昼間には屋台すらなかった大通りの両側に、今は数多くの露店が並ぶ。

ハルカたちに比べると、俺たちが朝市に行く機会は少ないのだが、それを差し引いても、見たことのない食べ物が数多く販売されていて、活発な流通を感じさせる。

おそらくこれは、露天の後ろにある店が開店するまでの時間限定。

朝と昼、別々の商人が商売することで、更に活気を生んでいるのだろう。

「品揃えはやっぱり良いな」

「だな。ラファンでは見かけない果物も、かなりの種類を売ってるな」

そもそも普通の町では、旬の時以外に果物を見つけることは難しい。

だがこの町では、やや時季外れであるにも拘わらず、豊富な種類の果物が並んでいる。

当然価格は高いが、手に入ること自体がこの町の流通の良さを示していると言えるだろう。

「あ、乾燥ディンドルが――って高っ！」

たった一個で、二千レア。

さっき買った米全部と同じ値段だが、腹持ちという点では天と地ほども差がある。

「これって、オレたちが持ってきたら、それぐらいで売れるってことか？」

「かもしれないが、売るか？　わざわざここまで来て」

「……ないな、うん」

去年のことを考えれば、それなりには儲かると思うが、それなりでしかない。

自分たちが食べる分を確保すれば、せいぜい金貨数百枚ぐらいか？

ここまでの距離を考えれば、その時間分、別の狩りに精を出す方が良いだろう。

「だが、それはそれとして。これは是非、ハルカたちを連れてくるべきだろ。上手くすれば、俺たちの食事が更に充実する」

「ああ。香辛料っぽい物も色々あるし……もしかしたら、カレーとか食えるかも？」

「カレーか！　それは日本人ホイホイだな！」

「おう。もし面倒くさいクラスメイトがいても、カレーを餌にすれば……？」

「ナイスアイデア！　米もセットなら言うことないな！」

もちろん、それで敵対的なクラスメイトがいきなり友好的になる、なんてイージーモードではないと思うが、美味い物が食えれば気分は良くなる。交渉もやりやすくなるだろう。

「んじゃ、早く帰ろうぜ！　あいつらと一緒に見て回るなら、オレたちだけで見ても意味ねぇし」

「そうだな。米も地味に重いし、急ぐか」

あえてマジックバッグは持ってきていないので、二人して米袋を担いだまま。

トーヤは大して気にしていないようだが、決して軽い物ではないのだ。

俺は米袋を一度下ろして逆の肩に担ぎ直すと、トーヤを急かしてやや足早に宿への道を辿った。


「で、このお米？　を買ってきたと」

「あぁ。見た目は米っぽいだろ。……大きさ以外」

四種類の米を手のひらに載せて、懐疑的な視線を向けているハルカに主張する俺。

「こんなお米は見たことないですね。一応、ハトムギやジュズダマもイネ科ですから、大きい物があっても、そうおかしくはないですが……」

「ハトムギって、はと麦茶のハトムギだよな？　そういえば実物は見たことねぇや」

「俺の家はハトムギ入りの麦茶を飲んでたが、砕いた物がパックに入っていたな。大きいのか？」

「ええ。米に比べると、かなり大粒ですね。ジュズダマはその名前の通り、数珠玉みたいな大きさです。食べる人は……滅多にいないでしょうが」

俺は名前ぐらいしか聞いたことがないが、穴を空けて数珠みたいに糸を通して遊んだり、お手玉を作ったりするとかなんとか。うむ、俺には縁のない遊びである。

さすがは旧家のお嬢様、遊びの内容が古くさ――いや、古式ゆかしい。

「でも、籾殻の付き方はお米だよね。麦とはちょっと違うよ？　中身も……お米みたいだし。あ、でも、大粒は白っぽいから、餅米っぽいかも？」

「……あぁ、そういえばそれっぽいな。餅にするなら、粒が大きくても問題ないな」

さっき見た時には思いつかなかったが、確かに白い粒は餅米にも似ている。

「いえ、大粒だと浸水と蒸す作業が大変そうなんですが……。砕けば大丈夫でしょうか？」

「中粒はちょっと変わってるわね」

丁寧に籾殻を剥き、糠の部分も削り取ったハルカが、白米を光に翳してそんなことを言う。

俺もハルカの肩口からそれを覗き込んでみるが、確かに半透明の中に白い部分が見える。

「ハルカ、私にも見せてください。……これは、ちょっと酒米に似ていますね」

「酒米って、日本酒を造るときに使うお米だよね？　こっちの小粒なのは普通だから、大きくなるにつれて中心部から白くなるのかな？」

「いや、別の品種だから関係なくね？」

ユキの予想をトーヤが首を振ってあっさりと否定する。

だが確かに、単に収穫時期が違うとかではなく、これらの米は明らかな別品種である。

「そこは進化というか、変異の過程というか、そんな感じ？　判らないけど」

「なるほど。元々は大きい品種で、矮化して小粒なのが生まれたという可能性もあるのか」

そんな風に比較的真剣に議論している俺たちを見て、メアリが不思議そうに首を傾げる。

「あの、先ほどから皆さんが言っているお米？　ですか？　それ、私は見たことがないんですが、美味しい食べ物なんですか？　なんだか、拘っているようですけど」

「美味しい――」

「美味しいの⁉」

俺が言いかけた言葉を食うように、目を輝かせるミーティアだったが――。

「と、良いな、と思ってる」

「なんだ……なの」

すぐに付け加えた俺の言葉で一気に顔が曇る。やっぱり食には貪欲である。

だが、俺たちが美味いと思っても、ミーティアやメアリの口に合うかは別問題なんだよな。

案外、ご飯の炊ける匂いがダメって人もいるみたいだし。

「まぁ、そんなわけで、これが美味ければ追加で買い込みたいと思ってたんだが、よく考えたら、このままじゃ食えないし、味見もできないよな」

「籾摺り機も精米機もないからね。……作る？」

なんとも微妙な表情で、ハルカがそんな提案をする。

「いや、作るつってても、道具、持ってきてねぇだろ？　家ならオレも、多少の部品ぐらいは作れるが……そもそも、どういう仕組みなんだ？」

「昔は木の臼を使っていたみたいですね」

「あ、それはテレビで見たことある」

アイドル（?）が農業をするあれで。だが、ここで木の臼を作るのは無理だろう。

ラファンなら、シモンさんにでも頼めば、すぐに作ってくれそうだが。

「いえ、もし私たちが作るなら、ゴムローラー式でしょう。この粒の大きさの差を考えると、調整できる方が良いでしょうし」

「ゴムローラー……擦り合わせて皮を剥ぐのか。結構単純だな？」

違う速度で回転するゴムローラーの間に米を通して、摩擦で皮を剥ぐ仕組みらしい。

ギヤを調整すれば回転速度の差は作れるだろうし、構造的には難しくなさそうなので、比較的簡単に手回し式の籾摺り機とか作れそうな感じがする——ラファンなら。

「問題は今どうするか、だろ。手作業で剥くのは、さすがに厳しいか？」

「おいおい、どんだけだよ」

試しに一粒、二粒剥く程度ならともかく、まともに味見できる量——いや、調理できる量を確保しようとすると、めちゃめちゃ大変である。

大粒、中粒まではなんとか頑張れても、小粒はなかなかに精神がやられそうだ。

それに籾殻を取り除いた後は、糠も取り除かないといけないわけで。

俺の知っているやり方は、瓶に玄米を入れてひたすら棒で突くという方法だが……。

「精米も含めれば、かなりの根気が必要そうだよなぁ」

俺が深いため息をつくと、メアリが遠慮がちに手を挙げる。

「あの、良かったら、私とミーでやりますけど？　そういった作業は本来、子供の仕事ですし」

「うん。頑張るの！」

「いや、それは……」

食べ物のことだからか、ミーティアも張り切った様子を見せる。

子供の内職と考えれば、ありといえばありなのかもしれないが、自分たちがやりたくないことをやらせるのはなんだか気が引ける。

「まぁ、あれだ。一種類ずつ一膳分ぐらいなら、七人でやればなんとかなるだろ。うん」

なので俺がそう提案すると、ハルカもまた頷く。

「そうね。大粒なら……三〇〇粒もあれば十分よね。あとは倍々で考えれば、トータルで三千三百粒？　………………やめようかしら？」

　小粒が二種類に、中粒、大粒が一種類。

　実際に計算してみて嫌になったのか、ハルカがいきなり手のひらを返す。

「いや、七人でやれば一人約五〇〇粒。一粒一〇秒で剥けば――一時間半か。やめるか？」

　俺もなんだか嫌になってきた。そこまで高価な物でもないし、不味くても良いから大量に買い込んでおいて、ラファンに戻ってから考える方がマシかもしれない。

「いやいや、頑張ろうよ！　一時間半ぐらい、おしゃべりしながら作業すればすぐだって！」

「……そんなもんか？」

「そんなもの、そんなもの！　こういうのは、やってみたら大したことなかったりするんだよ！」

「まぁ……ユキがそう言うなら」

　そんなわけで、四種類の米をそれぞれ茶碗一杯分ほど取り分け、ひたすら剥き続ける俺たち。

　途中で朝食や休憩を挟みつつも、全員でコツコツと作業を続け……およそ二時間後。

　実作業時間では、一時間あまりで籾殻を取り除く作業を終えた。

「思ったよりも、楽だったな？」

「そうね。案外、皮が剥がれやすいというか」

「両手に挟んで揉めば、ある程度は剥がれる感じだったよね」

　そう。ユキがそれに気付いた後は作業効率も若干アップし、最終的には各種二膳分ぐらいの皮を剥くことにしたのだが、それでも当初の予想より短時間で済んでいる。

「次は精米——糠取りですね。これはザルを使ってみましょう」

「ザル？　棒で突くわけじゃないのか？」

「棒で突いても良いですが、時間もかかりますし、粒が大きいので砕けそうですから。金属製のザルに米を入れ、金網（かなあみ）に擦り付けるようにすれば……なんとか？」

実際に家庭用精米機は、電動ではあるが、そういう仕組みになっているらしい。手動でやる場合にどちらが良いかは判らないので、ひとまずはナツキの提案を受け入れ、精米作業を始める。

ザルが二つしかないので、交替でひたすらザリザリと。

糠が下に落ちているので、方向性としては間違っていないのだろうが、力を入れすぎれば米が割れるため加減が難しく、時間もかかって二時間あまり。

とても地味な作業を頑張った結果、俺たちは無事に白米の入手に成功したのだった。

——俺の知る白米よりも粒が大きいし、随分と米糠に塗（まみ）れているが。

「これでようやく、下準備が完了か。なかなかに長い道のりだったな」

「手作業でやるものじゃないわね。昔の人、尊敬するわ」

木臼などの道具を使ったとしても、必要な労力はかなりのものだろう。正直、食べるために必要なエネルギーと、食べることで得られるエネルギー、割に合うのかと思ってしまう。

まぁ、俺たちの祖先はそれで生きていたのだから、問題はないのだろうが。

「けど、ついに食べられるんだな！」

「あ、いえ、浸水が必要ですよ？」

嬉しそうに言ったトーヤにナツキが冷や水を浴びせ、トーヤの肩がガクリと落ちる。

「普通のお米ならそこまで時間はかかりませんが、このサイズだと少し長めが良いでしょうね」

「マジかよ……」

あー、浸水な。うん、知ってる。

便利グッズで『これを使えば、短時間でご飯が炊けます！』とか書いてあっても、大抵はしれっと『お米を炊く前に数十分浸水してください』とか書いてあるんだよな。

もちろんその浸水時間は、パッケージに書いてる炊飯時間には含まれてない。

更には『そのまま数十分蒸らします』とか。

『全然短時間じゃないじゃん！　それなら炊飯器使うわ！』とツッコまずにはいられない。

炊飯器のない今の状況はそれに近く、事前準備が必要なのだろう。

「圧力鍋があれば多少はマシかもしれないけど、普通のお鍋で炊くなら、やっぱり浸水は必要よね。どれぐらいが適当かしら？」

「サイズが全然違うからねぇ。同じ速度で吸水すると考えたなら、中心部までの距離に比例するのかな？　うーん、最低でも四、五倍？」

「大豆だと、一晩ほどは浸水させますが……」

「大豆ほどには必要ないと思うけど……大粒のは、三時間ぐらい浸けておく？」

「長ぇよ⁉　ハルカ、浸水魔法とか無理？」

ユキの言葉は妥当だと思うが、それを聞いたトーヤが叫んだのもまた仕方ないだろう。

「いきなり言われてできるわけないでしょ。そんな魔法、手持ちの魔道書には載ってないし」

「過去の魔法使い、サボるなよ！」

「いえ、そもそも魔法使いってある種、エリートだからね？　わざわざ自分で料理なんてしないと思うわよ？　人を雇えば良いんだから」

あったら便利な魔法は俺も色々思いつくが、それらは下働きとして便利な魔法であり、それらの作業をする人は普通、魔法を使えず、魔法が使えるのであれば別の仕事に就ける。

つまり、そんな魔法を研究する人はいないということ。

もしかすると趣味的に開発した人はいたかもしれないが、使い手がいなければメジャーになるわけもなく、俺たちの手持ちの魔道書には載っていない。

インターネットでもあれば『僕の開発した便利な魔法wiki』で情報共有されたかもしれないが、残念ながらそんな技術なんて、存在しないからなぁ。

「ま、浸水魔法はないが、『時間加速』はある。多少は時間が縮まるから我慢しろ」

「だね～。鍋一つ分なら半分から四分の一ぐらいに短縮できるから、小粒から順番に炊いていけば、浸水時間を気にする必要もないかな？　あたしとナオでやれば、負担も少ないし」

この魔法、戦闘ではあまり使わないが、煮込み料理なんかにはたまに使っている。

加熱でも、浸水でも、蒸らしでも、汎用的に待ち時間が短縮できて、地味に便利なのである。

「そうね。それじゃ、ユキかナオに頑張ってもらうとして、順番にやっていきましょ」

「はい。まずは米を洗っていきましょう」

ここは貴族向けの高級宿だけあり、侍女や護衛が使うこの部屋にも、簡単な台所――とまではいかないが、給湯室的なものが付属しているのだ。

俺たちはそこに移動し、ボウルを使ってちゃっちゃと米を洗う。

ちなみに使っているボウルは、ステンレスっぽい白鉄製。トーヤの自作である。

その理由は単純。白鉄製のボウルなんぞ、庶民向けの店には売ってないから。高すぎて。

「うん？　この米、なかなか綺麗にならないな？」

「無洗米ほどじゃなくても、普段買うような市販の米はあまり糠が残ってないからね」

「これは精米の仕方が雑ですから。糠臭いと美味しくないので、綺麗に洗ってくださいね」

「了解。……ちなみにこれ、『浄化（ピュリフィケイト）』だと？」

「無理ね。食べ物はほぼ無理」

色々便利な『浄化（ピュリフィケイト）』ではあるが、『野菜に土が付いている』とかなら効果があるのだが、『魚から血抜き（ちぬ）をする』とか『果物から皮だけを取り除く』みたいなことはできない。

それができるなら精米も容易（ようい）なのだが、そこまで便利ではないのだ。

だが、『服に付いた果物の汁（しる）や血液』、『皮膚（ひふ）に付いた自分の血』などには効果があるので、不思議といえば不思議なのだが……魔法だしな。あまり考えても仕方ない。

「でも、お米を洗うぐらいは自分でしませんと。手料理なんですから」

「ふむ。そういう考え方もあるな」

俺としては、美味いなら別に無洗米でも、レンジでチンするパックのご飯でも……いや、パックのご飯はなしだな。手料理というなら、炊飯器ぐらいは使ってほしい。

「あたしも手を掛けてこその手料理だと思うかな。ちなみに、ナオの考える手料理の境界は？」

「そうだな、大雑把（おおざっぱ）に言えば……温めるだけかどうか？　レトルトやパックご飯が悪いとは言わないが、それを出されて『手料理』と主張されると、さすがに違和（いわ）感がある」

「つまり、ゆで卵を切って出すのはアウト、目玉焼きやおにぎりはセーフ？」

「そんな感じだな。愛情が籠もっていれば、なお良し」

最高のスパイスとまでは言わないが、自分のために作ってくれたら、やっぱり嬉しいし。

「なるほど、それじゃ、あたしたち三人が作る料理は、いつも美味しいってことだね！」

「ん？　当然だろう？　美味しい料理を作ってくれて、三人には感謝してる」

「「「………」」」

ニコリと笑うユキに俺がそう応えると、何故かハルカたちが沈黙して顔を見合わせる。

何かマズいことを言ったか、とも思ったのだが、それを俺が問う前に、ナツキが空気を変えるように「コホン」と咳払いをして、最初に洗ったお米が入っているボウルに手を伸ばした。

「さ、さて、小粒のお米はそろそろ浸水が完了しますね。炊き始めましょうか」

「だ、だね。時間も勿体ないしね！」

小粒のお米をナツキがザルに一度打ち上げ、ユキが差し出したお鍋に移す。

もちろん、『この中では小粒』というだけで、その見た目にはやはり違和感も大きい。

「炊飯時間に悩みますね。お水の量は、同じぐらいで大丈夫だと思いますが……」

「浸水さえできていれば、時間はあまり気にしなくて良いんじゃない？　ナツキの勘に任せるわ」

「責任重大ですね……。失敗したら、次はハルカですからね？」

「……大丈夫。ナツキならできるわ！」

ナツキにじっと見られたハルカは一瞬沈黙。

精米作業の大変さを思い浮かべたのか、良い笑顔でナツキの肩をポンと叩く。

「頑張ってはみますが、上手くいくでしょうか？」

ナツキがやや不安そうに炊飯を始めて三〇分ほど。

さすがはナツキと言うべきか、ご飯特有の香りをさせて、お米はしっかりと炊き上がっていた。

ふっくらつやつや。縮尺にバグが発生しているだけで、見た目はちゃんと炊きたての白米。

それをナツキがやや深めの器に盛り、テーブルの上に載せる。

「おぉ、久し振りのご飯だ！　いただきます！」

「見た目は美味しそうだよね！」

トーヤとユキが早速スプーンを伸ばし、俺もまた食べてみる。

——うん。味は間違いなく白米。

咀嚼（そしゃく）したときの甘みが少なめで、ちょっと安めのお米っぽい味だが、十分に食べられる。

ただ、一粒一粒が大きいので歯応えに違いがあり、やや気になるが……許容範囲か。

「問題なく食べられるわね。これなら買い込んでも良いんじゃないかしら？」

「俺も同感。ベストとは言えないが、ベターだろ、これなら」

「メアリちゃんとミーティアちゃんは、どうですか？」

「ちょっと変わった味ですが……美味しいですよ？」

「味がしないの！」

ナツキの問いに、メアリは気を遣（つか）ったのか、少し疑問形ながら美味しいと答えたのだが、それに対し、ミーティアの感想は正直だった。

「あぁ、そうですね。これだけだと美味しくはないですね」

「パンみたいな主食だからな」

「納得なの。そう考えれば、黒パンよりはずっと美味しいの」

納得と言いながらも、ミーティアの眉は下がり、耳や尻尾はへにょりと残念そうである。

「ナオ、トーヤ、そろそろお昼だし、広場の屋台で適当な物を買ってきて。ご飯のおかずになりそうな物を。おかずがあってこそのご飯だからね」

「ミーも行きたい！」

俺たちが腰を上げると同時に、ミーティアが素早くシュバッと手を挙げた。

「なら、ミーティアも連れて行ってあげて。メアリはどうする？」

ご飯を炊くのを見ていても暇なだけ、とすぐにハルカが許可を出し、メアリの方に視線を向けるが、メアリは僅かに迷ってから首を振った。

「私は見ています。それ、今後の食事に使うんですよね？」

その表情から、屋台に行きたいと思っているのは明白。

だが、料理の手伝いができるようにならなければ、という意識の方が勝ったようだ。

まぁ、ここにはまだ四日も滞在する。メアリを連れて行く機会もあるだろうと、ミーティアに目を向けると――いつの間にか部屋の入り口に移動し、ドアノブに手を掛けて足踏みをしていた。

その様子に、俺とトーヤは顔を見合わせて苦笑すると、ミーティアを促して宿を出た。


おかずに良さそうな屋台料理を手に俺たちが宿に戻ると、もう一種類あった小粒の米は既に蒸らし時間が終わり、中粒の米もそろそろ炊き上がるというところだった。

「おかえり～。なんか美味しそうなのあった？」

「ご飯があるからな。焼き鳥とか買ってきたぞ」

串にサイコロ状の鳥肉を刺した見た目はごく普通の、ただしオーク肉などよりも高価な焼き鳥。

タレは売ってなかったので塩味だが、それでも白米には合うだろう。

更につくねも見つけたので、それも買ってきた。丸いつくねが串に刺してあるわけではなく、少し平たい串に巻き付けた、五平餅みたいなつくねである。

ラファンでは見かけないタイプの料理で、地域による差が少し面白い。

「あと、粉物があったからそれも。ご飯だけじゃ足りねぇからな」

トーヤが買ったのは、薄焼きのパンに野菜や肉を載せて丸めた物。

オシャレに言うならタコスというか、ブリトーというか、そんな感じだろうか。

俺に言わせるなら、食事タイプのクレープである。

「ミーはこれ買ってもらったの！」

ミーティアがねだったのはスペアリブ。でっかい骨が付いた肉が四本。

何の肉か書いていなかったが、屋台から漂う香りは良く、それを見つめて動かなくなったミーティアに釣られてトーヤの足まで止まったので、買い込んできたのだ。

「それじゃ、それをおかずに食べましょうか。ちょうど中粒も炊き上がったことだし」

テーブルの上に皿を並べ、そこに俺たちが買ってきた物を纏めてドン。骨付き肉はトーヤたち獣人に一本ずつ、残りの一本を食べやすくカットし、他四人の皿に取り分ける。

「あとはご飯ですね。これも分けておきましょう」

炊き上がったご飯は鍋ごとマジックバッグに入れておいたようで、まだ熱々。

小粒の二種類目と中粒のご飯が、お皿の上に分けて盛られる。

「では、いただきます」

「「「いただきます」」」

なかなかに美味そうな昼食だが、俺は目的を忘れてはいない。まずは小粒のご飯からパクリ。

——最初の小粒と比べ、こっちは粘り（ねば）が少ないな？

品種なのか、炊き方なのか。同じ小粒でも表面の粘りが少なく、ちょっと歯応えがある。

粒が大きいだけに少し硬（かた）くも感じるが、これはこれで悪くない。

炊き込みご飯のような、混ぜご飯的な物に向いているんじゃないだろうか？

「なるほど、こんな感じか」

口の中を焼き鳥と水でリセットして、次は中粒の方へ。

こちらは……明らかに表面が崩（くず）れてる。炊くのに失敗したわけじゃないよな？

口の中に入れると、外側はかなり柔らかくご飯の甘みを強く感じるが、少しとろけたお粥のようになっている上に、中心部分にはまだ若干の歯応えも残っている。

普段食べるのには向かないが、味は悪くないので、完全にお粥にしてしまうのならありか。

それとも、炊き方次第で改善されるのか？

そのへんはハルカたちに期待しつつ、今度は骨付き肉と、ブリトーでインターミッション。

しばらく待って、炊飯途中だった最後の大粒が配られる。

「これはまた……凄いな」

「もっちもっちだね。完全に一体化してるよ」

お皿に盛る時も、スプーンを二つ使わないと引っ付いてしまって落ちないほど。

食べてみても、やはりもっちもっち……いや、ネトネト？

こういう物だと思えば、不味くはないのだが。

「完全に、ドロドロに溶けたお餅ね」

「これを食べるなら、蒸さないとダメでしょうね。お餅が作れそうなのは朗報ですが」

ラストは残った屋台料理を平らげて、試食会兼昼食は終了。

久し振りのご飯は嬉しかったが、量が少なくて物足りないというのが第一印象。

ついでに言えば、ハルカたちが普段から、日本を感じさせる料理を作ってくれていることもあって、ご飯を食べて感動で涙を流す、なんてこともなかった。

もし、醤油っぽいインスピール・ソースがなければ、また別だったかもしれないが。

「結論としては、ご飯として食べるのは、やっぱり小粒までね」

食後の片付けも終わり、ベッドでのんびり寛ぐハルカが口にしたのは、そんな言葉だった。

そしてその結論に異議のある人はいないらしく、揃って頷く俺たち。

あ、メアリとミーティアは別な？　やはり二人はこちらの人間らしく、『出てきたら食べるけど、あえて食べたいとは思わない』という程度の感想だった。

というか、肉があれば不満がないって感じである。

「大粒はお餅用に確保かな？　お正月はやっぱり食べたいし」

「同感です。ですが、中粒も使えるかもしれませんので、買っておきましょう。私がお金を出しても構いませんので」

「いえ、それは共通費から出せば良いと思うけど……ナオ、このお米って朝市で買ったのよね？　今はもう出てないわよね？」

「売っている店はあるかもしれないが、その露店はなくなっていたな」

先ほどおかずを買いに行った時に見たのだが、既に朝市は片付けられていた。

そもそも露店が並んでいたのは大通り。昼間は普通に店舗が営業するため、露店を開いたままにはできない。やはり朝限定で許可された商売なのだろう。

「お店を探しても良いけど、明日の朝市で構わないわよね。同じ品種を買う方が安心だし」

「はい。味見のためにもう一度、手作業で精米するのは避けたいです」

「それじゃ、明日は早起きして朝市ね。珍しい香辛料とかもあったって話だし、楽しみだわ」

「あー、ハルカにはその香辛料を使って、できればカレーを作ってほしいけど、無理か？」

露店を見ながら考えた俺の無茶振りに、ハルカは暫し沈黙。

少し困ったように顎に手を当てて「う～ん」と唸る。

「缶入りのカレー粉を使うことはあっても、さすがにスパイスを混ぜてカレー粉を作った経験はないんだけど。知ってるのは、せいぜいターメリック、唐辛子、カルダモン」

「クミン、ガラムマサラもあるよね」

ハルカが挙げていったスパイスにユキも付け加えるが、それをナツキが遮る。

「あ、ユキ、ガラムマサラはスパイスミックスのことですよ？　ナツメグやクローブ、シナモン、胡椒など、中身は色々入ってますから」

「え、ホントに？　知らなかった！」

「チリパウダーなども数種類を混ぜたスパイスですね。逆にオールスパイスは、その名前の印象に反して単独のスパイスなんですが」

ナツキの豆知識に、ハルカとユキが「そうなんだ～」と感心したように頷いているが、そもそも詳しくない俺にはさっぱり。まともに知っているのは胡椒と唐辛子ぐらいである。

あ、ターメリックはウコンだよな？　それは知ってる。『ウコン！』って、でっかい看板を掲げて、乾燥ウコンだけを売っているお店を見たことがあるから。

あれって、商売として成り立っていたのだろうか……？　ちょっと不思議である。

あとはシナモンも、粉末になる前のシナモンスティックを見たことがあるな。

木の板みたいなのがロール状になっていて……薄く剥いだ木の皮か？

どちらにしろ、名前だけを思い出しても、俺では香辛料を集めるのは難しいだろう。

「クローブは丁字とも言われ、特徴的ですから判りますよね？」

「あれはさすがにね」

ナツキの言葉にハルカとユキが苦笑するが……なんで？　――と思って訊いてみたら、クローブは小さな釘みたいな形をしていて、食材にぶっ刺して使うらしい。

マジか。そんな雑な（？）香辛料があったとは。

「ナツメグ、カルダモン、クミンは種ですから、匂いで判断するしかないでしょう。というよりも、同じ物があるとは限らないので、似た匂いや味の香辛料を探す必要があるでしょうね」

「ま、カレーっていろんな味があるから、特定の味の再現を目指さなければ、それっぽい物は作れるんじゃないかな？　極論すれば、辛くてスパイスの香りがすればカレーでしょ？」

「極論っつーか、暴論って気もするが、あんま否定できねぇな」

「同意。懐が深いからなぁ」

日本でカレールーを買うと、おおよそ似たような味を楽しめるが、改めて『カレーの構成要素は何か？』と問われると、『スパイシーである』以外にないような気がする。

俺たちの慣れ親しんだ『カレーの香り』だって、有名メーカーのカレー粉がそうというだけ。インドだと各家庭で自由にスパイスをブレンドして作るらしいし、味も匂いも様々だろう。

「それは、美味しい話なのです？」

話の流れで、食べ物の話と予想が付いたのだろう。

ミーティアが興味深そうに会話に参加、俺たちの顔を見回すが――。

「美味しいかもしれない話ね。ちょっと辛いけど」

「辛いのはダメなの！」

ハルカの答えを聞いて手でバッテンを作り、首をフルフルと振る。

たまに子供らしくないところを見せるミーティアも、味覚はまだまだ子供のようだ。

昨日の夕食に出てきたピリ辛の魚、あれも結局は食べられなかったほどに。

「大丈夫よ、甘口のカレーもあるから」

「甘いの？　甘いのは好きなの！」

一転笑顔になるミーティアだが、甘口のカレーって地味にコストが掛かるよな。

甘口の定番といえば、林檎と蜂蜜。どちらも入手が難しくて高いから。

——いや、林檎の方はダンジョンに行けば自分で採取できるな。少し酸味の強い品種だが。

蜂蜜は買うしかないが……カレーのためなら許容範囲か。

「ま、いろんなスパイスを買い込んで、何種類も好きに作ってみれば良いんじゃない？　たくさん作れば、そのうち美味しいのもできるわよ」

「そうですね。幸い、そのぐらいの余裕はありますから」

スパイスの値段は決して安くはないのだが、『金に匹敵する』ってほどにべらぼうでもない。

仮に毎食、材料費として金貨一枚以上使うとしても、カレーが食べられるようになるのなら無駄とは思わないし、むしろ俺が支払っても良いぐらい。

俺はあまりお金を使わないし、少なくともトーヤのように娼館に行って、数時間で数十枚の金貨を溶かすよりは、有意義な使い方というものだろう。


——などと、都会の町を堪能していた俺たちだったのだが。

程なく、事態は思わぬ方向へと転がり始めた……俺とハルカにとって。

サイドストーリー「初物を食べよう」

冬のとある寒い日。

俺たちはかねてからの懸案となっていた物を前に、唸っていた。

平べったい甲羅に四本の脚、そして長い首を持つアレ。

去年、川で捕まえたものの、今まで手を出せずに放置していたアレ。

――そう。スッポンである。


切っ掛けは、ユキの『そろそろお鍋の季節だと思うんだ』という発言。

聞くところによると、コンビニおでんは真冬より、寒くなり始めた頃がよく売れるらしい。

そして最近はこの辺りでも、少し肌寒く感じるようになっていて……。

「なるほど。温かいものが食べたくなる、そんな時季ではあるな」

「そうね。去年はまだまだ、みんなでのんびり鍋を囲もうって雰囲気でもなかったし」

「家を建てて、ようやく安心できたって頃でしたよね」

「鍋を食べるって感じでもなかったよなぁ」

去年の今頃は、本格的に寒くなる前に家を完成させようと、みんなで奔走していた。

ギリギリ間に合ったけれど、もう少し完成が遅れていれば宿で冬を越すことになっただろう。

定宿にしていた〝微睡みの熊〟は良い宿だが、安心できるのはやっぱり自宅と、俺たちがしみじみと頷いていると、ミーティアが顎に手を当て、『むむっ』と眉根を寄せる。

「さすがのトーヤお兄ちゃんでも、普通のお鍋を食べたらお腹を壊すの。だからきっと……食べられる特別なお鍋があるの！」

ミーティアが『これが正解、間違いない！』とばかりに、ドヤ顔で俺たちの顔を見回す。

確かに、食堂によっては堅焼きパンを食器代わりにすることもあるし、タルト生地のように、鍋の形をした食べられる器があってもおかしくはないけれど……。

「あー、ミーティア。トーヤが言葉足らずなだけで、普通に鍋を使った料理のことだぞ？」

「……そうなの？」

「ええ。いろんな食材を鍋で煮ながら、それをみんなで囲んで食べるのよ」

俺の答えにやや不満そうだったミーティアだが、ハルカのその言葉で一転、笑顔になる。

「みんなで？　……きっと楽しいの！」

「いろんな食材、ですか？　特定の物ってわけじゃないんですね」

「結構自由かな？　もちろん定番はあるけど今なら、すき焼き、水炊き、色々作れるよね！」

鳥や牛、そして調味料。代替品ではあるけれど、それなりに手に入る。

そこにハルカたちの料理の腕が合わされば、美味い鍋は食べられるだろうが、懸案もある。

「そうね。お野菜以外は、良い素材が手に入るわね」

「うっ、そっか、お野菜は微妙だよね」

そう、問題は野菜。普段に比べて野菜をたくさん食べられることも、一つのメリットである鍋料理だが、この世界の野菜はそんなに美味しくない。

味が薄いとか、旨味が少ないとかであればまだ良いのだが、苦みがあるのがネック。

必然、子供にはあまり好まれないわけで。

「大丈夫なの！　ミーはお野菜がなくても気にしないの！」

ミーティアは力強く断言するけれど、健康のことを考えると、さすがにそういうわけにもいかない。ハルカたちも顔を見合わせて笑い、小さく頷く。

「まぁ、お野菜は見た目に拘らず、味の邪魔をしない物を選んで入れましょう」

「だねー。無理に白菜に似たものとか探しても、美味しくなければ意味がないし。それで、どんな鍋にする？　鳥の水炊き？　牡丹鍋？　それとも、ちょっと豪華にすき焼きかな？」

「よく解らないけど、美味しそうなの！」

ミーティアが目を輝かせ、口元に両手を当てる。

そこまで露骨ではないけれど、俺もそれらの鍋の味を思って――おっと、涎が。

「ふふっ、どれでも良いですが、折角の機会ですし、マジックバッグの棚卸しをしませんか？　腐らないのを良いことに、放置してしまっている食材がいくつかありますし」

「そういえばそうだったわね。切っ掛けがないと、なかなかねぇ」

ナツキの言葉にハルカも『あぁ』とばかりに頷いているが……何かあったか？

俺は、そしてトーヤもすぐには思いつかない様子だったが、普段から料理をしているユキには解ったようで、顎に指を当てて「う～ん」と小首を傾げる。

「大山椒魚と鰻、それにスッポンかな？　鍋というなら、スッポンだけど……」

「ええ、それらです。折角ですから、思いついたこの機会に全部食べてみましょう」

鰻に関しては『醤油が手に入るまで』と、どちらかといえば温存していた感じだが、他二つは完全に放置。言われるまで半ば忘れていた。超便利なマジックバッグの功罪とも言えるだろう。

なお、一緒に捕まえた鯰に関しては、便利な白身魚としてフライなどに活用済みである。

「そーいや、醤油もどきも、砂糖もあるんだよな。けど、鰻は時季外れじゃねぇ？　捕ったのはずっと前のことだけどよ」

鰻といえば、土用の丑の日。

トーヤの言葉はそれをイメージしてのことだろうが、ナツキは首を振る。

「いえ、日本だと、とあるコピーライターの策略で夏場に多く食べられますが、そもそも鰻の旬は秋から冬です。この鰻を捕ったのは一年前、旬の物ですね。――同じ生態であれば、ですが」

「ま、多少時季外れだったとしても、美味いかどうかは判るだろ。不味ければ捕る意味もないし、脂がのってないだけなら、捕獲時季を調整すれば良い。まずは必要なのは味見だな」

「だね。美味しければ良いんだけど……。取りあえず、持ってきてみようかな？」

俺の言葉にユキが頷き、それらの獲物が入ったマジックバッグを持ってくると、中をゴソゴソと探って蓋の閉まった桶を二つ、大きな革袋を一つ取り出した。

ちなみにだが、大前提としてマジックバッグに生き物は入れられない。

だが実のところ、この制限は限定的であり、これまでの実験で魚に加え、爬虫類、両生類までは生きたままでもマジックバッグに入れられることが判っている。

つまり、捕まえたときに凍らせた大山椒魚以外は、まだ生きているわけで……。

「うにゃあっ！」

何気なく桶の蓋を取ったメアリが、ピンと尻尾を立てて、跳ぶようにして距離を取った。

その桶の中にいたのは、スッポン。全体的にのっぺりとした姿や異様なほど長く伸びた首など、慣れていなければとても食用になる生き物には見えない。

「こ、これを食べるんですか……？」

だから、メアリがそんな感想を口にするのも、当然のことだろう。

しかしミーティアの方は、恐れる様子もなく桶の中を覗き込んで目を丸くした。

「変わった生き物なの。でも、ハルカお姉ちゃんたちなら、なんでも美味しく料理してくれるの。お姉ちゃんは好き嫌いしちゃダメなの。食べられるだけでステキなことなの」

「うっ、そ、そうだけど……」

「ふふっ。さすがに、なんでもとは言わないけど、上手く料理できれば、スッポンなら美味しく食べられるんじゃないかしら？　あっ！　ミーティア、危ないから指はダメよ？」

桶の中でカシャカシャと動き回るスッポンを、ミーティアは興味深そうに見ていたが、その甲羅を突こうと、そっと指を伸ばそうとして——慌てたハルカに止められた。

「ダメなの？」

「ええ。スッポンって噛む力が凄く強いし、思った以上に首が伸びるから危ないの」

「親指ぐらいの木の枝を、簡単にへし折ったからな。今のミーティアでもやめた方が良い」

事実、それは捕まえた時に見た驚異の光景。

今の俺たちであれば、木の枝よりも強い指を持つかもしれないが、試してみる必要はない。

「き、危険なの！　……お料理するの、大丈夫？」

ミーティアは慌てたように両手の指をぎゅっと握る。

そして、ハルカを心配そうに見るが、ハルカは微笑んで首を振り、俺たちを見回す。

「絞めた後で料理するから、大丈夫よ。それで、どれから食べる？」

「そうですね、お昼は大山椒魚と鰻にして、夕食はスッポンを鍋にするのはどうでしょう？」

「うん、良いんじゃないかな？　やっぱり鍋といえば、夕食って感じだしね！」


そんなわけで、ひとまず大山椒魚と鰻を持って、台所へと移動したわけだが……。

うむ。キッチンカウンターに並んだ大山椒魚と巨大な鰻には、なかなかの迫力がある。

「なぁ、これ、捌けるか？　鰻はまだしも、さすがに大山椒魚は調理経験はないよな？」

「鰻だって普通はないわよ。ナツキだってないわよね？」

一般庶民であった俺やハルカが、生きた鰻を手に入れる機会なんてまずない。

その点、お金持ちで人脈も多い古宮家であれば——とも思うが、さすがにナツキも首を振る。

「ないですね。でも、【解体】スキルでなんとかなるのでは？　レベルも随分上がりましたし、大山椒魚も切り分けてしまえば、トーヤくんの【鑑定】で食べられるかどうか判りますよね？」

「……たぶん？」

ナツキに問われ、トーヤはあまり自信なさそうに頷く。

大抵の場合、綺麗に切り分けられていれば、それが食べられるかどうかは【鑑定】で判別できる

のだが、それはある程度【鑑定】のレベル、つまりトーヤの知識に依存(いぞん)する。

とはいえ、知らないことは一切(いっさい)判らないというワケではない。

さすがに『一を聞いて一〇を知る』ほどではないが、『一から七を聞いて一〇を知る』ぐらいのことはできる便利なスキル、それが【鑑定】である。

ちなみに【ヘルプ】のスキルでも、タスク・ボアーなどは『獣(けもの)（食用）』と表示されるのだが、これは一般人でも知っているメジャーなものに限定される。

例えば、バインド・バイパー。あれを【ヘルプ】で確認(かくにん)しても『食用』とは表示されない。

それはバインド・バイパーの肉が、肉屋に並ぶほどに一般的ではないからだろう。

「その点、鰻は安心ですね。【ヘルプ】で確認できますし、身と肝(きも)以外は廃棄(はいき)ですから」

「骨も食べようよ！　骨煎餅(せんべい)にできるんだよね？　食べたことないけど！」

期待に瞳(ひとみ)を輝かせるユキに苦笑しつつ、ナツキも頷く。

「あぁ、それもありましたね。では、骨も追加ですね」

「それじゃ、捌いてみましょ。元手はタダみたいなものだし、ダメ元でも良いでしょ」

「だね！　一応、準備はしてたんだよね～」

そう言いながらユキが持ち出したのは、俺の身長ぐらいはありそうな長いまな板。

それをキッチンカウンターの上に載(の)せると、ユキは大きな目打ちを追加で取り出した。

鋭(するど)く尖(とが)った先端(せんたん)がギラリと光り、ユキが「ふふふ……」と笑いながら、鰻を掴(つか)む。

「おぉ、元気良いね。ちょっと滑(すべ)るけど……えいっ」

口調は可愛(かわい)いが、行動は可愛くなかった。

滑ると言いつつ、俺の腕ほどはある鰻をがっしりと掴み、まな板の上に載せると、次の瞬間には『ズダンッ！』という音が響き、狙い違わず鰻の目が貫かれていた。

正に目打ち。文字通りの意味で使われるのを、実地で見るのは初めてである。

「え、えっ⁉　ユ、ユキさん？　そうやるものなんですか……？」

「やるものだねー。もっとも、あたしも見様見真似なんだけど、こうやって動かなくしてからじゃないとヌルヌルして——あ、ナオとトーヤは炭火を用意してくれる？」

戸惑った様子のメアリに頷きつつ、ユキが柳刃包丁をキラリと光らせて俺たちを振り返る。

「お、おう。了解。外で準備してくる」

「い、行くか、ナオ」


台所の裏口、その傍に土魔法で焼き台をでっち上げ、炭を放り込んで着火する。

それをトーヤが団扇でパタパタと扇ぎ、良い感じに炭火が熾った頃、裏口から出てきたのは、串打ちされた鰻が載ったトレイと、タレが入った鍋を手に持ったハルカだった。

「どう？　準備はできてる？」

「あぁ、こんな感じでどうだ？　店で見るようなのを参考にしてみたんだが」

串が置けるように細長く、少し深い焼き台。

魚を焼くのに適しているらしい、強火の遠火が実現できそうな形を考えてみた。

それを見てハルカは『ふむふむ』と頷き、焼き台の上に鰻を並べていく。

「私も初めてだからね。試してみましょう。鰻を上手く焼くには技術が必要らしいけど……」

「串打ち三年、裂き八年、焼き一生、だったか？　ハルカは職人じゃないし、贅沢は言わないさ」

焼き始めて程なく、鰻の脂が炭に滴り落ち、ジュゥと音を立てて炎と煙を上げる。

「脂は十分にのってるわね。パタパタパタ。ちゃぷちゃぷ」

ハルカは炭を団扇で扇ぎながら、鰻をひっくり返したり、時折タレに浸けたり。

俺に焼きの技術なんて解らないが、ハルカの手際は十分に良く、だんだんと良い香りがしてきた。

「う、美味そうだな……」

落ち着かない様子で耳を動かしつつ、トーヤがゴクリと唾を飲む。

「あぁ。そのタレ、醤油風味のソースだよな？」

「そうね。あれをベースに砂糖を入れたり……色々ね。それっぽい味には調整できたと思うわ」

「匂いだけなら、もう十分に美味いぜ？　めっちゃ楽しみだ。——まだか？」

「まだよ。落ち着きなさい、トーヤ。折角なら、一番美味しく食べたいでしょ？」

そう言われては、トーヤも待つしかなく。焼けていく鰻をじっと見つめている。

そしてトーヤの耳だけではなく、尻尾まで動き始めた頃、ようやくハルカが手を止めた。

「たぶん、このぐらいが最適ね。私の勘がそう言っているわ。今日初めて鰻を焼く、私の勘が」

「……普通なら笑いどころだが、高い【調理】スキルを持つハルカだからなぁ」

「あぁ！　信頼感は抜群だなっ！　じゃあ——」

思わずとばかりにトーヤが手を伸ばすが、その手はハルカによって、ぱしっと払われた。

「食べるのはみんな一緒に、よ」

とても正論である。

その言葉に俺とトーヤが頷いている間に、鰻はお皿に回収され、ハルカは家の中へ。

俺とトーヤも慌てて炭火の処理を行い、そのあとを追えば、食堂のテーブルの上には肝吸いと骨煎餅、そして鰻の蒲焼きが人数分用意されていた。

「お疲れさまです、ナオくん、トーヤくん」

「お疲れ～。それじゃ、早速食べよっ！」

「トーヤお兄ちゃん、ナオお兄ちゃん、早くなの！」

手をパタパタと動かすミーティアに急かされて俺たちが席に着くと、みんなが手を合わせる。

「「「いただきます！」」」

全員の声が揃い、それぞれ料理に手を伸ばす。

ナツキは肝吸いに口を付け、ユキは骨煎餅を齧るが、やはり俺は本命から。

――うん。美味い。とても美味い。

香ばしく焼けた表面と、ふんわりと柔らかい身。

また、甘辛いタレの味も絶妙で……これが醤油じゃないとか、言われなきゃ気付かないな！

「すげぇな！　ご飯に載せて食いたい！」

「同感。米を捜す旅に出たいぐらいだ」

和食のおかずが食べられるようになると、やはりご飯が欲しくなる。

現状は麦粥や麦飯で我慢しているが、醤油と白米の組み合わせは別格だからなぁ。

「思った以上に上手くできたわね。これなら鰻の蒲焼きを名乗っても良いんじゃない？」

「うん！　ハルカ、初めてとは思えない出来だよ！」

「脂がたっぷりです。地域によっては蒸したりもするようですが……今度試してみたいですね」

そういえば鰻の蒲焼きって、途中で蒸すタイプもあるんだったか。

ナツキたちが作るのであれば、どちらでも美味しいだろうし、楽しみである。

また、鰻には馴染みのないメアリとミーティアにも、蒲焼きは意外に好評なようで、特に忌避する様子もなく嬉しそうに手をつけている。

「あのお魚がこんなに……。タレも美味しいです」

「鰻、見た目と違って凄く美味しいの！　むぐむぐ……骨煎餅もサクサクして美味しいの！」

ニコニコと蒲焼きを食べ終えたミーティアは続いて、肝吸いも口に運ぶが――。

「はむ。……これはきっと、大人の味なの！」

どうやらお口に合わなかったらしい。

でも、美味しくないと言わないあたりは、ミーティア、逆に大人である。

「う～む。全部美味かったが、唯一の不満はあまりにも量が少ないことだな。これじゃ、腹八分目どころか、二分目にもならねぇ。もっと作ってくれたら良かったのに」

トーヤのその言葉を待っていたかのように、ユキがすぐに腰を上げる。

「だって、まだ大山椒魚があるからね。こっちは捌いただけだから、トーヤ、確認して？」

「お、おう。大山椒魚か……見てみる」

台所へ向かうトーヤを追ってみると、台所には綺麗に腑分けされた大山椒魚が。

部位ごとにきちんと分類されて並んでいるので、解剖のようにも見えて少々シュールである。

「えっと……、これは食えるな。こっちも……あ、ここはダメだな」

トーヤが指さしながら指摘していくが……ダメな部位がほとんどないな？　その『食える』の基準が『食べても死なない』ではなく、『美味しく食べられる』なら良いんだが……。

「しかし、綺麗に捌いたもんだな？」

「うん、これをやったのはナツキだけど、鰻も捌くのには苦労しなかったよ？　【調理】スキルのおかげか、それとも【解体】スキルのおかげかは解らないけどね」

「――あぁ、【調理】も【解体】も、結構レベル上がってるもんなぁ」

普段斃す大物に比べれば随分小さいが、これも解体といえば解体だろう。

そう言っている間にも選別は終わり、トーヤが『ダメ』と判定した部位は、ナツキによって捨てられたのだが……やっぱり、ほとんど減ってないな？

「さて、これで安心なわけですが、『食べられる』と『食べたい』は違いますよね」

俺の懸念はナツキも感じていたようだ。

残った物を眺めて、少し不安そうな表情を浮かべる。

「……さすがに大山椒魚の料理は食べたことがないですから、適当にやってみましょうか」

「そうね。シンプルにソテーして味見してみましょ」

試してみなければ判らないということで、ナツキが大山椒魚の部位を少しずつ切り分け、それをユキとハルカがソテーにする。ユキとハルカの調理工程だけを見ていれば、ごく普通の料理なのだが、その横で行われるナツキの解体工程が食欲を微妙に減退させる。

「さ、どうぞ」

「味付けはシンプルに塩のみだよ！　素材の味を味わってね」

ユキの発言だけ聞くと、なんだか高級料理を出されたような気になるが……。

お前たち、味見してないよな？

「……匂いは、悪くないな」

「そうだな、生臭いとか、そんな感じはないな」

「見た目も問題ない」

「そうだな。白っぽい肉だな」

「……トーヤ、お先にどうぞ？」

「いやいや、ナオこそ。まさかハルカとユキの手料理、食えないとは言わないだろ？」

ぐっ……確かに食えないとは言えない。二人からじっと見られているだけに。

だが、元の姿を見ているだけに勇気が要るぞ？

「——それじゃ、俺はこっちを食うから、トーヤはそっちな？」

「あっ！」

俺はハルカが調理した身の部分を取り、ユキが調理した内臓はトーヤに押しつける。

なんとなくだが、万が一の際にもこちらの方がダメージが少なそうである。

——まぁ、内臓は種類が多いので、結局食うことにはなるんだろうが。

俺は指の先ほどの肉をフォークで刺して、そのまま口に放り込む。

「……おぉ!?」

なんか予想外。鶏のササミのような淡泊さを想像していたのだが、もっとジューシー。

肉汁が溢れ出る、なんてことはないのだが、噛む度に旨味が染み出てきて、なんとも美味い。

更に、ほんのりと香る匂いが良いアクセントにもなっている。

名前から想像したような山椒の香りとは違うのだが……これもある意味では肉の臭みか？

だが、それが良い。強すぎれば欠点になるだろうそれも、僅かであれば利点となる。

「やや特徴的ではあるが、思った以上に美味いぞ？」

「くっ、安牌を取りやがって……。モツか……【鑑定】先生、信じてますっ！」

無事に乗り切り、にっこりの俺をトーヤが睨み、目を瞑って内臓のソテーを口に運ぶ。

そして、そのままモグモグと。

「……ん？　う～ん……うーむ」

唸りつつ首を捻るトーヤ。

表情を見るに、不味いわけではなさそうだが……。

「どうなのよ？」

感想を言わないトーヤに業を煮やしたのか、ハルカが催促する。

「……普通？　いや、美味いといえば美味い。魚の肝とか、そのへんを食べているような印象。ただ、たくさん食べるような物じゃねぇかな？」

「モツって、一種、珍味だしなぁ」

烏魚子しかり、イカの塩辛しかり、海鼠腸しかり。

いずれもちょっとだけ食べる物である。

フォアグラなんかはステーキにして食べたりするようだが、それにしても脂の塊みたいな物だし、健康のことを考えても、がっつり食べる物ではないだろう。

「美味く食べられるかは、調理方法次第じゃね？」

「なるほどね」

「他の部位も……似たような物か」

トーヤに勇気付けられ、俺も他のモツを食べてみるが、そんなに美味いって感じでもない。

「これの捕獲依頼(いらい)、金貨数十枚だったよな？　さすがに高すぎるだろ」

「まぁ、料理……というか、高級食材の値段って味とは別の所にあるからねぇ。元の世界でも珍(めずら)しさに価値を付けているだけで、味と値段が比例するわけじゃないし？」

俺の感想に、ユキが苦笑しつつ、そんなことを口にする。

ある程度は『美味い物は高い』のだろうが、『高ければ美味い』とは限らない。

そして『安くても美味い』ものはある。

「俺もキャビアと鯵(あじ)のなめろう、どちらが美味いかと聞かれたら、後者と答えるからなぁ」

もちろん新鮮(しんせん)で脂ののった鯵なら、という前提ではあるが。

稀少(きしょう)性を考慮(こうりょ)しなければ、正直、鮪(まぐろ)より価値があると思っている——俺の好みで言うならば。

そんな俺の言葉に、きっと良い物を食べていたであろうナツキも苦笑を浮かべる。

「フォアグラ、トリュフも美味しいは美味しいのですが、毎日食べたい物ではありませんよね。たまに少しだけ食べるからこそ美味しいのです。私も普段の食事なら、ナオくんと同感です」

「つまり、大山椒魚は食べるよりも売った方が良い？」

「オレはそう思うぞ？　そりゃ、たまになら食べても良いと思うが」

「それは俺も同感かな？　よっぽど美味い食べ方でもあれば別だけど。高級料理の範疇(はんちゅう)だから、ア

「そう。なら、基本的には売る方向で考えましょ。取りあえず、今回捌いた物は適当に調理してみるわ。私たちも味見してどうするか考えるから、二人は食堂の方で待っていて」

少なくとも今の俺からすれば、金貨数十枚払って食べたいと思えるような食材ではなかった。

他にも美味い食べ物はあるのだし、売る当てがあるなら、自分たちで食べるのは勿体ない。

エラさんに一度訊いてみるのも良いかもな」

あれから大山椒魚は、唐揚げ――たまには食べても良いかも、と意見を変えるぐらいには美味かった――をメインとした料理に姿を変えた。

それらの料理とパンで、なんだかんだと時間のかかった昼食を終えて、数時間。

いよいよ、本命とも言える鍋の時間がやってきていた。

俺たちの前に置かれているのは、スッポンの入った桶。水なんかなくても元気なようで、今も中からは、爪で桶の側面を掻く、『カシャ、カシャ』という音が聞こえている。

泥抜き自体は既に終えているので、あとは調理するだけなのだが……。

「スッポンの調理、したことある人なんていないわよね？」

「ないよー。食べたことあるのもナツキだけなのに」

当然俺も調理方法なんて知らない。

見た目はかなりアレなのに、これを食べようと思うなんて、さすが日本人、根性がある。

「私もうろ覚えの知識しかないですが……取りあえず、頑張ってみましょうか」

「ナツキお姉ちゃん、気を付けて！　なの！」

「大丈夫ですよ。掴むところを気を付ければ、噛まれたりはしませんからね」

ナツキはニコリと微笑み、素早く桶から取り出したスッポンを『ドン』とまな板に載せる。

その大きさは、甲羅の横幅だけでも四〇センチを優に超えるビッグサイズ。

だがウチのまな板も、広い厨房に合わせたビッグサイズなので、問題はない。

無駄に大きすぎると、普通なら洗うときに重くて不便なのだろうが、ハルカたちは十分に力があるし、『浄化』もあるので、使いやすいように特注サイズにしたらしい。

「しかし大きいな。もう少し小さいサイズの方が扱いやすいか？」

「いえ、内臓を確認しないといけないので、大きい方が解りやすいかと」

「あぁ、それは確かに」

スッポンのほとんどの部位は食べられるらしいが、哺乳類ではない分、部位を区別しようと思っても、なかなか判りにくい気はする。もしこのスッポンが美味ければ、今後も捕まえに行くことになるだろうし、部位ごとに分けられるサイズの方が何かと便利だろう。

「では捌いていきましょう。えっと……ナオくん、スッポンを押さえておいてください」

「了解」

まな板の上から逃げ出そうとしているスッポンの甲羅を、ナツキに代わって押さえる。

スッポンは首を伸ばして威嚇するが、ナツキはその首をがっしりと掴んで引き伸ばすと――。

「えいっ！」

ユキと同様に掛け声は可愛いが、『ズバッ！』と豪快に切り落とされる首。

ぶしゃっと噴き出る血。

「「……」」

揃って無言になる俺たち。

……いや、まぁ、これまでも散々、解体なんかはしているんだが。

「血は要りませんよね？　捨てますね」

「スッポンの血を飲むとか聞いたことあるが、どうなんだ？」

トーヤのその問いに、ナツキは手を止めて小首を傾げる。

「お酒に混ぜて飲むみたいですが、そもそも私たち、お酒を飲みませんし、別に美味しいわけじゃないみたいですよ？　飲みますか？」

「なんだ、美味くないのか。ならいらね」

「いや、美味い血ってどんなだよ……」

血なんて生臭いだけで、普通、食べる物じゃないだろ。

獲物を仕留めたときも、如何に上手く血抜きをするかが重要なんだし。

「でも、血を混ぜて作るソーセージもありますし、必ずしも不味くないのかもしれませんが……」

「母乳なんかは、ヘモグロビンの含まれない血液って話もあるしねぇ」

「母乳……」

一瞬、ナツキの胸に目をやってしまい、慌てて目を逸らす。

「なに～？　ナオ、興味あるのぉ？」

「残念ながら、私はまだ出ませんよ？」

「あ、いや……、母乳の味なんて覚えてないな、と思っただけだから！　うん」

ニヤニヤと笑いながら俺の顔を見るユキと苦笑するナツキに、俺は慌てて言い訳をする。

それに、嫌らしい気持ちがなかったのは本当である。

ついナツキに目が行ったのは、ナツキのバストがこの三人の中では一番大きいから。

といっても、ナツキも特別大きいわけではないのだが、ユキはちょっと控えめで、ハルカはエルフになったせいか、そのユキよりもやや小さくなっている。

本人は『楽になったわ』とか言っていたので、別に気にしてはいないようだが。

「私も母乳の味なんて覚えてないけど、そんなに美味しい物ではないみたいよ？　乳糖が多く含まれるみたいだけど、糖とはいっても、あんまり甘くない糖だし」

いや、ハルカ、冷静に解説されると、それはそれで……。

「出るようにしてくれたら、飲ませてあげるわよ？」

「その時は、責任を取ってもらわないといけないけどね～」

「そりゃ責任は……って、違う！　今はスッポンの話だろ！」

悪戯っぽい笑みを浮かべるハルカとユキに、一瞬流されそうになり、慌てて軌道修正。

危ない。おかしなことを口走りかけた。

「ふふっ、そうですね。血も出なくなりましたし、続きをしましょう」

ナツキも笑って、流しの上で逆さにしていたスッポンをまな板の上に戻す。

既に動かなくなっているので俺は下がって、後ろから見物だ。

「次は甲羅を外していきます。エンペラと硬い部分の境目に包丁を入れれば良いはずです」

エンペラは甲羅の周りの柔らかい部分。トミー謹製の包丁の切れ味は良いようで、サックリと差し込まれた包丁によって、ぐるりと一周、甲羅に切れ込みが入る。

「これで取れるはず……よし。取れました」

ナツキが甲羅を取りのけると、見えてきたのはスッポンの内臓。

ごちゃっと入っていて、何が何やら判らない。

「これって、どこを食べるんだ？」

「内臓はほとんど食べられます。膀胱と胆嚢がダメだったはずですが……どれでしょう？」

「膀胱は気を付けないと危ないよね」

俺たちも獲物を解体するときには、特に膀胱や腸など、消化器官の扱いには気を付けている。

間違って傷付けたりしたら、尿やら糞やらが漏れ出てきて……。

解体に慣れない最初の頃には失敗して、かなりの部分を廃棄した苦い記憶もある。

もっとも、俺たちが普段狩る獲物はサイズも大きいし、哺乳類の場合には消化器官も判りやすいのですぐに慣れたのだが、爬虫類は完全に専門外である。

「スッポンも爬虫類だから、総排出腔があるわよね？　そこから遡っていけば……」

「これ、でしょうか？」

「たぶんそれね。ついでに、腸の部分も取ってしまいましょ」

「腸は一応食べられるはずですが……まぁ、少し気になりますし、消化器官は廃棄しましょう。エンペラに切れ目を入れて……」

ハルカたちみたいな美少女が額を突き合わせ、少々グロテスクなスッポンの内臓を指さしながらあれこれ言っている姿はなんとも言えないが、膀胱の確認はできたらしい。

高い【解体】スキルのおかげか、膀胱と腸は無事に取り出され、残飯入れへ。

「次は胆嚢ですね」

「胆嚢……胆汁が出る場所よね。つまり、肝臓から繋がっている臓器……」

「肝臓はこれでしょうね。大きいですし。胆嚢は……これですね。色が違いますから」

ナツキが取り出したのは、思ったよりも小さい臓器。丸くて黒っぽいそれも廃棄。

「残った物は食べられるはずです。――ですよね？　トーヤくん」

「あぁ、全部『食用可』だな」

トーヤは【鑑定】して頷くが、それを聞いたメアリとミーティアはゆらゆらと尻尾を揺らす。

「そうなんですね。見た目はあまり美味しそうには……」

「むー、ミーもちょっぴり、不安なの……」

「ふふっ、そのあたりはできてからのお楽しみということで。切り分けていきましょう」

サクサクと足を切り取り、エンペラを切り取り、内臓を分類し。

大量のよく判らない物がまな板の上に並ぶ。

「あとはこれを水で洗って……あ、爪も不要ですね。これも廃棄です」

ナツキは切り分けた物を水洗いしながら、足先の爪も切り取って捨てる。

そんな風に並んだ内臓の一つをユキが指さし、疑問を口にする。

「この黄色いのはなに？」

「これは卵でしょうね。獲った時季の問題か、ちょっと数が少ないですが結構美味しいですよ？　このままでも良いですが、塩漬けにしたりもするみたいです」

「へぇ、卵なんだ……。あとは料理するだけ？」

「いえ、甲羅や足などは湯通しして、皮を剥く必要があります。これを怠ると臭くなるそうです」

「そうなんだ？　でも、ナツキ、よく知ってるね。捌いたことはなかったんだよね？」

「はい、実際に捌いた経験は。知識として知っているレベルですが、それでも上手くできるのは、【解体】か【調理】スキルのおかげでしょうね」

湯を沸かし、その中に甲羅や足を入れてサッと湯通し。

引き上げて皮を引っ張ると、綺麗に剥ける。

それでも見てくれはあまり良くないが、そろそろ食材に見えてきた。

「これで下拵えは完了なので、次は料理です。まずは土鍋。これが重要です」

そう言ってナツキが取り出したのは、ちょっと大きめで少し浅い土鍋。

実家で使っていた物よりも、一回り以上は大きいだろうか。

今の俺たちは七人家族。俺の実家は三人家族だったので、大食いのトーヤやミーティア、メアリがいることを考えれば、これぐらいは必要なのだろう。

「土鍋って持ってたのか」

「買ってきました。例のインスピール・ソースの壺やお皿なんかを買ったお店で。需要は少ないみたいですが、一応売ってましたね」

「普通の鍋じゃダメなんだ？」

「はい。同じ土鍋で何度もスッポン鍋を作ることで、味が染み込んで美味しくなるとか……？」

「なるほど、鍋を育てていくわけか」

普段使っている鉄鍋では無理な話である。

「そんな感じです。十分に育った鍋だと、お湯を沸かしただけでも美味しいと聞きますが……本当でしょうか？　一応、目止めもしてますから、あんまり染み込まない気もするんですけど」

「――ん？　目止めってなんだ？」

「土鍋って、使い始める前にお粥とかを炊いて、陶器の隙間を埋める作業をするのよ。割れにくいように。でもお米がないから――」

首を捻ったトーヤにハルカが答えつつ、ナツキに視線を向ける。

「はい、お米の代わりに、今回は小麦粉を使いました」

「これをやることで長持ちするらしいわね。土鍋は買ったことないし、実感はないけど」

「そりゃそうだ」

普通の高校生は土鍋なんて買う機会はないだろうし、『目止めを忘れて簡単に割れた』なんて経験をすることもないだろう。

「取りあえず、甲羅と骨でスープを作っていきますね」

ナツキが土鍋に水を入れて火にかけ、甲羅と骨を放り込んで煮込んでいく。

「スッポン鍋は高温にするのが良いそうです。コークスを使ったりもするそうですが、幸い、ここのコンロはハルカたちが作ってくれた魔道具ですから超高温にすることも可能です。が、鍋が耐えられないと思いますので、程々でやりますね」

少し前にハルカたちによって更新されたコンロは、無駄に高性能。

投入する魔力次第でお湯も一瞬で沸く優れ物だが、当然だが普通の土鍋には過ぎた火力である。

そんなわけで、普通の強火よりもやや強めぐらいで待つこと暫し。

だんだんと鍋の水が濁ってきて、脂が浮いてくる。

「良い感じにスープが出たら、甲羅と骨はポイします。塩と香草で味を調えたら、今度はスッポンの身と内臓を入れていきます。……やはり料理をするときには、日本酒が欲しいですね」

「だよねー。和食にワインはさすがに合わないよねぇ」

「アルコールだけなら蒸留する方法があるけど、それじゃ意味がないしね」

十分に美味い料理を作ってくれていると思うが、やはり調味料には不満があるようだ。

かといって、日本酒は作れないしなぁ。芋や麦はあるから、焼酎ぐらいならなんとかなりそうな気もするが……。焼酎って、料理酒の代わりになったりしないのだろうか？

「さて、そろそろできますよ。お箸とかお皿、準備してください」

「了解だ」

食堂へ移動し、それぞれの食器などを並べていると、ナツキが鍋を持ってやって来た。

ささっとユキが敷いた鍋敷きの上に置かれる土鍋。

その見た目は……正直あまり良くない。

内臓類もそうだし、まるで沈み行くナニカのように突き出た脚もちょっとアレ。

美味いと聞いていなければ、箸を伸ばすのに躊躇するレベルだろう。

実際、メアリとミーティアは、鍋を見て何度も目を瞬かせている。

「味は薄味なので、足りなければタレを付けてください。それでは頂きましょう」

「「「いただきます」」」

ニッコリと笑うナツキに唱和した俺たちだったが、すぐには手を伸ばさない。

とはいえ、本来は高級料理だし、作ったのはナツキ。その味は信頼できるはずで……。

「取りあえず、この肉から」

いきなり脚から行くのはちょっと勇気が要るので、ここは形の判らない肉を選ぶ。

鍋から摘まみ上げたその肉を、そのままパクリ。

「ふむふむ……結構あっさり？」

「そうね。旨味はあるけど、食べやすい感じね」

俺に続いて箸を伸ばしたハルカが、ちょっと驚いたように口元に手を当て、コクコクと頷く。

「私はエンペラをポン酢醤油でいただきましょう」

「鍋物といえば、やっぱり柚子だよね。——使いきれないほどあるけど」

用意されているタレは醤油風味のソースと、それに柚子の搾り汁を加えた物。そのままでは食べられないほどに酸っぱい柚子だが、庭で大量に採れるので、食卓でそれなりに活躍している。

「うん、プルプルが美味しいです」

ポン酢醤油を付けてエンペラを食べたナツキが、頬を緩める。

でも……慣れないせいもあるとは思うが、見た目はやっぱり微妙なんだがなぁ。

「……ホントに美味しいの？　むー、試してみるの！」

「わ、私も食べてみます」

俺たちが美味しそうに食べているのに勇気付けられたのか、メアリとミーティアも恐る恐る手を付け――揃って目を丸くすると、慌てたように鍋の中身を自分の取り皿に移し始めた。

でも、それもそのはず。

いくら大きなスッポンでも、七人もいれば、食べられる量はそこまで多くないのだから。

そして、その中に大食いがいれば、当然のように鍋の中身は見る見るなくなり、残ったのはスープ。一人だけ無言で食べていたトーヤは、名残惜しげにそのスープを飲み、声を上げた。

「うわっ、このスープ、めちゃ美味い！」

「ホント！　シンプルなのに……。これだけでもご馳走だよ！」

トーヤとユキに負けじと、俺もお椀にスープを取り分けて飲んでみる。

「……おぉ、マジで美味い」

「ご飯さえあれば、雑炊にしたら美味しいんでしょうが……」

「それはちょっと残念だけど、普通にスープとしても美味しいから十分じゃない？」

うん、それはその通り。

だが、このスープで作る雑炊も食ってみたい。

「ま、今日のところはうどんで我慢かな？　少し水を入れて、味も調えて……投入～」

旨味たっぷりのスープに七人分のうどんが入れられ、これもスープと一緒にしっかり堪能。

全員のお腹がいっぱいになったところで、俺たちは「ふぅ」と一息ついた。

「いやー、思った以上に美味かった！　ナツキ、ありがとう！」

トーヤは椅子に踏ん反り返って膨らんだお腹を摩り、ナツキは上品に微笑む。

「いえいえ。手探りでしたが、上手くできて良かったです」

「ミーはもうちょっと食べたかったの」

「うん。これだけ美味しいと、時々食べたい気はするけど……下拵え、結構大変だよね？」

「そうですね、食べられる量に比べると、ちょっと面倒ですね。たくさん食べるなら、オークやピッカウなどの方が簡単に大量のお肉を取れますから」

スッポンの場合、捌いて不要な部位を除けたり、湯通しして皮を剥いだり。

ズバッと腹を割いて、内臓をドバッと捨てるだけのオークとは大違いである。

一応オークも、皮を剥いだり、食べられるモツを取ったりする手間はあるのだが、レバー一つ取っても、それだけでこのスッポン以上の可食部が得られるのだ。掛かる手間が全然違う。

「たまの贅沢、かしら？　金銭面じゃなくて、時間的な意味で」

「でも、美味しいですよね、スッポンって……」

そう漏らしたメアリは、暫し迷うようにハルカとナツキの顔を見てから口を開く。

「……あの、捌き方を教えてもらえませんか？　面倒ということなら、私が処理しますので」

「え……？　ええ、それは構いませんが……気に入りましたか？」

「はい。ミーも好きみたいですし」

メアリに視線を向けられ、ミーティアは力強く頷く。

「うん！　とっても美味しいの。お肉だけじゃなく、うどんも美味しかったの！」

「そっか、そっか。それじゃ、今度川に行くときは、スッポン用の罠も用意していこうかな？　わざわざ捕まえに行くのは手間だけど、それなら良いよね？」

「ええ。でも爬虫類だから、よく考えて作らないと窒息して死んじゃうわね」

そう。なんだかイメージが湧かないが、溺死するんだよなぁ、スッポンって。

前回使った鰻や蟹などを捕る罠は完全に水没しているので、そこにスッポンが入ってしまうと、空気を吸うために水面に上がることができず、窒息死してしまうことになるのだ。

なので、スッポンを狙うのであれば、上部が水上に出るような大きい籠とか、定置網のような上が空いている罠にする必要があるわけで……結構大変そうである。

それに今回のスッポンも【索敵】で見つけたから捕まえただけで、罠を使ったわけではない。

ハルカたちはどんな罠にするべきかと議論を交わしているが、頑張って罠を作ったとしても、スッポンに関する罠の知識は誰にもなく、上手く掛かるのかどうか……。

もし一匹も掛からないようなら、直接捕獲を狙ってみるべきかもしれない。

綺麗に空っぽになった鍋を見ながら、俺はそんなことを考えるのだった。

第三話　貴族の婚礼

「今、お時間よろしいでしょうか？」

そんな言葉と共にアーリンさんが部屋を訪ねてきたのは、昼を大きく回った頃だった。

この町にいる間、俺たちは仕事から解放され、完全休養という契約。

イリアス様も忙しいのか、メアリたちが呼ばれることもなかったのだが……。

「ええ、構いませんよ。特に予定もありませんから」

冒険者に必要なのは柔軟性。さすがに『今は仕事中じゃないので』と追い返すわけにもいかず、
俺たちは快くアーリンさんを迎え入れ、椅子を勧める。

「ありがとうございます。少し情報が集まりましたので、それを共有しておこうかと思いまして」

「情報というと、あの襲撃ですか？」

「はい。あれです」

あれ以外に俺たちとの情報共有が必要なものはないだろう。

だが襲撃の背景など、あえて護衛に教える必要がないともいえるし……なんだか不穏である。

だが、そんな俺の心情は余所に、アーリンさんは話し始める。

「私たちで情報収集を進めた結果ですが、どうやらあの襲撃には、ユピクリスア帝国が関わってい

る可能性が高いと判断致しました」

「ユピクリスア帝国って……。この国の南方にある敵国ですよね？　戦争状態にはないと聞いていますが、イリアス様が襲われるほど険悪な状況なんですか？」

聞かされた少し意外な情報に、ハルカは首を傾げる。

俺の知る範囲では、今のところユピクリスア帝国は仮想敵国の範疇でしかない。

わざわざこんな国境から離れた、しかもあまり有力とも言えない貴族の子供を狙って、不正規戦を行うほどの緊迫状態にはなっていないとの認識である。

それに、仮にイリアス様の拉致に成功したところで、どれほどの価値があるのか。

たかが貴族の息女一人、レーニアム王国が何らかの要求を呑むとは思えないし、ネーナス子爵に身代金を要求したところで、所詮は弱小貴族、国家単位で考えれば大した額でもないだろう。

むしろ『サトミー聖女教団が手練れを雇った』と考える方が、まだしっくりくる。

「はっきりと言ってしまえば、当家である必要性はまったくない――いえ、ほとんどなかったようです。単純に少人数でも襲撃が成功しそうな相手だから狙われた、と思われます」

実はイリアス様以外にも、今回の婚礼参加者の中に襲われた人が何人かいたらしい。

そしてすべてのケースで、襲撃者は少人数。

襲われた側も護衛の人数が少なく、手練れもいないような弱小貴族だったようだ。

「ユピクリスア帝国としても、敵国内に大人数の兵士を浸透させるのは難しいですからね。今回の婚礼を邪魔するための一手として行われたのでしょう」

「なるほど。しかし何故？　ダイアス男爵領もユピクリスア帝国とは接していませんよね？」

「はい。ですが、結婚相手の貴族がユピクリスア帝国と対峙しているのです」

その貴族はアシー男爵家。

時折ユピクリスア帝国との間で、小競り合いを起こしている貴族家である。

もっとも、アシー男爵領とダイアス男爵領は距離的にかなり離れているので、婚姻関係になったとしても、もしものときに援軍を送ることは、本来なら簡単ではない。

だが、クレヴィリーの傍に流れている川の下流、そこにあるのがアシー男爵領なのだ。

しかも、この町を見れば判るように、ダイアス男爵家はかなり裕福な貴族。紛争時にはダイアス男爵家からアシー男爵家へ、川を使った物資の支援を行うことも可能だろう。

当然のようにそれは、ユピクリスア帝国からすれば歓迎できない事態。

今回の婚礼を阻止しようと動くのは、想像に難くない。

「ですが、出席者を襲撃したぐらいで婚礼を阻止できるんですか？」

「うん。だよな？　結婚する本人たちならともかく」

特にネーナス子爵なんて、単に隣に領地があるというだけであり、俺たちが通ってきた街道の様子を見ても判る通り、交流も乏しく、ダイアス男爵と親しくもないのだ。

最悪、イリアス様が殺されたとしても、婚礼が中止になるとは思えない。

「もちろんそれが可能ならやったでしょうが、お金があるダイアス男爵家の護衛は精強、頻繁に実戦を経験するアシー男爵家の兵士は言うまでもありません。ですので、次善の策でしょうね。今回の婚礼を阻止できなくても、ケチが付くだけでも意味はある、と」

つまり、今後の外交政策で何らかの布石になれば良いと、そんな感じらしい。

そんな理由で襲われるなど、被害者としては堪ったものではないが、今回のことで親族を殺された貴族としては、ダイアス男爵とアシー男爵に対して感情的な痼りは残るだろう。

　悪いのはユピクリスア帝国だと、理性で理解していたとしても。

「……あ、他に襲われた貴族はどうなったんですか？」

「二名ほど、殺されています。幸い当主ではありませんが……。あとは大怪我をされた方もいますね。護衛に関しては、それなりの数の死亡者が出ています」

「うへぇ……」

　なかなかに生々しい被害に、トーヤが思わずという風に声を漏らす。

「皆さんがいなければ、我々も同様だったでしょうね。改めてお礼申し上げます」

「いえいえ、お仕事ですし。そもそも、捕まえることもできず、全員に逃げられていますから」

　そう言いながら丁寧に頭を下げるアーリンさんに、俺は慌てて手を振って応える。

　敵の一人に重傷は負わせたが、二人には抜けられて領兵が直接戦うことになったし、襲撃者の数があと一人か二人多ければ、かなり危険だっただろう。あまり誇れるような成果ではない。

　ナツキたちも俺の言葉に頷きつつ、少し不思議そうに疑問を口にする。

「しかし、よく判りましたね？　話を聞くと、自白を得たわけじゃなさそうですが」

「はい。種々の情報を勘案して、ですね。賊を何人か斃した方もおられたようですが、何ら証拠となる物を持っていなかったそうです。ですから、外交ルートで抗議をすることもできません」

　おぉ、あのレベルの敵を斃したのか。

　こちらの被害を許容するなら、俺たちでも斃せるかもしれないが、俺とトーヤでも攻めきれなかったことを考えれば、現実的にはナツキも参加して三人でなんとか、という感じだろう。

あれが実際の戦争を経験している手練れ、というものなのだろうか。

「抗議できないのは残念ですが、そういう事情なら、帰りに襲われる危険性は低そうですね」

「おそらくはそうでしょう。もちろん、普通の盗賊や魔物に関しては判りませんが」

「そのあたりはまぁ、問題ないでしょう。さすがにあんなレベルの盗賊はいないと思いますし」

むしろ、いてくれるな。怖いから。

そもそも、あれほどの腕を持っていれば、盗賊なんかせずとも十分に稼げるだろう。

「で、お話はそれだけじゃないんですよね？」

「え？　そうなのか？」

ハルカが軽くため息をつくと、トーヤが意外そうな声を上げる。

だが、今回の一行の中で、実質的に最も権限を持っているのはアーリンさんなのだ。

単に俺たちが気になっているだろうから、というだけで教えに来てくれるとは思えない。

「今の情報だけなら、私たちが知る必要はないもの。政治的な話は私たちに関係ないんだから」

「さすがですね、ハルカさん。はい、今のお話は前提です」

ハルカの言葉にアーリンさんはどこか嬉しそうに頷き、言葉を続ける。

「これを踏まえて、お願いしたいことがありまして。我々は襲撃を無事に撃退したので、なんとか面目を保っているのですが、狙われたこと自体が既に問題でして」

有り体に言えば、ネーナス子爵が帝国に雑魚貴族と思われているということ。

このままでは国内の貴族にも侮られかねず、ネーナス子爵家としてそれは少々マズい。

なんとか婚礼の場で巻き返したいところだが、出席するのはイリアス様。

一〇歳に満たない女の子だけに、本来であれば参加したという事実さえあれば良かったのだが、襲撃が起きてしまったことで、必然的にネーナス子爵家は耳目を集めることになる。

「イリアス様では、どうしても威厳に欠けますから」

「まぁ、年齢はどうしようもないわよね。それで私たちにお願いとは？」

「はい。イリアス様を補助するため——いえ、目を逸らすために、一緒に参加して頂けないでしょうか？　もちろん、その分は何かしらの報酬は考えさせて頂きます」

細かい事情を話したのは、それが目的だったようだ。

最初の契約に含まれていない以上、請ける、請けないは俺たちの自由。

何も知らせずに『参加して』と頼むのは難しい、と考えたらしい。

「えっと……アーリンさんやヴィラさんは？　他にもエカートたちがいたと思いますけど」

ハルカが困惑気味に尋ねるが、アーリンさんは目を伏せて首を振る。

「私どもは侍女として来ています。参加はできません。エカートたちは言うまでもないですよね？　フォーマルな場所など無理です」

「それを言ったら、俺たちもそうなんですが……貴族相手の受け答えなんかできないですし」

「そこは立っているだけで構いませんよ。話しかけられることもないでしょう。ネーナス子爵家の下に高ランクの冒険者がいる、それが重要なのです」

「高ランクの冒険者って言っても、私たち、ランク五ですよ？」

「大丈夫です。そこは上手くやりますから」

確認するように言ったナツキに、アーリンさんは自信ありげに笑みを浮かべる。

「なんといっても、停滞していたラファンの経済、その発展に寄与し――」

……あぁ、銘木の供給な。確かに仕事は増えたみたいだが。

「町を混乱に陥れた宗教団体。その指導者の捕縛に尽力し――」

完全に運な。たまたま遭遇したサトミーを捕まえただけ。

サトミー聖女教団の制圧には協力したが、道筋を作ったのは領兵である。

「新たなダンジョンを発見し――」

たまたま入った廃坑がダンジョンだっただけな。

廃坑があることは知られていたのだから、どちらかといえば再発見である。

「そのダンジョンを単独パーティーで攻略中。現在、最も深くまで潜っている高ランク冒険者」

俺たち以外入ってないからな。一番進んでいるのは当然である。

「お話を聞くと、とても有能な冒険者だと思いませんか？」

嘘ではない。

嘘ではないが、都合の良い部分だけをピックアップしすぎ。

完全に意図的な『誤解を招きかねない表現』である。マスコミか。

「……まぁ、そのへんはお任せします。それで、俺たち全員ですか？」

「いえ、お願いしたいのはハルカさんとナオさんです」

「俺とハルカだけ？」

「はい」

俺が自分とハルカを指さすと、アーリンさんは俺を見つめ返して頷く。

「強さや迫力という点では、トーヤの方が良いと思いますが……？」

「いえ、その、なんといいますか……率直に言えば、あなた方二人は見栄えが良いのです」

「「……」」

うーぷす。身も蓋もない。

一般的に言ってトーヤはイケメンだし、ユキとナツキも可愛い。

だが、普段はあまり意識しないものの、エルフになった俺とハルカは一線を画している。

なので、『見栄えが良い』と言われてしまえば、『その通りですね』としか言いようがない。

「更にエルフですので、丸腰であっても抑止力として効果があります。まさか、婚礼の場で何かしてくることはないと思いますが」

魔法が使えるからか。

トーヤなら素手でも十分に戦えるが、判りやすいアイコンとしてのエルフなのだろう。

「事情は解りました。……どうする？」

「どうするっても、参加するのはナオとハルカだろ？　お前たちで決めれば良いんじゃね？」

相談するよう声を掛けた俺に、あっさり言うのはトーヤ。

それに対し、ナツキの方はもう少し慎重だった。

「ですが、アーリンさんのプロモーションを受け入れると、どうしても冒険者として目立つことになりますよね。それに関する不利益は〝明鏡止水〟全員の問題ですよ、トーヤくん」

「あんまり目立ちすぎるのもどうかな、とは思うよね。ボチボチがあたしたちの方針だから」

　しかし、そんなユキたちの懸念はアーリンさんによって一蹴される。

「いえ、ラファンにいる限り、どちらにしても目立つことになると思いますよ？　皆様ほどの実力があれば。まだ一年ほどですから、今はそこまででもないですが」

「あ、そのへんは知ってるんだ？」

　考えてみれば、俺たちがサトミーを捕縛したことも知られているようだし、娘の護衛を依頼する冒険者について、ネーナス子爵家が調べないはずもないか。

「高ランク冒険者がもっと多い町に移れば、埋没するかもしれませんが。もちろん、当家としては望ましくない結果ですので、多少の厄介事であればこちらで対応することもできます」

「そうですか。アーリンさんの前で言うのもなんだけど、結果的に有名になるのが変わらないのなら、貴族に恩を売っておく方が良いかもしれないわね」

　ハルカの言葉は身も蓋もないが、アーリンさんは気を悪くした様子もなく頷く。

「いえいえ、はっきりと言ってくださった方が、こちらとしてもやりやすいですから」

「なるほどなぁ。オレはさっきも言ったが、ナオとハルカに任せる。大変なのは二人だし」

「そうですね。私もそれで」

「ガンバレ！　貴族の婚礼なんて、そうそう見られないよ！」

　任せる風なことを言いながら、ユキは完全に背中を押しているんだが……興味あるのか？

「美味しい物、食べられるの？」

　ミーティアがこてんと首を傾げるが、アーリンさんは微笑んで否定する。

「残念ながら、食事を楽しめる余裕はないんですよ。――美味しい物は出ているんですけど」

やっぱ出てはいるのか。金は掛かってそうだよな、貴族だけに。

仕事と考えれば仕方ないのだろうが、この町の料理の美味さを考えるとちょっと残念である。

「ナオ、どうする？」

「う～ん、請けても良いんじゃないか？　イリアス様の後ろを付いて歩くだけなら、ボロも出ないだろうし……あ、でも、服がないよな」

「そのあたりはご安心ください。当然、こちらでご用意致します」

俺の言葉を受け、逃がさないとばかりにアーリンさんが即座に応える。

「お、おぅ、そうですか。なら問題はない、かな？」

「ナオが問題ないなら、私も構わないわ」

「ありがとうございます！　では、早速服を作りに参りましょう！」

アーリンさんの動きは素早かった。ハルカが答えるやいなや、俺とハルカの手を取り、強引とも言えるような力強さで、瞬く間に宿の外へと連れ出したのだった。

◇　◇　◇

「……おぉ、行っちまったな」

「行っちゃったの！」

「うん。アーリンさんとしては、どうしても引き請けてほしかったのかな？」

ナオとハルカが、アーリンに連れられていなくなった宿の部屋。

あまりの手際の良さにトーヤが呆れたような声を漏らし、ユキもまた同意するように頷く。

「であるなら、適当なところで引き請けて良かったですね。避けがたい状況に追い込まれる前で」

「そうなんですか？　アーリンさん、良い人ですよ？」

クレヴィリーに来るまでの間、同じ馬車で過ごしていたからだろう。

少しホッとしたようなナツキを見上げ、メアリは不思議そうに首を傾げる。

しかしナツキは困ったように笑い、「悪い人ではありませんが」と言葉を続ける。

「あの人も貴族の使用人。必要であれば手練手管、権謀術策を巡らせるのが権力者なのです」

「ま、信頼関係を無視するなら、先に噂を広げてしまえば良いだけだもんねぇ」

ナオたちが懸念する『必要以上に注目されるとトラブルが増えかねない』という問題。

だが、ネーナス子爵家側からすれば、それは考慮するほどのことではない。

むしろ積極的に広めてしまい、ネーナス子爵家の庇護を受けなければ困る、という状況に追い込めば、ナオたちも依頼も請けざるを得なくなる。

それでも断るのであれば、ナオたちはデメリットだけを甘受することになるわけで。

合理的に考えれば、そんな判断をナオたちが下すわけがない。

「報酬面では交渉しても良かったのですが、あまりに不当であればディオラさんに頼りましょう。もっとも現状でも待遇は良いですから、そう悪いことにはならないとは思いますが」

「だよな。この宿とか、高級宿だもんな」

普通なら、冒険者の護衛を高級宿に泊まらせた上、食費まで面倒見るなんてあり得ない。

ミジャーラの宿では、ハルカとナツキが部屋での護衛を担当したが、この町では基本的に自由行動。護衛をするわけではないのだから、同じ宿に泊まらせる理由もない。

他の冒険者が知れば、かなり羨まれることは間違いない。

とはいえ、もちろんネーナス子爵家側にも思惑はある。

第一に、大事な娘の安全を確保するためには、ナオたちが傍にいた方が都合が良いこと。

ほとんどあり得ないことではあるが、万が一にでも宿で襲撃を受けたとき、すぐにナオたちの部屋に逃げ込めるというのは、大きなメリットである。

一応、宿にいる間は護衛依頼の対象外ではあるが、だからといってナオたちが、逃げ込んできたイリアスを部屋から追い出したりするはずもない。そう理解しての判断である。

第二に、突発的な依頼が必要になった場合に迅速に対応でき、手間も掛からないこと。

そして何より、ナオたちに支払う依頼料が、ネーナス子爵家としては価値がないダンジョンで済むため、当初の予定よりも多少金銭的に余裕があることが挙げられる。

ケルグの騒乱で派遣できる人員は減ったが、逆に言えばその分の経費も浮いている。

ナオたちの宿代などは、それで節約できた分を回しているだけだったりする。

その程度でナオたちが気持ちよく働いてくれてイリアスの安全性が高まるのなら、ネーナス子爵からすれば、まったく惜しくもないコストだろう。

「苦労するナオとハルカには、ちょっと申し訳ねぇけどな」

「アーリンさんは立ってれば良いって言ってたけど……普通に考えたら、話しかけられるよね？　一〇歳の女の子の後ろに美男美女のエルフが二人立ってるんだよ？　絶対気になるよ！」

「男女関係なく声を掛けたくなるでしょうね。さすがに下品なナンパはないと思いますが……」

ないと言いつつも不安そうなナツキに、トーヤは苦笑を漏らす。

「それ、フラグ。好色な貴族がハルカに声を掛けて、ナオがキレるとか、ありそうじゃね？」

「物語としてはありがちだよね。――でも、ナオがキレるかな？」

ユキとしても、ナオがハルカを大事に思っていることは知っている。

だが、ナオがかなり理性的であることも知っている。

貴族相手にブチ切れるリスクを考えると、余程のことがなければ我慢するだろう。

「それでハルカが貴族を冷たく遇って問題になる、と。いえ、ナオくんなら問題になる前に、冷静に間に入るでしょうか。ナンパされたときみたいに」

「オレとナオが前に立って話せば、普通は引くからなぁ、ナンパなら」

連れの男と喧嘩して勝てば女の子が付いてくる、なんて思っているのはただの馬鹿である。

そんな馬鹿は、そんなにはいない。

そんなにはいないのだが、稀に生息していたりするので、侮れないところである。

「でも、主人を無視して従者に話しかけるのは、マナー違反なの」

「……それって、貴族社会の話？」

「うん。そう習ったの！」

ユキがミーティアの言葉に驚いて訊き返すと、ミーティアは自信満々に深く頷く。

対して、ナツキに問うような視線を向けられたメアリは、自信なさげに首を振るのみである。

「あの時の授業か？　言ってたか？　ナツキは覚えてねぇの？」

「私、別に記憶力に自信があるわけじゃないですよ？　あの時に取ったメモを確認すれば、書いてあるかもしれませんが、授業の中では話に出なかったような……？」

学校の成績は良かったナツキだが、どちらかといえば秀才タイプ。

きちんと勉強をしていただけで、暗記が得意なわけでも、特別な理解力を持つわけでもない。

逆にハルカの方は天才寄りで、あまり勉強しなくても成績が良いタイプである。

「でも、それなら少し安心かな？　イリアス様が壁になってくれるから……なってくれるよね？」

「貴族とはいえ、あまり子供に期待するのも……。何かとそつがないハルカに期待しましょう」

「だな。オレたちが心配しても、どうしようもねぇし」

ナオ、哀れ。地味に期待されていないらしい。

「しかしこうなると、この休暇の間はハルカたちとは別行動になるのかな？」

「ハルカさんたちは、休暇なしですか？」

「ナオお兄ちゃんたち、可哀想なの」

「仕事だから仕方ないさ。オレたちはしっかり遊んで、後でナオたちに自慢してやろうな」

「えっと……それ、いいのかなぁ？」

疑問を顔に浮かべて見上げるミーティアに、ナツキたちは顔を見合わせて曖昧に頷く。

「う～ん、どうしようもないからね。自慢は必要ないと思うけど」

「はい。二人が朝市を散策する時間も取れるか判りませんし、私たちでしっかりと調査して、良い食材は買い込んでおきましょう。美味しい料理を作ってあげられるように」

「美味しい料理！　明日の朝市、楽しみなの！」

ナツキの言葉は効果絶大。たったそれだけで、ミーティアの頭から〝可哀想なナオとハルカ〟はあっさり消え、美味しい料理に塗りつぶされた。別の意味で可哀想な二人である。

アーリンさんにより、宿から連れ出された俺とハルカが連れてこられたのは、大通り沿いにある立派な店構えの、『庶民お断り！』と声高に主張していそうな服屋だった。

元の世界では、ナツキたちのお供として連れ回されていたので、ちょっと高そうなブティック程度ならあまり気にせずに入れる俺ではあるが、この店に入るなら少々勇気が必要となる。

——まぁ、今回はアーリンさんに引っ張られ、するりと入ってしまったわけだが。

店の中は一見すると、どこか上流階級の応接間のような印象だった。

服は一切並んでおらず、広めのテーブルとソファーがいくつか置かれているだけ。

服屋という印象ではないが、カーテンで仕切れるスペースが何箇所かある点は、それっぽいか。

「こんな店、初めて入るな。所謂、仕立屋か」

「そうなのですか？　皆さん、メアリちゃんたちも含め、しっかりとした仕立ての服を着ておられますが……。たまに変わったデザインの物も見かけますが、あれも高いですよね？」

「あれらの服は、私たちの自作なんです。趣味みたいなものですね」

「はい……？　え？　お仕事、間違っておられませんか？　あ、いえ、すみません。皆さんほどに強ければ、冒険者の方が稼げますよね」

アーリンさんが呆れたように一瞬口をポカンと開けるが、すぐに俺たちが納品した突撃赤野牛（レッド・ストライク・オックス）

のミルクの値段などを思い出したのか、逆に納得したように頷く。

なお、駆け出しの冒険者に比べれば、仕立屋の方が安全で稼げるのは確かで、アーリンさんの言うことも間違ってはいないのだが、それも『仕立屋を開くことができれば』こそ。

普通は師匠に弟子入りして、認められて初めて独立できるので、実際には難しいだろう。

「いらっしゃいませ。今日はどのような……？」

店の奥から出てきたのは年配の女性店員。笑顔で近付きながらアーリンさんと俺たち二人に視線を走らせると、一瞬だけ迷い、ターゲットをアーリンさんに定めて彼女に顔を向けた。

アーリンさんが言ったように、俺たちの服も良い仕立てではあるが、貴族が着る物とは違う。

その点、アーリンさんは貴族の使用人と判るような格好をしているため、彼女に対して話しておけば、間違いはないとの判断だろう。

「こちらのお二人の服を一揃え、お願いします。ダイアス男爵家の婚礼に出席できるように」

「それですと二日しか余裕がございません。緊急となりますので、追加料金が必要となりますがよろしいですか？　それに、あまり複雑な物は……」

「オーソドックスな物で構いませんが、素材は良い物を使ってください」

「かしこまりました。それではこちらへ」

女性に促されるまま俺たちがソファーに腰を下ろすと、俺の横に素早く年若い男性店員が、ハルカの方には女性店員がやって来て、何枚かの絵を見せながら説明を始めた。

「今の主流はこのタイプの礼服です。ズボン、コートの色はお好みで構いませんが、あまり派手な物は好まれません。多くの方は飾り布で個性を出されますね」

ズボンにシャツ、ベストと上着。

俺の知識の中で近いのは、フロックコートだろうか。

タイの代わりに、細長い飾り布をマフラーのように垂らし、胸の前で結ぶようだが、全体としては、仮に元の世界で着ていても、あまり違和感もない印象である。

今の流行はベストやコートの裏地に柄物の布を使ったり、細かい刺繍を施したりすること。

これは一種の豊かさのアピールで、一時期はコートの表地やズボンにまでそれが広まったらしいが、あまりにうるさすぎると、その流行りは短期間で終息してしまったとか。

まったく俺も同感である。華やかなのは女性だけで十分だ。

しかし、本当に良かった。

この世界の正装が、カボチャパンツにタイツ、びろびろの首巻き、みたいなものじゃなくて。

郷に入っては郷に従えとはいうが、周りから見て普通でも、俺自身が恥ずかしい。

そして、トーヤたちには絶対に爆笑される。

「最近流行りのベストはこのようなタイプで――」

男性店員の説明は続いていたが、俺はふむふむと聞き流し、最終的には『店員さんが俺に似合うと思う物でお願いします』と完全にお任せにしてしまった。

ただ『飾り布だけは、お好みの物を選ばれた方が……』と言われたので、いくつか提示された布の中で、青っぽい物を選んでおいた。

礼服なんて普段着る物ではないし、見るのは俺ではなく周りの人である。

正直、俺の好みなんて二の次で良い。

プロが俺に似合うと思ってコーディネートした物なら、大半の人はおかしいと思わないだろうし、変だと言われたところで、自分で選んでいないので、気持ち的には楽である。

俺、自分のセンスに自信がないチキンなので。

服を決めて（丸投げして）しまえば、あとは俺の身体のサイズをちゃっちゃと測って、終了。

早速作業に取り掛かるらしく、男性店員は奥へと引っ込んでしまった。

あとは待つだけと、俺は店員さんが出してくれたお茶を飲みつつ、ハルカの方を見る。

ハルカも俺同様に、こちらの礼服事情など詳しくないはずだが、俺みたいな丸投げはしないようで、アーリンさんも交えて店員さんと議論を重ねている。

「お客様のボディラインであれば、こちらの方が綺麗に見えるかと」

「ハルカさんの髪色なら、その布の方が映えませんか？」

「首元のラインはこれの方が好きですね。袖はこれが――」

「お客様は身長がありますから、あまりスカートが広がらないタイプが良いかもしれません」

俺が見た絵は数枚だったが、ハルカの方は数十枚もの絵がテーブルの上に広げられ、他にも実際に使用する布なのだろう、光沢のある絹のような布も並んでいる。

…………うん。空気になろう。

下手に存在感を出して、『ナオはどう思う？』とか訊かれたら、ちょっと面倒なので。

そういう風に訊かれたとき、必要なのは『良い物を選ぶ』能力ではない。

『相手が気に入っている物を選ぶ』能力なのだ。

選択に失敗した程度で不機嫌になるほど、ハルカと俺の付き合いは浅くないし、俺の好みを伝えても良いのだが、それがハルカ的にしっくりこなければ、悩む時間が加算されることは確実。

逆に的確に選択ができれば、時間が短縮されるのだが……結構難しいんだよなぁ。

ハルカのセンスが致命的に悪いなら話は別だが、ハルカを含め女性陣のセンスは普通に良い。

意見を聞かれたところで、もう完全に僅かな好みのレベルでしかない。

なので安全なのは、選択を求められない状況にすること。

相手の気分次第なので、失敗も多いんだけどな。


　結局、ハルカたちの議論が終わったのは、俺が五杯目のお茶を飲み終わり、二杯目のお茶と共に出てきた菓子を堪能し、そろそろトイレでも借りようか、と思い始めた頃だった。

　最後、俺の意見も聞かれたのだが、今回は楽だった。

　ハルカ、アーリンさん、店員さんの三人で話し合っていたので、こちらの世界的にイマイチという物は既に却下されていたし、ハルカの意見もきっちり俺の耳に届いていた。

　なので、それに沿って選べば問題はない。

　ハルカが一人で悩んだ結果、いきなり『どっちが良い？』とか訊かれるのが一番困るのだ。

　そんなわけで、ハルカの着るドレスのデザインは決定。俺と同じように採寸し、あとは服が出来上がるのを待つだけ――とは、当然ながら、なるはずもなく。

「申し訳ないのですが、お二人には軽く作法の方を勉強して頂ければ……」

　仕立屋からの帰り道、アーリンさんが告げたのは、そんな言葉だった。

「……やはり、単に立っているだけでは済みませんか」

「もし旦那様であれば、的確にフォローして頂けるでしょうから、それで問題はないのですが、イリアス様ですので。むしろ、お二人にイリアス様をフォローして頂きたいぐらいでして」

正直、話が違うと不服申し立てをしたいところではあるが、一〇歳に満たない子供が頑張っているのだと思うと、口には出しにくい。

「私としては支えて差し上げたいですが……それは付け焼き刃でなんとかなるものですか？」

「付け焼き刃でも鈍よりはマシです。一日保てば良いのですから」

なるほど。至言である。

一日——いや、実際には半日ほども乗り切ればそれで終わり。

想定される状況も非常に限られたものであり、その範囲だけ学べばなんとかなるのだ。

それに僅かではあるが、出発前に受けた授業も多少は頭に残っている。

「解りました。俺も努力はしてみます」

「ありがとうございます。大変助かります」

そんなわけで、宿に戻るなり連れてこられたのは、イリアス様の泊まっている部屋。

派手さはないが、やはり俺たちの部屋よりも広く、全体に高級感が漂っている。

「ハルカさん、ナオさん、この度は、お手数をおかけしてすみません」

「いえ、お仕事として請けましたから、問題ないですよ」

「少し不安ではありますが、微力を尽くします」

「ありがとうございます」

申し訳なさそうなイリアス様に、問題ないと微笑むハルカに倣い、俺もまた笑顔で頷いておく。

正直、不安の方が大きいのだが、それをイリアス様に言うわけにもいかない。

「まともな貴族であれば、いきなりお二人に話しかけることはまずありませんので、イリアス様が上手く対応できれば問題ありません。イリアス様、頑張りましょう」

「私にできるでしょうか……」

「できるようにするのです。大丈夫です、まだ二日ありますから」

不安そうに眉尻を下げるイリアス様をアーリンさんは笑顔で励まし、イリアス様の傍に屈み込んで、その耳元で何かごにょごにょと囁く。

正確な内容は判らなかったが、『メアリさんたちに――』という言葉が漏れ聞こえ、不安そうだったイリアス様の表情が引き締まり、何やらキリリと気合いの入った顔へと変わった。

それを確認したアーリンさんは満足げに立ち上がり、俺たちの方へと向き直る。

「さて、お二人に話しかける貴族の目的は二つです。まず一つは、優秀な冒険者として、自領へ引き抜きたいという場合」

「俺たち、引き抜きたいと言われるほどでは――」

「大丈夫です。そう思われるように噂を流します。というか、流しています。ヴィラが」

「それは、むしろ大丈夫ではない、というのでは？」

ヴィラさん、この場にいないと思ったら、そんな仕事をしてたのか！

「過大評価だよな？」

「はい。過大評価して頂きたいのです。当家のためには」

確かにそんな話ではあったが……。

うーむ。イリアス様が上手く遇ってくれれば良いのだが。

イリアス様に視線を向ければ、任せてくださいと言わんばかりの笑顔で深く頷いている。

「こちらはあまり問題はないでしょう。自領の冒険者の引き抜きを止めるのは自然なことです。イリアス様の傍から離れなければ割って入れます」

「はい、必ず止めます。メアリたちがいなくなるのは当家の損失です」

胸を張って言うイリアス様だが、そこは俺とハルカの名前を出してほしかった。

メアリたちと順調に仲良くなっていることは、間違いないようだが。

「もう一つ、こちらが少々面倒なのですが、一人の男性、女性として声を掛けられる場合ですね」

「……えっと？」

「簡単に言えば、結婚相手としてです」

「はい？　冒険者として噂を流すんですよね？」

婚礼の儀式に出席するのは貴族。冒険者は結婚相手にならないだろう。

パーティーには、俺たちのような従者も参加しているかもしれないが、それらの人たちが主人を放置して声を掛けてくるはずもない――と思ったのだが、アーリンさんは首を振る。

「いえ、高ランクの冒険者なら、下級貴族の結婚相手として十分に対象になり得ます。当家の西側もそうですが、この国の周辺にはまだまだ人の住んでいない土地があります。冒険者から貴族になることもありますから、こういった場で縁を繋ごうとすることもあるんです」

領地を広げるため、腕の良い冒険者を貴族に叙して空白地帯を任せる。

高ランクであれば金も持っているし、魔物の討伐もできるので、成功する可能性はある。

仮に失敗したとしても、それを理由に爵位を取り上げてしまえば元通り。

国からすれば、大した損失もない――ということらしい。

「それに貴族になれなかったとしても、優秀な冒険者を一族に入れておくことには価値がありますし、ハルカさんやナオさんの場合、エルフで外見も良いですからね。とても狙い目です」

アーリンさんのぶっちゃけた話に、ハルカが顔を顰（しか）める。

これまでは、エルフという種族が原因でトラブルに巻き込まれる、なんてことはなかったが、今回のこれはエルフだから、だよなぁ。打算的にモテたとしても、正直、嬉しくはないぞ？

この前、アドヴァストリス様から貰（もら）った【ラッキー！】の恩恵（おんけい）、仕事してる？

全然、効果を実感したことがないんだけど‼

ま、それは前々回貰った経験値アップも同じなんだが。

恩恵のオン、オフなんて機能はないから、比較（ひかく）もできないんだよな。

「ダイアス男爵家が金持ちとはいえ、今回の婚礼は所詮、男爵家のもの。来ている人の大半は、爵位も大して高くありません。冒険者を狙うには、ちょうど良い感じですね」

「ちょうど良いと言われてもね……。少し困るのですが、なんとかなりませんか？」

「そうですね、相手がいるなら、さすがに周りの目がある状況で声を掛けたりはしませんが……ハルカさんとナオさん、どうなんですか？　実は結婚していたり？」

「「い、いや、結婚はまだ……」」

図（はか）らずも声が重なり、ハルカの方を見れば、彼女もまたチラリと俺を見る。

その頬（ほほ）と耳は微妙（びみょう）に紅（あか）くなっていて、妙（みょう）に気恥（きは）ずかしくなった俺は目を逸らしてしまう。

「まぁ、まぁ、まぁ！　やっぱりそうなんですね！　素敵です！」

「お二人は、とてもお似合いだと思いますよ？」

イリアス様がパンッと両手を合わせて笑顔で瞳を輝かせ、追い打ちを掛けるようにアーリンさんまでそう言うが……俺たち、結婚以前に、まともに告白すらしてないんだが？

再度ハルカを窺えばバッチリと目が合い、彼女の顔が更に紅潮する。

「なるほど、了解しました」

「どういうことですの、アーリン？」

「互いの好意が解っていても勇気を出せず、なかなか最後の一歩が踏み出せない。そんな初々しいお二人なんですよ、イリアス様」

「まぁ。これは、背中を押して差し上げるべきでしょうか？」

そして、イリアス様、色々台無しだ！

アーリンさん、そんなこと、本人の前で解説しないでくれ！

「そんな微妙な関係のお二人には、揃いの飾り布をお勧めします。ナオさんは首に巻く物を選ばれたと思いますが、それと同じ物をハルカさんの腰に巻くのです」

「……それの意味は、やっぱり？」

「恋人同士、婚約相手、そんな感じですね。そんな相手が隣にいるときに声を掛けるのは、非常に無作法です。まともな貴族ならやりません」

「……どうする？　ナオ」

「拒否する理由はないいな」

「だよね。アーリンさん、お願いします」

メリットはあるが、デメリットはない。アーリンさんとイリアス様のニヨニヨとした笑みを視界の隅に捉えながら俺たちは頷き合い、その提案を受け入れることにする。

「かしこまりました。発注しておきます。——では、早速」

アーリンさんはそう言いながら、俺とハルカ、そしてイリアス様の顔を見てニコリと笑う。

「夕食の時間を利用して食事のマナーを学びましょう。少しの時間も無駄にはできません」


それからの二日間、俺たちは詰め込み教育というものを経験することになった。

イリアス様と共に、アーリンさんの指導の下、貴族の付き合いに関する作法をあれやこれ。

……うん、とても面倒くさい。

年上の人には敬語を使っておけば良いよな、ぐらいの高校生だった俺には、ちょい辛い。

しかし、何度も言うようだが、目の前で一〇歳に満たない女の子が頑張ってるんだよなぁ。

ある意味、一番のプレッシャーである。

そして、慣れていないのはハルカも同じはずなのだが、一度言われればきっちり熟してしまうのが、ハルカクオリティー。傍からはあまり苦労しているようには見えない。

まぁ、あれだ。出発前の授業、単なる授業参観気分だった俺と、メモまで取ってマジメに勉強していたハルカ、その心構えの違いであり、当然の報いというもの。

使い道なんてない知識だと、そう思っていたんだがなぁ……。

次に機会があれば、学べるものはしっかりと学んでおこうと、俺が心構えを新たにしていた頃、トーヤたち残りのパーティーメンバーは、といえば――ごく普通に休暇を満喫していた。

一緒に勉強しないかと誘ってはみたのだが、迷惑になっては申し訳ないと断られてしまった。

実際、ヴィラさんも時折参加して、マンツーマンに近い形で指導を受けているので、その言葉は否定しづらいのだが……なんだか、釈然としない。

早朝から揃って朝市へと出かける、楽しそうな姿を見てしまうと、特に。

どうやら昼食も、どこかで美味しい物を食べているらしい。

対して俺たちの昼は、ヴィラさんが買ってきてくれる簡素な食事。

テイクアウトできる物に限られるので、先日食べたオタルカよりも味は落ちるが、同じ物をイリアス様も食べているとなれば、これまた文句も言えない。

そんな俺たちを不憫に思ったのか、ナツキが『いろんな食材を買い込んできたので、楽しみにしていてください』と言ってくれたので、俺はそれを楽しみに頑張るのみ。

きっと、家に帰ったらカレーを食べさせてくれるはず。

ナツキ、ユキ。俺は信じているぞ！

◇　◇　◇

ほぼ一年ぶりの、『させられる勉強』が終わり、ついに婚礼の本番を迎えた。

魔法の勉強なんかはマジメにやってたんだが、あれは『できなければ死ぬかも』という切迫感とか、明日のおまんまのために必要という、現実的な目的があったから。

それに対し、今回の勉強は少々学習効率は悪かったような気もするが、アーリンさんにはギリギリ及第点をもらえたので、なんとか乗り切れる——と良いな？

特急で作ってもらった礼服の方は、きちんと予定通りに届けられた。

試着してみた感じ、思ったより着心地も良く、着るのを手伝ってもらったヴィラさんにも『お似合いですよ』と言われたので、たぶん悪くないのだろう。

ちなみにハルカのドレスは、俺もまだ見ていないのだが……。

どんなのにしたんだろうか？　正直、楽しみである。

「ナオ、準備できた？」

早々に着替えを終えた俺がソファーに座っていると、仕切りの向こうからハルカが出てきた。

「おぉ……」

素材はおそらく絹だろう。光沢感のある薄いブルーの生地。

詳しくないのでよく判らないが、俺がドレスと聞いて最初にイメージするような形——後でハルカに聞いたのだが、Aラインというタイプに近いらしい——で、腰には俺と同じ飾り布が巻かれ、スカートは足首ぐらいまで伸びている。

その裾付近には、派手にならない程度に細かな刺繍が施されていて、光の加減で見える陰影がシンプルなドレスのアクセントとなっている。

肩の露出はなく袖は七分袖、首元はVネックで、そこには高そうなネックレスが光っていた。

「そのネックレスは？」

「あ、これ？　借りたの。さすがにアクセサリーなしはダメってことだから」

「確かに首元に何もなければ、寂（さび）しい感じになるか。刺繍もされているみたいだが、たった二日。そんな時間がよくあったよな……？」

「さすがに二日でドレスを一から縫（ぬ）うなんて無理だからね。基本的には作ってあるパーツを縫い合わせる感じなのよ。スカートの裾の部分は調整もあまり必要ないでしょ？」

　体形に合わせて細かな調整が必要な上半身に対し、スカートは長さを合わせる程度。至急ドレスが必要になった場合に備え、事前に刺繍を施したパーツが確保されているらしい。

　もちろん、本当に高級なドレスであれば、きちんと仕立てた上で、全体が繋がるように刺繍を行うらしいが、短時間でそれをやるのはさすがに無理である。

「で、どう？　何か言うことは？」

「あ、ああ。うん、似合ってる。き、綺麗だぞ？」

　胸を張ってそう言うハルカに、俺は慣れない賛辞をなんとか口にする。

　——幼馴染（おさななじ）み相手に改めて綺麗とか言うと、めっちゃ恥ずかしいんだけど。

「そ、そう？　あ、ありがと……」

　俺が『似合っている』だけではなく、『綺麗』とまで口にしたからか、ハルカの方も恥ずかしくなったのか、戸惑（とまど）ったように頬を染めてそっぽを向いた。

　だが実際、ハルカのドレス姿は綺麗だった。

　普段は結んだり、編んだりしている長いブロンドを今日は解（ほど）き、ドレスを纏（まと）ってスラリと立っている姿は、俺の贔屓目（ひいきめ）とかそんなものを措（お）いたとしても、美しいと言わざるを得ない。

　さすがはエルフ。

写真に撮って額に入れ、飾っておきたいぐらいである。

そんな俺の視線を受け、ハルカは顔を背けたまま話を続ける。

「ほ、本当は飾り布に合わせて、ドレスの色を変えようかという話もあったんだけど、時間もなかったし、かなり白に近いブルーだから、そんなにおかしくないでしょ？」

「あ、あぁ、うん、そうだな。悪くないぞ」

飾り布がアクセントカラーになっている俺に対し、ハルカの方は同系色でのコーディネートって感じだが、ドレスの色が薄いため、濃いめのブルーである飾り布は十分に印象的である。

「ふふ、お二人ともよくお似合いですよ。お二人が並んで立っていて、声を掛けてくるような貴族はまずいないでしょうね」

イリアス様――ずっと年下の子供に微笑ましそうに言われ、俺たちは顔を見合わせて苦笑を零す。

「イリアス様もとても可愛いですよ。そのドレス、よくお似合いです」

「ありがとうございます。私はもう少し大人っぽいドレスでも良いと思っているんですけど……」

ハルカの言葉に少しだけ不満そうなイリアス様。

だが、そのドレスは間違いなくイリアス様に似合っていた。

ハルカのドレスに比べて、スカートの丈が膝の少し下ぐらいまでと短く、横にふわりと広がっている形は、確かに大人っぽさはないかもしれないが、イリアス様の年齢を考えれば下手に背伸びをするよりも、こちらの方が印象は良いんじゃないだろうか。

「皆様、馬車の準備ができました。よろしいですか？」

「あ、はい。大丈夫です」

俺たちを呼びに来たのはヴィラさん。

今日、会場入りするのはイリアス様と俺、ハルカの三人だけ。

アーリンさんとヴィラさん、エカートたちも護衛として同行するが、侍女の二人は会場近くで待機、兵士たちは馬車を管理するため、その周辺で警備することになっている。

アーリンさんたちはともかく、エカートたちは寒い屋外で立ちっぱなしであり、緊張感を保ったまま何時間も待っていないといけないとか、結構キツいよなぁ。

仕事とはいえ、可哀想——ってこともないか。

俺とハルカを見て、なんかニヤニヤと笑ってるし。

それによく考えれば、彼らよりも気が抜けないのは俺たちの方。

寒くはなくとも立ちっぱなしは同じだし、面倒くさい貴族の相手もしなければいけない。

周りに美味しい食べ物や飲み物は並んでいるかもしれないが、それらをのんびりと味わえるとはとても思えず、ただの生殺し——うん、俺たちの方が絶対に可哀想だ。

そんなどうでも良い確信に達しつつ、俺はハルカを促して部屋から出る。

すると、廊下には何故か、ナツキたちが勢揃いしていた。

いや、何故か、ではないな。

ドレスのことは女性陣の間で楽しげに話していたから、それを見るために来たのだろう。

「わぁ……ゴメン、正直予想以上。尊い‼」

「はい。ハルカ、凄く似合っていますよ。ナオくんも」

現れたハルカを見て、ユキは一瞬言葉を失い、感動したように両手を合わせて声を上げた。

ナツキもまた笑顔でハルカを褒め、そのついでに俺も褒めてくれる。

「ハルカお姉ちゃん、お姫様みたいなの！」

「はい、凄く綺麗です！」

また年少組にも好評のようだが、それに少し不満そうなのが一緒にいるイリアス様である。

「ミーティア、メアリ、私には？」

「もちろん、イリアス様も可愛いの」

「はい。とてもよくお似合いですよ、イリアス様」

「ありがとう。嬉しいです」

ちょっと言わせたような感じはあったが、それでもイリアス様的には満足だったらしく、笑みを浮かべている。それに実際可愛いので、問題はないだろう。

「ナオもそんな格好をすると、貴公子みたいに見えるな。黙って立っていれば」

「トーヤ、それは俺が口が悪いと？」

「口じゃなく、立ち居振る舞い？　お前、全然気が利かないじゃん。ほら、貴公子なら今もハルカのエスコートぐらいするんじゃねぇの？」

「うぐっ！」

茶化すようなトーヤの言葉に言い返してはみたものの、本質を突く言葉で返り討ちにされた。

まったく否定ができない。外見を整えただけで、中身は変わってないのだから。

「あら、エスコートしてくれるの？」

「あ、いや……アーリンさん、普通はどうなんでしょう？」

ニコリと笑うハルカから顔を逸らし、アーリンさんに話を振る。

判らないことは素直に聞く。所詮庶民の俺は、無理をしない。

「そうですね、今は別に構いませんが、会場に入れば、ハルカさんがナオさんの腕に軽く手を添えるぐらいはしても良いかもしれませんね」

「こんな感じかしら？」

ハルカが俺の傍に立ち、腕にそっと手を置く。

「……お～、なんか悔しいけど、すっごくお似合いだね」

「外見的には、十分に絵画になりそうですよ。さすがエルフです」

それを見て『うんうん』と頷くユキと、さらりとトーヤの言い分を肯定しているナツキ。

もちろん理解しているので、俺は沈黙を守るのみである。

「こんなの見ちゃうと、あたしもドレス、作りたくなるなぁ。……ちなみに、アーリンさん、これっていかほど？」

「えっと、お二人合わせて、これぐらいですね。急いでもらいましたし」

「「「ぶっ！」」」

アーリンさんがさらりと指で示した金額に、思わず噴き出すユキ以下数名。

それは普通に家が建つ金額。平然としているのはハルカとナツキだけで、メアリとミーティアなど、そそくさと俺たちから距離を取っている。

万が一、汚したりしたら怖いということなのだろうが、着ている俺の方がもっと怖い。

しかもこの後、立食パーティーなんだぜ？

食わなくても、料理や飲み物は手に取らないとダメなんだぜ？　マジかよ。

「あははは……。うん、必要になるまでは良いかな？」

「その方が良いでしょう。サイズが変わって着られなくなると無駄ですから」

引き攣ったような笑みで首を振るユキに、アーリンさんも同意して頷く。

端々から貧乏そうな雰囲気を感じるネーナス子爵家だが、必要なら本当に金を惜しまない。

そしてアーリンさんは、そんな大金を使う権限を与えられているわけで……実はかなり凄い？

それにしても、多少の面目を保つために使うには、ちょっと大きすぎる額に思えるのだが……それが必要な状況、という判断なんだろうなぁ。ネーナス子爵家としては。

で、俺たちにはその額に見合った働きが期待されている、と。

――うん、知らない方が良かったかもしれない。緊張するじゃないか！

「ま、まぁ、ナオ、頑張って。気楽に……は、無理かもしれないけど」

ユキが激励するように俺の肩をポンと叩く――振りだけして、引き攣った笑みを浮かべる。

うん。気持ちは解るが、触ったぐらいでは汚れないぞ？　俺は普通に着ているんだから。

「堂々と胸を張っていれば、なんとかなるものです。コツはゆったりと動き、ゆっくりと話すことですね。焦らなければなんとかなります」

「美味い物食ってこい！」

「『がんばってください（なの）！』」

ナツキ、実用的なアドバイスありがとう。

そしてトーヤ、それは俺の緊張を解そうというジョークだよな？

俺は平常心を保とうと大きく深呼吸、ハルカを促して馬車に向かった。

◇　◇　◇

この世界の貴族の婚礼は、思っていたよりもずっと質素で、馴染みのある形式に似ていた。

最初に行うのは結婚式。

自分の信仰する神の神殿に新郎と新婦、それに近しい親族だけで赴き、婚姻の儀式を行う。

こちらに参加する外部の人間はほぼゼロで、当然イリアス様を含む俺たちも対象外。

なので、アーリンさんの授業にも含まれず、どんな儀式なのかは知らない。

次に行われるのが披露宴。

俺たちが参加するのはここからで、ダイアス男爵の屋敷に招待客を集めて、新郎新婦が挨拶をした後、日が暮れるまで立食パーティー。飲み食いしながら会話を楽しむことになっている。

——実際に飲み食いできるか、また会話を楽しめるかは別として。

だが、俺たちにとっては幸いなことに、ダンスパーティーはないので、まだマシだろう。

これら全部で丸一日。

金持ちではあっても、男爵であれば最大でもこの程度である。

ちなみに、貧乏な貴族であれば更に小規模になり、裕福で爵位も高い貴族であれば、披露宴がもっと長くなったり、町を巻き込んだお祭りになったりと、『正に貴族！』的なものになる。

そうなってくると、当然のようにダンスパーティーも開かれたりするわけで。

もしそれがあったら、今回の依頼、断っていたかもしれない。

いくらなんでも、二日でダンスの習得は無理である。

――そういえば、最初のスキル選択、【ダンス】とかあったのだろうか？

逆ハーとかやりたい人には必須なスキルにも思えるが……ま、俺には縁のない話か。

「ナオ、腕」

「腕？」

「腕出して」

「……おぉ！」

ダイアス男爵家に到着して会場へ向かっている途中、ハルカに促されて、俺が慌てて腕を差し出すと、ハルカはそこに手を置きつつ、少しだけ睨むように俺を見た。

「ナオ、気が利かないのは良くないわよ？　……誰彼構わず利きすぎるのも困るけど」

「経験不足ですまん」

もしかするとハルカは、馬車を降りた段階でエスコートしてほしかったのだろうか？

思い返せば、イリアス様に続いてすぐ歩き出した俺に対し、ハルカは少し遅れたような……？

もちろん、間を置かず追いついて、俺の隣に並んだのだが。

「ふふっ。お二人はとても近しい関係なのですね？」

「お恥ずかしい限りです」

いや、マジで。微笑ましそうに言われてしまうと。

それを口にしている女の子の年齢を知っているから、余計に。

「もうちょっとだけ、女性に気を遣えるようになれば良いのですが……」

「ですが、ハルカさんとしては、ナオさんがあまりに女性の扱いが上手くなりすぎると、それはそれで心配じゃないですか？」

「それは……否定できませんが」

ニコリと微笑むイリアス様の言葉を、ハルカは少し迷いつつも肯定する。

「良いじゃないですか。女性の扱いが上手くなくても、お願いしたいことを遠慮せずに口にできるのですから。――さて、着きましたね。それではよろしくお願いします」

「「はい」」

俺たちと会話している時は、リラックスしているように見えたイリアス様の表情が、微笑みを浮かべたままながらも、少し緊張感を含んだものに変わる。

俺たちも表情を引き締め、会場へ足を踏み入れたのだが、そこは予想外に大きな部屋だった。

その広さを俺の知るもので表現するなら、『学校の体育館よりはやや狭い』だろうか。

そこに集まっているのは、優に一〇〇人を超える招待客。

普通の部屋に比べ、天井の高さが二倍以上あって狭苦しさは感じないが、テーブルなども多く配置されているため、空きスペースが目立つこともない。

俺たちが入場すると同時に多くの視線も集まったが、幸いなことに順次、他の貴族が入場しているため、注目が持続されるようなことはなかった。

だが、集まった視線のうち、半分程度が俺とハルカに向いていたのは、ちょっと気になる。

依頼された役割を果たせている、ということではあるのだろうが……。

「隅に向かいましょう」

「はい」

イリアス様の目的は、立派に披露宴に出席して隙を見せなかったという実績を作ること。

襲撃について探りを入れたり、嫌みを言ってきたりする貴族がいれば、それを上手く遇う姿を見せる必要はあるが、決して目立つことが目的ではない。

俺たちは速やかに入り口から外れ、壁に近い位置へと場所を移す。

事前に立食パーティーと聞いていた通り、部屋の各所に置かれたテーブルには飲み物と食べ物が並んでいるが、当然と言うべきか、それをがっつりと食べているような人はほぼいない。

もちろん料理の載った皿を持っている人もいるのだが、持っているのはグラスと皿だけであり、フォークは握っていないのだから、食べるつもりがないのは明白だろう。

実際、手も付けられずに給仕に渡される場面は、そこかしこにあって……勿体ないなぁ。

「まずは料理を取っておきましょうか。ナオさんたちも持っていた方が良いでしょうね」

料理を持っている相手に話しかけるのは遠慮する、それもマナー。

だが、ずっと料理を持ちっぱなしというのもマナー違反。やっぱり面倒くさい。

イリアス様は慣れた様子で近くのテーブルから皿を取り、適当に料理を盛る。

そして、傍にいた給仕に「何か軽い物を」と飲み物を注文した。

ちなみに、〝軽い物〟は通常、アルコール度数の低い軽いお酒になるのだが、子供が注文した場合は、ノンアルコールの物が出てくるらしい。

それに倣って、俺たちも皿に料理を盛り、飲み物を注文。同様に〝軽い物〟を頼んだのだが、俺たちに出てくるのは酒なので、口を湿らせる程度にしておいた方が良いだろう。

この場面で酔っ払って醜態を曝すとか、マジでシャレにならないから。

「ふふっ、やはりお二人は目立っていますね。当然ですけど」

「やっぱり、気のせいじゃないですよね」

「ないですね。どちらかお一人でも目を惹きますが、お二人が並んで立っていれば当然ですよ」

少し困惑を含んだようなハルカの言葉を、イリアス様は微笑んで否定する。

あまり目立ちたくないから隅に移動したのに、それでもいくつかの視線は付いてきた。

解ってはいたのだが、改めて言われると緊張する。

「あ、お二人は自由に飲食して構いませんからね？　私の傍を離れなければ」

「……目立ってると言われた後でそんなことを言われても、喉を通りませんよ」

知らずに飲み食いするのも怖いが、注目されている状態では更に食べづらい。

そして当然、それはハルカも同様なのだろう。

「飲み物ならまだしも……ですが、あまりお酒は得意じゃないですから」

「軽い物なら、あまり酔う人はいないですけど……。苦手ならお酒以外も頼めますよ？」

「いえ、大丈夫です。しかし、思ったよりも、人間以外の貴族がおられますね？」

ここには俺たちのような従者もいるし、貴族と従者の区別は少し難しいが、それでも全体の二割ぐらいは獣人やエルフ、ドワーフなどの人族以外である。

最初の種族選択ではハーフリングもあったと思うが、それが含まれているかは判らない。

見た目が子供のような貴族もいるけれど、それを言えばイリアス様はまんま子供だし。

ちなみに、【看破】でハーフリングと表示された人はいないが、きちんと看破できているのかどうかも判らない。【看破】スキルって、地味に信用できない部分があるので。

種族の見極めポイントを俺が理解していれば、正確に判定してくれるとは思うのだが、残念ながらそんな経験を積む機会はないし、『種族の違いについて』みたいな本も持ってはいない。

「そうですね。エルフや獣人の貴族はそれなりにいますよ。逆にドワーフは少なめですね。種族としてはエルフと同じぐらいいますが、貴族の地位にあまり興味がないようで」

「では、貴族の種族割合としては、今この場にいるぐらいですか？」

「はい。これぐらいです。もう少し人間以外を増やすべきという声もありますが、なかなか……」

「それでも、結構多くいるんですね」

はっきり言って、こちらの世界に来て最も多くの亜人種を見たのが、今この場である。

難点は、折角の獣人でもオッサンがほとんどということだろうか。

地味に毛並みが良いのが、なんとも言えない。

美少女とは言わないから、美女の獣人とか、もっと多くいても良いのに。

もちろん、子供でも可。そして子供なら、男の子もオッケー。

エルフ？　男のエルフは、まぁ、美形だな。うん。

女のエルフも間違いなく美人なんだが……既にハルカを一年以上、見てきてるしな。

「（ナオ、熊の獣人もいるみたいね）」

「（あぁ。初めて見たな。体格も引っ張られるのか、やっぱ）」

ハルカが視線で示した相手は、俺よりも上背があり、横幅は下手をすれば俺三人分ぐらい。

それでいて、決して太っているわけではないのが逆に怖い。

――いや、熊とは限らないか？

メアリたちの外見だけでは、猫系獣人か、虎系獣人かの区別が付かなかったように、例えば『熊と狸の耳の違いって何？』と言われても俺には答えられない。

尻尾でも見えていれば別だが、対象のオッサンの尻尾はまったく見えないし。

そもそも俺の知識レベルでは、耳だけで区別が付く動物なんてほとんどいない。

犬だってダックスフントのような垂れ耳から、柴犬のピンと立った耳まで様々。トーヤであれば【鑑定】で判るのかもしれないが、俺の【看破】では無理である。

「あ、そろそろ主役の登場ですよ」

「とうとう、なのね」

主役登場前に、出席者があまり盛り上がっていてもよろしくないというマナーもあるため、これまではのんびりしていられたのだが、ここからはそうはいかない。

新郎新婦が入場して全体に挨拶、個別の挨拶回りを始めてからが本番である。

出席者同士の会話も積極的に行われるようになるため、当然、イリアス様に話しかける人も出てくるだろう。俺たちは手に持っていたグラスやお皿を傍のテーブルに置き、入場を待つ。

「緊張するな」

「大丈夫ですよ。……たぶん」

その『たぶん』が怪しい。

そんなことを思っていると、新郎新婦が広間へと入ってきた。

俺たちが使った扉とは別の扉。そこから一際豪華なドレスを着た新婦、そしておまけのように、たぶん高そうな礼服を着た新郎が入ってくる。

二人は笑みを浮かべたまま、会場の前方に設置されている一段高い場所に上がると、こちらに向かって軽く手を上げ、それに合わせて俺たち出席者が拍手を送る。

新郎は確実に二〇歳を大きく超えていそうだが、新婦の方は案外若い。

おそらくは俺たちと同じぐらいか、少し年上。

こちらの世界の人は実年齢より大人っぽく見えるから、もしかすると年下かもしれない。

可愛い系の人なので、俺の趣味からすれば、正直、豪華なドレスよりも、もう少しシンプルな方が似合うと思うのだが、そこはやはり立場的な問題だろうか？

とてもお金が掛かっていることだけは、よく判るので。

そんな新郎新婦の左右に立っているのは、ダイアス男爵夫妻と、アシー男爵夫妻だろうか。

「本日は、当ダイアス男爵家と――」

何やら新郎新婦の前にダイアス男爵が挨拶を始めたが、興味がないので聞き流す。

周りの人も半分以上はそんな感じだろうか。もちろん、表面上は友好的な笑みを浮かべて聞いているのだが、大半の人は祝意より、お義理で出席しているみたいだしなぁ。

俺としても、ミジャーラのスラムを見た後だと、素直に祝うのも難しいというか……。

この町に住んでいる人はそれなりに幸せそうなことも、余計に複雑な気持ちにさせる。

その挨拶が終わると、次はアシー男爵。血の気が多いのか、なんだか威勢の良いことを言っているが……襲撃を受けた人もいる中、これは反感を買うんじゃないだろうか？

もっとも俺にはあまり関係ないので、こちらも聞き流し、ようやく新郎新婦の番となった。

二人の挨拶は……定型文のような無難さだな。

生い立ちや出会いのエピソードみたいに興味を引く話もなく、ごく普通に挨拶を終わらせると、新郎新婦は台から降りて出席者たちを個別に回り始めた。

基本的な順番は爵位の高い順で、同等であれば重要度や地理的な要因などを考慮した順。

イリアス様は後半なので、しばらく余裕はあるが、代わりに寄ってくるのは別の貴族である。

挨拶が終わると同時に、俺たちは新たなグラスとお皿を手に取ったので、すぐには寄ってこないだろうが、このままでは済まないのが辛いところである。

「……取りあえず、少し食べておきましょうか」

「この状況で？　心臓、強いな、ハルカ」

「ナツキに訊いておいたのよ。相手の情報がまったくないときにどうするか」

曰く、『その場に出ている料理や飲み物、それらを話題にするのが良い』らしい。

というよりも、それが一番安全なんだとか。

下手に『ご結婚は？』とか、『お子さんは？』とか、『健康的ですね』とか、〝一般的なこと〟を口にしてしまうと、地雷を踏む可能性があるらしい。

この世界では、さすがに容姿を褒めただけで『セクハラだ！』などと、非難されることはないだろうが、無難で安全なのが一番である。

「イリアス様は、どうされますか？」

「そうですね。私も少し食べておきます。当家では滅多に食べられない物もあるようですし」

少しだけ年相応の顔を覗かせたイリアス様の視線は、ケーキのようなお菓子に向いている。

「それでは、お取りしますね」

ハルカが自分とイリアス様のお皿にお菓子を取り、俺は近くの肉を給仕に切り分けてもらう。

ケーキにも興味はあるが、少々腹が減っていたので、まずは肉。

薄切りにした肉がローストビーフに似ていたから、ちょっと気になっていたのだ。

「どれどれ――ウマッ！」

思わず声が漏れる。

程良い塩味と柑橘系の酸味、それに適度な硬さ。

確かな噛み応えはあるのだが、口に残るほどではなく、肉の旨味が強く感じられる。

正直、がっつりと齧りつきたい気分だが、そんなことができるわけもない。

そして、マナー的にお代わりも難しい。

くそっ、面倒くさいマナーを考えやがって！

こんなことならもっと厚めに切って……いや、そんな注文もできるわけない。

顔で笑って心で泣いて、俺は使った皿をテーブルに置くと、新しいお皿を持つ。

大丈夫、まだ美味そうな料理はある――ん？

そっと俺の腕に手を置いたハルカに、ニコリと微笑まれた。

「……あ」

おっと危ない。お仕事を忘れるところだった。

――既に忘れていたって？　うん、否定できない。

だが、顔に出さなければ問題ない。俺はイリアス様が皿を置くのに合わせ、使ってもいない皿を近くの給仕に渡す。主人が食べていない状態で従者が食べているとか、あり得ないので。

そしてそれを待っていたかのように――いや、実際に待っていたのだろう。

若い男が笑顔で近付いてくると、イリアス様に声を掛けた。

「お初にお目に掛かります。イリアス・ネーナス子爵令嬢。私、トラダート子爵の三男、ザス・トラダートと申します」

「これはご丁寧に。イリアス・ネーナスです」

胸に手を当てて挨拶をした男に、イリアス様もまた、スカートに軽く手を添えて挨拶を返す。

「少し、お時間を頂いても？」

「ええ、構いませんわ」

「ありがとうございます。しかし、今回は災難でしたね。こちらに来る途中で襲われたとか。お怪我はありませんでしたか？」

この貴族も、賊のことは聞いていたのだろう。いきなりそれを話題に出してくる。

だが、口では気遣うようなことを言いつつも、表情からはそれが窺えないのが逆に凄い。

「ご心配ありがとうございます。幸いなことに、私を含め、誰が怪我をすることもなく撃退することができました」

実際には多少の怪我はあったのだが……まぁ、正直に言うわけもないか。

「それは重畳。短い距離でしたのに運が悪かったですね。治安の維持に苦労されているのでは？」

「いいえ。まったく問題ありませんわ。襲われた場所も当家とダイアス男爵領との境、微妙な場所でしたからね。兵を出す難しさ、貴族であればお解りでしょう?」

「ええ、ええ、そうですね。領境はなかなか難しいものです。しかし、ネーナス子爵家の領兵の皆様はそういったお仕事があまり得意でないというお話を耳にしまして。少々不躾かとは思ったのですが、老婆心ながらお声掛けした次第で」

イリアス様、そしてザス・トラダート、共に笑顔なのに、ちっとも友好的に見えない。

なんとも貴族らしい、心配している風なのに、まったく心温まらない会話である。

「大丈夫ですわ。我が領には腕の良い冒険者がいますからね」

「ほう、そちらが? 噂は耳にしましたが……」

ザス・トラダートの視線がチラリとこちらを向いたので、軽く会釈をしておいたが、その視線は明らかに俺たちを疑っているように見える。

エルフ故に外見の問題ではなく、おそらくは突然広まった噂だからだろう。

「ええ、とても優秀な冒険者です。どのようなお噂を耳にされたのかは存じませんが、きっとそう間違ってはいないはずですわ」

ヴィラさんが流した噂だからな!

だが、イリアス様はそんなことをおくびにも出さず、微笑むのみである。

「それは少し興味がありますね。確か、ダンジョンを発見したとか?」

そんな二人の話に割り込んできたのは、エルフの貴族。

外見的には三〇前に見えるが、実年齢は不明。

例によって美形なのだが、やや怜悧さを感じる、そんな面立ちである。

そんなエルフに対して、イリアス様はニコリと微笑む。

「これは、スライヴィーヤ様。はい、本当ですよ。そのおかげで当家は大変潤っております」

どう考えても、大変潤っているは言いすぎだろ。多少は貢献しているにしても。

もちろん、何も言うつもりはないが。

「それは大変羨ましい。その方ら、スライヴィーヤ伯爵領に拠点を移すつもりはないかな？　見ての通り、エルフ族である当家が治めている。エルフも多く、過ごしやすいと思いますが？」

「おいおい、獣人もいるって聞いたぞ？　ウチだって悪くねぇだろ。ネーナスの所じゃ、結婚相手を探すにも苦労してねぇか？　仲間のために決断しても良いんじゃねぇか？」

俺たちが何か言う間もなく、更に割り込んで来やがった。

今度は、さっき俺たちが見ていた（暫定）熊の獣人。

そしてやっぱり、種族のことを前に出して勧誘してくる。

やはり、治める貴族の種族によるバラツキというものは存在するのだろう。

だがしかし、あまり顔を近付けてくるのはやめてほしい。

エルフ的に整った顔も、獣耳が付いた顔も、相手が男だとまったく嬉しくない。

妙な迫力もあるし、相手が貴族だと下手に押し返すこともできないから迷惑極まりない。

ハルカなんて、完全に俺の後ろに隠れているぞ？

ヴィラさん、どんだけ尾ひれを付けて噂を流したんだよ。

「あら、お二人とも、少々マナー違反ではありませんか？　彼らは当家の庇護下にあります。まずは父に話を通してから声を掛けるべきでしょう？」

勇敢にも、そんな迫力たっぷりの大人二人と、俺たちの間に小さい身体を割り込ませ、ハッキリと主張するイリアス様に二人の男は顔を見合わせる。

「ふむ。それもそうですね」

「お嬢ちゃんの顔を立ててここは引こうか」

若干微笑ましいものを見たような笑みを浮かべながら、頷きあう大人たち。

「そちらのお二人も、何か困ったことがあれば――」

「スライヴィーヤ様？」

「おっと。余計な一言でしたね。それではイリアス嬢、いずれまた」

「またな、お嬢ちゃん」

軽く手を上げて去って行く二人に俺とハルカも軽く頭を下げ、イリアス様はホッと一息つく。

……そういえば、最初に話していたザスなんとかは、いつの間にかいなくなってるな？

伯爵が出てきて、ビビったのだろうか？　獣人の方は爵位を口にしなかったが、対等以上に話していたところを見れば、そういうことなのだろうし。

「ひとまずは、なんとか乗り切りましたね」

「お疲れ様です、イリアス様」

「いえ、お二人も精神的に疲れたでしょう？　さ、早く料理を取りましょう」

「はい」

俺たちの労いにイリアス様は頬を緩ませて、お皿を手に取る。

これで一息はつけるが、もうしばらくしたら主役の相手も必要なんだよな。

ガンバレ、イリアス様！

俺たちは先ほど同様、置物になっているから。

しかし、襲撃のことから目を逸らさせるという意味では、俺たちの存在も十分に役に立っているようだが、逆に他の面倒事が増えているようにも思える。

そう思ったのは俺だけではなかったようで、ハルカがイリアス様に尋ねる。

「イリアス様、私たちの噂を流したこと、逆効果になっているのでは？」

「いえ、当初の予定通りです。当家が侮られることに比べれば、ハルカさんたちに引き抜きの声が掛かることは、ずっと良い結果です。当家の価値を認めるということですから」

簡単に言えば、『襲撃を受けるほど弱い貴族』よりも、『引き抜きの声が掛かるほどの有能な冒険者を抱えた貴族』というイメージを前に出す、ということらしい。

強い冒険者がいても、貴族家自体が強いわけではないのだが、そんな冒険者が居を定める領地というブランドと、もしものときに依頼を出せる立場というのは、俺たちが思う以上に有効らしい。

——それが本当に高ランクの冒険者であればだが。

どう考えても今の俺たちでは力不足。正直、引き抜きの声が掛かると困ってしまう。

「あ、もちろん、ご迷惑はおかけしませんので、ご安心ください。当家の庇護下にあると言った以上、皆さんに直接声を掛けることはほぼないはずです。面倒事はこちらで引き受けます」

そんな俺の心配を察したのか、イリアス様が微笑む。

さすがは小さくとも貴族、先ほどの対応を見ても、とても俺では敵わない。

「しかし、あのお二人が声を掛けてきてくださったのは、正直助かりました。あのおかげで、かなりの面倒事が省けましたから」

「お二人というのは、スライヴィーヤ様と獣人の方ですよね？　あの方は？」

「彼はランバー・マーモント侯爵です」

「……え？　侯爵本人？　当主ですか？」

侯爵の何番目の息子、と続くと思って聞いていたのに、侯爵で言葉が切れた。

まさかと思って訊き返したのだが、イリアス様は頷いて口を開く。

「はい、ご当主です。スライヴィーヤ様――アーランディ・スライヴィーヤ様は、スライヴィーヤ伯爵のご子息ですが、マーモント様は侯爵本人ですね」

「あの、イリアス様。男爵家の婚礼に、何故侯爵家の当主がお越しになっているのですか？　爵位の差を考えれば、普通はあり得ないことですよね？」

ハルカの当然の疑問に、イリアス様は少し困った顔になる。

「……先ほどのことを見ても判る通り、あの方は少々型破りなのです。初めてお会いした時に緊張しながら挨拶をしている私を、いきなり抱き上げられましたから」

「イリアス様を、ですか？」

「ええ。数年前のことですね」

近所のおじさんじゃあるまいし、普通の貴族が他家の子供を抱き上げるなど、まずあり得ない。

血縁関係にある親しい家同士ならまだしも、ネーナス家とマーモント家はそうではなく、爵位も子爵と侯爵。爵位の関係で直接文句は言えずとも、それとなく抗議はするもの。

だがマーモント侯爵の場合、元々そういうキャラクターと知られており、本人にまったく悪気がないため、イリアス様の時も特に問題にはならなかったらしい。

「きっと今回も『ダイアス男爵家なら美味しい料理が出る』とか思って、来られたんじゃないでしょうか？　ダイアス男爵だって、名誉（めいよ）でこそあれ、拒否する理由はありませんから」

イリアス様がそれとなく視線で示す方向を見れば、そこにはがっつりと皿に肉を盛って、むさぼり食っている獣人がいた。

くっ、羨ましいじゃないか！

俺が涙（なみだ）を呑（の）んで諦（あきら）めたあの肉も、しっかりと注文を付けて、ぶ厚く切り分けてもらっている。

「おそらく先ほどのお二人は、私たちに助け船を出してくださったのだと思います。お二人が引いた以上、他の方は同じことをしにくくなりますから」

侯爵家の当主が声を掛け、イリアス様が『父に話を通して』と拒絶（きょぜつ）する。

それをマーモント侯爵が受け入れている以上、ここで他の貴族が直接イリアス様と交渉しようとすれば、『侯爵家の当主も受け入れているのに』となる。

もちろん、より爵位の高い貴族であれば話は変わってくるが、侯爵以上となると公爵か王族であり、この場にいるはずもない。

また、俺たちがエルフであることから、『同族故に』と声を掛けてくることもあるようだが、こちらもまた、先ほど声を掛けてきた二人がエルフと獣人であるから潰（つぶ）される。

引き際の良さから見ても、イリアス様の予想はおそらく正しいのだろう。

過去のこともあるし、実はイリアス様、さり気なく愛されキャラなのかもしれない。

「これであとは、新郎新婦の応対を上手く熟せば、無事に帰ることができますね」

「そうなんですか？　新郎新婦の挨拶回りが終わっても、披露宴はまだまだ続きますよね？」

　このまま食事を続けていれば話しかけられずに済むだろうが、それは難しい。

　俺的には全然オッケーでも、マナー的には最悪。

　マーモント侯爵が許されているのは、侯爵だからだ。

　ただの従者である俺がやったら、確実にイリアス様の評判が地に落ちることになる。

「いえ、マーモント侯爵方のおかげで、ナオさんたちを前に押し出すことができましたから。今更
〝当家の武力が足りない〟という方向で話しかけてくる人はいませんん」

「俺たちは、決してネーナス子爵家の私兵ではないんですけどね」

「もちろん、私は解っています。ですが、外からどう見えるか、どう見せるかが重要なのですよ」

　変に取り込まれても嫌なので、小声で釘を刺したのだが、イリアス様は微笑むのみ。

　幼くても貴族である。

「さて、メインディッシュが来たようですね」

　イリアス様の視線を追えば、そこにはこちらに向かってくる今日の主役が二人。

　お皿やグラスをテーブルに置いたイリアス様は、ニッコリと笑って新郎新婦を迎える。

「ルーク・ダイアス様、そして奥様。この度はご結婚、おめでとうございます」

「イリアス・ネーナス様、丁寧なご挨拶、誠に痛み入ります」

「ありがとうございます」

　イリアス様が丁寧に礼をすると、新郎新婦もまたしっかりと頭を下げて礼を返す。

　小さな女の子に、大の大人が頭を下げているのは少し奇妙にも思えるが、イリアス様は子爵の娘

なので、爵位としては男爵相当。『相当』なので、それだけでは『男爵』よりも下になるが、現在は子爵の名代としてきているので、名目上は子爵と同等である。

つまり、一応はダイアス男爵よりも上であり、相手がその子供であれば言うまでもない。

なかなかに面倒くさいが、互いに丁寧な対応をすれば多少のことでは問題になったりはしないし、逆に相当する爵位が微妙に上だからと、下手に尊大に振る舞えば顰蹙を買うらしい。

まぁ、俺たちの場合、とにかく全員に丁寧に対応していれば良いので、簡単ともいえるのだが。

「いつご結婚なされるのかと思っていたのですが、とても素敵な奥方を見つけられましたね」

「はっはっは、なかなか仕事が忙しかったもので。幸い、アシー男爵と縁あって、妻を迎え入れることができました。ありがたいことです」

「当家としましても、ダイアス男爵領とはお隣同士。共に発展していけたら幸いですわ」

朗らかに笑うダイアス男爵令息に合わせて、イリアス様も上品に笑うが、共にそれが本心かどうかは不明である。いや、ここまで通ってきた街道の様子を見るに、少々微妙だろう。

「そう言って頂けると、当家としても心強い。そうそう、ネーナス子爵家からはご祝儀としてとても貴重な物を頂きましたね。御父上にはよろしくお伝え頂きたい」

「ダイアス男爵家の発展の一助になれるのであれば、当家としても僥倖です」

「恐縮です。しかし、あれほどの物、ネーナス子爵家としても、入手に困難が伴ったのでは？」

ご祝儀とは突撃赤野牛のミルクのことだろう。

貴重というのも、ダイアス男爵領の様子を見るに、値段より入手の困難さを指すと思われる。

少し探るような男爵の視線を、イリアス様は軽く受け流し、俺たちの方を示す。

「彼らのおかげですわ。とても助かっております」

「ほう。確か腕の良い冒険者とか？」

俺と、そしてハルカに向けられる、露骨に探るような視線が少々不快。

だが、それを顔に出さないようにして、俺たちは軽く頭を下げる。

好色さなどはまったくない、冷徹なビジネスマンのような視線だったが、スライヴィーヤさんやマーモント侯爵から向けられた視線に比べ、親しみなどは感じられない。

ある一面では優秀な統治者であるダイアス男爵、その後継者らしい雰囲気を感じるが、もし移住するのなら、マーモント侯爵たちの領地の方が暮らしやすそうだ。領主の人柄的に。

「ふむ、羨ましいことですな。当領地には、残念ながら冒険者が少ないですから」

「冒険者を確保するのは、なかなかに難しいことですわ。成果がすぐに出なくとも、長い目で見て投資する。当家ではそうしております」

「なるほど。興味深い話ですね。参考にさせて頂きます。それで、あのような品物が今後も我が領にも流れてくると、そう期待してもよろしいのですかな？」

それは俺たちに対する問いだったか。

だが、それにすぐに応えたのはイリアス様だった。

「それはピニング＝ミジャーラ間の街道の状況次第ではないでしょうか？　我が領で買い取った品物の運搬に関わる問題ですから。安心して通れなければ、商人も行き来しないでしょう」

「……なるほど、ごもっともです。それでは、私たちはそろそろ。この度はご出席頂き、ありがとうございました。この後も楽しんでいってください」

「はい、ありがとうございます」

軽く頭を下げたダイアス男爵令息に合わせ、新婦の方もまた頭を下げて共に離れていく。

こういう場面では、新婦の方はあまり喋らないものなのか、元々無口なのか。

最初に一言お礼を口にして以降は、新郎の隣でただ笑みを浮かべているだけだったな。

もちろん、それを言えば俺たちなんて、ただの一言も喋らず突っ立っているだけなのだが。

「ふぅ……。なんとか無難にやり過ごせたでしょうか」

最後まで笑顔で通したイリアス様であったが、ダイアス男爵令息が他の招待客と話し始めると、まるで表情を解すかのように、顔に軽く手を当てて息を吐いた。

「しっかりと話せていたように思いますよ、私は」

イリアス様に飲み物とお皿を渡しつつ、ハルカが微笑む。

そしてそれは俺も同感である。あの男と面と向かってやり合うとか、正直遠慮したい。

「……あぁ、先ほどはああ言いましたが、ハルカさんたちがダンジョンで得た物をどこで売っても、問題はありませんからね。もちろん、当家としては領内で売って頂くのがありがたいですが」

「俺たちにとって住みやすい町であるうちは、ネーナス子爵領から出て行くつもりはありませんし、わざわざ別の町に売りに行く予定もないですよ」

「住みやすい町であるうちは、ですか。お父様に伝えておきますね」

俺の率直な言葉にイリアス様は頷き、そう応える。

実際、安心してのんびり暮らそうと思えば、ラファンの町はかなり良い。

クレヴィリーの方が都会なので、美味い料理は食べられるし、錬金術の素材や武器など、色々な物を手に入れることも容易だとは思うが、暮らしやすい領地であるかは別問題。

家を建ててしまったこともあるけれど、少なくともネーナス子爵の方針が変わらないうちは、旅行や依頼でラファンを離れることはあるにしても、完全に転居するつもりはない。

——もし、ハルカたち料理上手の同居人がいなければ、別の結論になった可能性はあるが。

「しかしこれで、あとは楽に過ごせそうです。襲撃の件とハルカさんたちの件、その両方を除けば、当家は所詮弱小貴族、あえて話しかけてくる人もいませんから」

少し自嘲気味に、しかしどこかホッとしたようにイリアス様が言う。

自分の家を弱小と表現するのはあまり嬉しくないのだろうが、かといって貴族同士の外交の矢面に立たされるのもまた困る。そんなところだろう。

ここまでに関しては想定の範囲内。事前に準備していたので、しっかり対応できているが、いくら貴族でもイリアス様はまだ幼い。想定外の状況に対応するのは、さすがに難しい。

もっとも、一定のルール、マナーに則って行われる貴族のパーティーで想定外の状況など、それこそマーモント侯爵のような人でもいなければ、そうそう起こったりはしないのだが。

「折角ですから、しっかり料理を食べて帰りましょうか。勿体ないですからね」

「イリアス様、結構、タフですね？」

少し苦笑を含んだハルカの言葉に、イリアス様は軽く笑みを浮かべる。

「えぇ。試練は終わりましたから。家に帰れば、また質素な食事になるんですから、これぐらいの余録があっても良いですよね？」

「確かに美味しいことは間違いないんですよね、ここの料理。危ない目に遭った分、できるだけ高そうな物を選んで食べましょうか？」

「ハルカさん、ナイスです。ピニングでは手に入りにくい物が良いですね」

「高い物といえば、果物などでしょうか。あと、海産物も見たことがないですね」

俺も二人に交ざり料理を物色。

宿で留守番をしている、そして、俺たちがスパルタ教育を受けている間にも、のんびりと休日を満喫していたトーヤたちのためにも、しっかりと味わって自慢してやらねばなるまい。

可能なら料理を再現できるぐらいの情報を持ち帰りたいが、どだい俺には無理な話。

そのあたりは、専門家のハルカに任せるとしよう。

「海は遠いですから、海産物はどうしても高くなります。手に入るのも塩漬けなどですから、あえて出すほど美味しい物は少ないですし……。財力を誇りたい場合は別ですが」

「あまり詳しくはないのですが、やはり海は遠いのですか？」

「ええ。我が国から海に向かうとなると、南と東になると思いますが、南はユピクリスア帝国です。我が国とは関係が良くありませんし、ユピクリスア帝国自体、海には接していません」

そこから更に南、もう一つ国を通りすぎてやっと海に辿り着くらしい。

「東はオースティアニム公国で友好国ですが、こちら側も海までには、もう一つ国を跨ぐ必要があります。それに距離も随分ありますからね」

普通に馬車で運ぶなら、何ヶ月もかかる距離。

そんなところから運んできていては、当然輸送費もとんでもなく掛かる。そこまでして海産物を食べなくても、近くの川で魚が獲れるのだから、普通はそちらを食べるだろう。

サールスタットの泥臭(どろくさ)い魚ならともかく、川魚でも美味しい魚はいるのだから。

「本当にお金がある貴族は、マジックバッグを使って運んできたりするようですが、ここの料理にあるのかは判りませんね。私は海産物にあまり詳しくないので」

「魚料理でも違いは判りませんよね」

イリアス様の後ろからテーブルの料理を物色するのだが、本当にいろんな料理が並んでいる。

魚っぽい料理もあるのだが、海魚か川魚かなど、俺に判るはずもない。

——まぁ、美味そうなので、当然取って食べてみるのだが。

ちなみに、服の値段を聞いた時には超(ちょう)ビビっていた俺だが、よく考えれば俺たちには——正確にはハルカには高度な『浄化(ピュリフィケイト)』があり、その場で一瞬にしてシミ抜きができる。

さすがに、マーモント侯爵のような豪快(ごうかい)な食べ方はできないが、周りに無様を曝(さら)さない範囲であれば、ソースが飛ぶのが怖いからと、美味しそうな料理を遠慮をする必要はない。

面倒な貴族との対話が終わり、食事も喉を通りやすくなったことだしな！

「あ、ナオ、貝料理があるわよ？　あれって、海の物じゃない？」

ハルカの示した貝は、手のひらの半分ほどはある二枚貝。

二枚貝というと海の貝というイメージがあるのだが、必ずしもそうじゃないんだよなぁ。

「いや、どうだろ？　川や池にも貝はいるし、下手したら陸生の貝って可能性もあるぞ？　タニシやカタツムリとかも貝の一種だし」

「……そう聞くと、食欲が落ちるんだけど」

「その貝ですか？　それは湖の貝ですね。美味しいですよ。——ウチの食卓(しょくたく)には上がりませんが」

つまり、高いんですね？　なら食べておくべきでしょう。

自分とハルカ、イリアス様の分を皿に取り、その料理を観察する。

見た目としてはハマグリのような感じで、片側の殻だけを残し、そのまま調理してある。

貝の身の上にチーズのような物と香草が置かれ、そのまま網焼きか、オーブンか。

「――おー、濃厚。『貝です！』って感じだな」

「ええ、肉厚だし、泥臭くもなくて、砂もない」

冷めているのは残念だが、貝の旨味が凝縮していて美味い。しかも食べやすいように、貝柱はきちんと切り離してあり、フォークだけで簡単に食べられるのもポイントが高い。

イリアス様も頬を緩めているので、彼女の口にも合ったのだろう。

アエラさんのことがあったから、たぶんそうだとは思っていたが、この世界、レベルが高いところはホント高いな。『星三つ！』とか言いたくなるぐらい。

それでいてめっちゃ不味い料理もあるあたり、なんとも言えないが、コスト的なものもあるだろうから、一概にダメとも言えない。

「さて次は……」

俺たちは揃って皿を置き、次の料理を選ぼうとしたその時――。

「おぉ！　まさかこのようなところで、こんなに美しい宝石と出会えるとはっ！　これぞ天佑！」

突然、聞こえてきた意味不明な言葉。

思わずそちらを振り向いてしまった俺は、即座に後悔した。

そこにいたのは、確実にいろんな意味で〝空気の読めない貴族〟。

俺が仕立屋で教えてもらった通り、男性の礼服はベストと裏地以外、シンプルでシックな物が主流であり、当然ここにいる人の大半はそういう礼服を身に纏っている。

一部の例外にしても、上着に同系色の糸で控えめな刺繍を入れているぐらい。

主役は新郎新婦ということもあってか、派手な服を着ている人はいない——その彼以外は。

俺の視線の先に立っていたのは、どう見ても派手な、ど紫の礼服を纏った男。

その色からしてあり得ないが、それに加えて、カラフルな糸を使った派手な刺繍まで施されていて……。簡単に言えば、勘違いした不良とかが着ていそうな刺繍入りの服。そんな感じ。

更に宝石か、何かは知らないが、妙に表面がキラキラと光っていて、目に痛いほど。

最大限好意的に見れば、高級感を漂わせている服と表現できるかもしれないが、俺の目には安っぽい何かにしか見えない。

髪も一部紫色が交ざっているんだが……それって地毛じゃないよな？

染めてるんだよな？　大阪のオバちゃんかっ！

そんなかなーりズレている人物が、俺たちに向かって歩いてくるのだ。

しかも両手を広げて、笑みを浮かべながら。

思わず、イリアス様とハルカを庇って前に出そうになるが、この場面でそれはできない。

明確な危険がない限り、従者はイリアス様の後ろに控えていなければいけない。

それがマナーなのだが、彼に対してそれを守る意味はなかったようだ。

「お嬢さん、お名前を聞いてもよろしいですか？」

服装で既に空気が読めていないことは明白だが、行動もまた同様だった。

男の視線が向いているのはハルカ。だが、これは間違いなくマナー違反である。

俺たちは今、イリアス様の従者としてこの場にいる。

それにも拘わらず、イリアス様を無視してハルカに声を掛けるなど、普通はあり得ない。

当然イリアス様は、それを遮るように前に出た。

「どちら様ですか？」

「僕はアーレ・グノス男爵が長子、パーノ・グノス。以後お見知りおきを」

男はそれでやっとイリアス様に目を向け、大袈裟な礼をした。

だがイリアス様は礼を返さず、あからさまに不快そうな表情を浮かべて応える。

「私はイリアス・ネーナスです。ヨアヒム・ネーナス子爵の名代として、この場に来ています」

「ネーナス子爵……聞いたことがあります。北西の辺境を治めているとか？」

「ええ、そうです」

イリアス様の所作は抗議を示すものであり、子爵と男爵の子という立場の違いを考えれば、即座に謝罪すべき状況。だが、やはりパーノは普通ではなかった。

「なるほど。ただ、今は関係ないので、お嬢さんはちょっと横に避けておいてくれるかい？」

「……はい？」

謝罪するどころか、ほぼ無視。貴族としてあり得ない行動である。

その異常さに対応できず、イリアス様が唖然としている間に、パーノはイリアス様の横を抜けて俺たちの方へと近付き、大袈裟な仕草で腕を広げてハルカを賞賛する。

「おぉ、その輝く艶やかな髪ときめ細やかな美しい肌、スラリと伸びた手脚。とても素晴らしい。君のような宝石が辺境にあるなど世界の損失だ。是非君には当家に――」

寝ぼけたことを言っているパーノを遮るように、俺はハルカの手を取って背後に隠した。

それに対し、パーノは眉をひそめて俺を睨むように見る。

「なんだい、君は？　君には用はないよ？」

「これが、見えませんか？」

俺は自分の首に巻いた飾り布と、ハルカの腰の飾り布。

二人の関係性を示す布を視線で示したのだが、パーノは不思議そうに首を捻った。

「その青い布がどうかしたのかい？　――あぁ、悪くない布だとは思うよ。もちろん、僕の物に比べれば数段劣るけどネッ！」

いや、そのキラキラで趣味の悪い紫の布と比べないでくれ――じゃなく。

――え、俺の知識、間違ってないよな？

飾り布の意味、教えてもらった通りで良いんだよな？

あまりに相手が堂々としているので、少し不安になってイリアス様に視線を向けるが、イリアス様もまた、信じられないものを見たような目を相手に向けていた。

――よし、間違ってない。おかしいのは相手だ。

「判りやすく言いましょう。彼女は私のパートナーです。近付かないで頂きたい」

「……ほう。貴族である僕にそんなことを言うのかい？　たかが従者が？」

パーノが不愉快そうな顔になるが、俺はもっと不愉快である。

その不愉快な気持ちのまま暴言を吐きかけたが、人目や立場を考えれば、それも難しい。

なかなかストレスが溜まる状況だが、そんな俺の不満を復帰したイリアス様が代弁してくれる。

「貴族であれば、まずマナーを学ばれては？　あまり度がすぎるようであれば、グノス男爵に抗議させて頂くことになりますよ？」

「ふむ。いくら欲しいのですか？　辺境貴族に、このように美しいエルフなど不釣り合いです。パパに言って、いくらか融通しましょう」

かなり明確に不快感を示したイリアス様に対する返答は、なかなかに信じられないもの。

イリアス様の貴族らしい笑みも、さすがにピキリと引き攣る。

「お金の問題ではありません。グノス様はお勉強が不足しておられるご様子ですね」

「（ちっ、クソガキが。）あまり欲張ると、まったく実入りがなくなることもありますよ？　色々な方法があるのですから」

高性能な俺の耳に、パーノが小声でついた悪態が届く。

最初こそ好青年を装った笑みを浮かべていたが、今の表情は完全にチンピラ寄り。

ふざけた言葉に俺は思わず拳を握りしめるが、逆にイリアス様は余裕の表情で笑い、やれやれとばかりに大袈裟に肩を竦め、首を振った。

「あなたは、もう少し言動に注意された方がよろしいですね。私と違って、『子供のやること』と見逃してもらえる年齢でもないでしょう？」

「なにを――」

イリアス様の（貴族としては）かなり明確な罵倒に、怒りを顔に浮かべたパーノだったが――。

「ちょっと聞こえてしまったのだがね。まるで我らが種族を、美術品か何かのように勘違いしているのかな？　グノス男爵家の者は」

そう言いながら話に割り込んできたのは、アーランディ・スライヴィーヤ。

スライヴィーヤ伯爵家のエルフ貴族である。

「なんだ、お前は――!?」

相手が優男（やさおとこ）だったためか、パーノはそれでも強気に出ようとする。

しかし、相手の爵位を理解してやっているのか、それとも知りもせずやっているのか。

どちらにしても、貴族としては致命的な愚（おろ）かさ。詰め込み教育を受けただけの俺たちでも――いや、仮に受けていなかったとしても、その対応が間違っていることは理解できる。

そしてその愚かな行動の結果は、彼の肩にポンと置かれた力強い手だった。

「少し騒（さわ）がしいな。落ち着いた方が良いんじゃねぇか？　ん？」

「――っ！」

そこに立っていたのは、マーモント侯爵。

爵位は当然として、人としての迫力がまったく違う。

仮にパーノがマーモント侯爵の爵位を知らなかったとしても、彼に凄まれて平然としていられるほどの胆力（たんりょく）は持っていないだろう――どう見ても、チャラいし。

その派手な服装も相まって、今となってはパリピ風チンピラにしか見えなくなってきた。

「俺はランバー・マーモントだが、お前はグノス男爵家のパーノ、だったか？」

マーモント侯爵は笑顔で凄みながら、肩に置いた手に力を込める。

おそらく本気ではないのだろうが、パーノの肩からコキリと音が聞こえ、彼が顔を歪（ゆが）めた。

「ん、んっ……少々、空気が悪いようですね。改めるとしましょう。それでは、いずれ」

まったく読めていないお前が〝空気〟とか言うなって感じだが、引き際は悪くなかった。

マーモント侯爵の名前を聞いて、その爵位も思い出したのか、それとも肩の痛みが原因か、パーノは少し青白くなった顔で足早に俺たちから離れ、そのまま会場からも出て行く。

だが最後、ハルカに向けた視線がなんとも粘着質に見えて、かなり気色が悪く、不安も募る。

伯爵家の人に対して衝動的に『お前』とか言った上に、マーモント侯爵に対して謝罪どころか、挨拶もせずに出て行くような人物だからなぁ。理性的な行動は期待できそうもない。

パーノの親が男爵ということを考えれば、ネーナス子爵領に戻った後で、親の力でどうこうするのは難しいと思いたいが……あの息子を作った親、果たしてまともなのかどうか。

「いったいなんだったのでしょうか……。お二人とも、ありがとうございました」

「「ありがとうございました」」

マーモント侯爵たちに向き直ったイリアス様に合わせ、俺たちも頭を下げて礼を言う。

イリアス様が困ったタイミングでの、的確な手助け。

あの男が目立ちすぎていたこともあるだろうが、元々気に掛けてくれていたのだろう。

マーモント侯爵とイリアス様は、幼い頃にも会っているようだし、もしかするとマーモント侯爵家とネーナス子爵家には、何らかの繋がりがあるのだろうか？

「構わねぇよ、あのぐらい。しかし、妙なのがいたもんだな？　俺はあの男を初めて見たが……アーランディ、知ってるか？」

「グノス男爵は知っていますが、嫡男を名乗る男に会ったのは初めてですね。グノス男爵自体、大した男でもないと評価していましたが、後継者があれですか」

「それじゃ、もう一段、いやもう二段は評価を下げるべきだな、こりゃ。いや、下げるべき評価も持ってねぇんだけどな、俺は。はっはっは！」

マーモント侯爵自身はグノス男爵をよく知らないのか、そんなことを言って豪快に笑う。

それからすると、グノス男爵は目立つところのない木っ端貴族なのだろうか？　もしそうなら、あまり心配する必要もなさそうだが、服を見るに金は持っていそうなのが気に掛かる。

趣味は悪かったが、刺繍の多さなどからして、コストだけは掛かっていたからなぁ……。

「私もグノス男爵の情報は持っていませんので、帰ったらお父様に相談したいと思います」

「それが良いでしょうね。そちらのお二人も、もし困ったことがあれば、いつでも当家へご相談ください。あぁ、無理に活動場所を移せとは言いませんから。同族の誼です」

「俺も手助けするぜ？　イリアス嬢が贔屓にしてる冒険者なら。一度ぐらいは俺の領地にも来てもらいたいもんだが、ちょっと遠いのがなぁ」

「我が領もそれは同じですね」

訊けば、二人の領地はここクレヴィリーからもかなりの距離があり、マーモント侯爵領が馬車で二週間ほど、スライヴィーヤ伯爵領は三週間ほどかかるらしい。

当主であるマーモント侯爵がそんな長期間、領地を離れても大丈夫なのかと思ったのだが、既に継嗣が成人して立派に仕事を熟しているので、あまり問題はないようだ。

更に、マーモント侯爵本人はもちろん、周りに付き従う護衛も全員が獣人で精強なため、馬車を使わずに己の足で走ることで、短期間での移動を可能にしている。

普通なら、それが可能だったとしても世間体を気にして馬車を使うのだろうが、マーモント侯爵は『非効率だ』との一言で切って捨てるらしい。そんなところも型破りである。

「もう、お二人とも。我が領の貴重な冒険者をあまり誘惑しないでください。ただでさえネーナス子爵領には、高レベルの冒険者が居着いてくれないのですから」

少しだけ頬を膨らませるように苦情を申し立てるイリアス様に、マーモント侯爵たちは子供をあやすような笑みを浮かべ、肩を竦めて小さく首を振る。

「いやいや、そんなつもりはないんだがな。だが、仲間に獣人がいるんだろ？　俺たちの種族は結婚相手を見つけるのも苦労するから、出会いの機会を作ってやろうとな」

婚活旅行的な？　それはそれでありかもしれない。

冒険者として自信を付けつつあるミーティアは、既にトーヤに養ってもらうつもりはなさそうだが、現実問題としてラファンにいては獣人の結婚相手を見つけるのは難しい。

トーヤにしても『可愛い獣人のお嫁さん。できれば複数』とか、夢見がちなことを口にしているので、仲間としてその機会を作ってやるのも必要だろう。それを実現できるかはトーヤ次第だが、娼館にさえ行かなければ十分な稼ぎはあるし、一人であれば可能性はある。

「出会いの少なさは、我々エルフも同じですね。そちらのお二人は問題なさそうですが……しかし、貴女は同族の目から見ても美しい。お相手がいなければ、私が名乗り出たいぐらいですよ」

嫌みのない貴公子然とした仕草で、ハルカの容姿を褒めるアーランディ。

外見だけの俺とはまったく違う。

褒めているのは先ほどのパーノと同じなのだが、不快に感じさせないところが凄い。

ナンパ嫌いなハルカも、柔らかな笑みを浮かべたまま答えを返す。

「恐れ入ります。ですが、既に決めておりますので」

「解っておりますとも。お二人は大変お似合いですよ。結婚される際には是非、ご一報を頂きたいところです。お祝いに駆けつけさせて頂きます」

断られても、アーランディは爽やかな笑顔のままで一礼する。

さすがに駆けつけるはリップサービスだろうが、非常に様になっているのが素直にカッコイイ。

――くっ、これが天然物の貴公子か。

これを期待されても俺には不可能、とハルカを窺えば、彼女の目はこちらを向いていて。

俺とハルカは視線を交わして、小さく微笑んだ。


その後、披露宴が終わるまで、マーモント侯爵たちは俺たちの傍を離れることがなかった。

それはおそらくイリアス様を気遣ってのことだろうが、先ほどの場面は多くの人が目撃していたわけで、そのような状況であえて俺たちに話しかけてくるような貴族は皆無である。

おかげで俺たちは、マーモント侯爵とアーランディの豊富な話題に楽しませてもらいつつ、もりもりと食べるマーモント侯爵を隠れ蓑にして、料理もたっぷり堪能。

披露宴の後半は、思った以上に楽しく乗り切ったのだった。

◇　◇　◇

婚礼が終わった翌日も、トーヤたちは最後の追い込みとばかりに出かけていった。

出発予定は明日の朝。それに備えて、今日のアーリンさんたちは準備に追われている。

ちなみにイリアス様は、今日は自由時間らしく『メアリたちと遊びます！』と、一緒に出かけたのだが……まぁ、この町の治安は良いみたいだし、トーヤたちがいれば大丈夫だろう。

もちろん、アーリンさんの許可は得てのことなので、問題はない。

対して、俺とハルカは、といえば……。

何をするでもなく、二人してベッドの上でゴロゴロしていた。

折角都会に来ているのだから、ハルカと一緒に色々見て回りたいという気持ちはある。

気持ちはあるのだが、慣れない貴族の婚礼への出席は、やはり精神的ストレスが大きかった。

何をしたというわけではなく、基本的には立っていただけなのだが、それがキツい。

マーモント侯爵たちのおかげで随分と楽になったとはいえ、下手なことは喋れないし、ごく普通の庶民であった俺には、常に見られている状況というのは、それだけで疲れるのだ。

エルフということもあり、最初はラファンの町でも注目されていたが、普段の行動範囲は決まっているし、そこまで大きな町でもないため、しばらく暮らしていればそれもなくなった。

それに、単なる物珍(ものめずら)しさで見られていただけなので、何か変なことをしたところで、『おかしなエルフがいる』と思われるだけのこと。

しかし昨日の場面では、事は俺だけの問題では済まないのだから、緊張のレベルが違う。

「あぁ～～、なんか、体中が凝っている感じ」

「ホントよね。私なんて、顔の筋肉が強張ってるわよ」

「ハルカ、表情作ってたもんなぁ……」

普段のハルカが無表情なわけではないが、常に穏やかな笑みを浮かべているタイプでもない。

そのため、昨日の披露宴の間の表情は、少し無理をしていたのだろう。

「しかし、貴族も面倒くさいよなぁ。笑いながら殴り合ってるようなもんだろ？」

「イリアス様はまだ子供だけど、大人だったらもっと酷いんでしょうね」

既に名前もよく覚えていないが、最初に声を掛けてきた男など、襲われたことをネタに、明らかにイリアス様に対してマウントを取りに来ていた。

所詮は小物だったので、より上位の貴族の登場で気付かぬうちにフェードアウトしたが。

「礼儀作法なんかの勉強も大変そうだし、自由は少なそうだよな」

「マーモント侯爵は、かなり自由そうだったけどね？」

「あの人は、どう考えても特別だろ」

あれだけの貴族がいて、なお彼だけが異彩を放っていた。

それでいて、顰蹙を買っている様子もないのだから凄い。

もちろんそれは彼のキャラクターと、それを許されるだけの爵位があるからこそなのだろうが。

「そんなことを考えると、稼げている冒険者が一番楽かもな」

「おかしな貴族に手を出されない限りはね」

「……やっぱ、貴族の庇護は必要だよなぁ」

純粋な武力であれば、対抗はできるかもしれない。

しかし、武力で撃退してしまうと、それはそれでマズい。

貴族同士であれば、〝決闘〟や〝紛争〟として処理されるかもしれない。

だが、一般人が貴族を殺せば、貴族に対する殺人である。

仮に相手が悪徳貴族であったとしても、封建社会である王国では根幹を揺るがす事態。

当然のように王国は敵に回り、俺たちは殺されるだろう。

物語とは違って、〝正義の味方が悪者を斃してハッピーエンド〟などにはならないのだ。

「交通の便が悪いのが、救いといえば救いよね。距離を取ることが身を守ることになるんだから」

「ちょっと車を飛ばしてやってくるってわけにはいかないからな」

速度面は当然として、道中の安全面でも結構命懸け。

ネーナス子爵領に件のパーノが突然現れる、なんてことはなさそうだが……。

「いざとなれば、しばらくダンジョンに籠もるか？　さすがに追いかけては来られないだろ」

「それは本当の最終手段にしたいわね。ひとまず、そのへんの面倒事はネーナス子爵に放り投げましょ。ネーナス子爵家の依頼で起こった問題なんだし」

「ハルカの美貌が問題を引き起こした、とも言えるけどな」

「あら、美貌だなんて。褒めてくれてるの？」

「美しいことは否定しないぞ？」

元々ハルカの顔も好きだったが、エルフになって更に綺麗になったことは間違いない。

同じエルフのアーランディが言っていたように、ハルカの容姿を見て美しくないという人は、余程美的感覚が一般人とズレているのだろう。

「そ、そう。ありがとう」

俺の素直な感想に、ハルカは少し照れたようにベッドに顔を伏せた。

しばらくそのまま突(つ)っ伏(ぷ)していたハルカだったが、気を取り直したように身体を起こす。

「……ね、ねぇ、ナオ。マッサージしてあげましょうか？　身体、凝ってるのよね？」

「ん？　そりゃ、ありがたいが……」

「よね。ほら、俯(うつぶ)せになって」

どちらかといえば、身体の凝りより精神的な疲れの方が大きいのだが、やる気になっているハルカにそうも言いづらく、素直にベッドで横になる。

「それじゃ、いくわよ」

ハルカは俺のベッドに上がると、俺の身体を跨ぐように腰を下ろす。

結構どっかりと、お尻(しり)の上に座られているのだが……。

「軽いな……？　体重、減ったか？」

「元の世界の時と比べて？　体重計がないから判らないけど、減ってるかもね。身体も少し小さくなったから。でも、力はあると思うわよ？　それじゃ――」

ハルカが俺の背中に手を当て、ゆっくりとマッサージを始める。

うむ。温かく柔らかな手が、正直、心地好(ここちよ)い。

治療(ちりょう)だけなら魔法で一発なんだが、やはりそれとは違うものがある。

「お客さん、凝ってますね～」

「そうか？」

「ううん、言ってみただけ」

「なんじゃ、そりゃ」

俺が軽く笑うと、ハルカも少し笑って、腰、背中とマッサージを進めていく。

ハルカだからということもあるのだろうが、とてもリラックスできる。

「でも、ナオの身体も、前に比べると細くなったわよね。引き締まってはいるけど」

「こっちに来て、身長も少しだけ伸びた感じだしな。それでいて、筋力は明らかに高くなったんだが――って、ちょっと擽ったい」

二の腕の筋肉をさわさわと撫でるハルカの手から逃れるように、腕を動かす。

「あ、ゴメン。でも、それは私も同じなのよね。身体も細くなったし……胸も、ね」

「いや、それはそれで、均整が取れていて良いと思うぞ？　うん」

「なら、良いけど……」

「…………」

「…………」

無言で体重を掛けるように、肩、首筋とハルカの手が揉んでいく。

背中が温かくなり、ハルカの吐息が耳を擽る。

「……しかし、どうしたんだ、突然。マッサージとか」

「私たちはパートナーなんでしょ？　それっぽいことをしても良いんじゃない？　あ、後で私にもしてもらうからね」

　披露宴での俺の言葉か。

　そして俺も、ハルカの言葉を思い出す。

「そうだな。ハルカも……相手を決めているんだよな」

「えぇ、そうね」

「…………」

「…………」

　再び、互いに無言になる俺たち。

　ハルカの手はいつの間にか止まり、その顔が俺のすぐ傍にあった。

　近くで見ても、本当に綺麗だな、こいつの顔。

　そっと手を伸ばし、顔を近付けていくと、ハルカが瞼を閉じる。

　そして——。

「おーい、ナオ。昼飯を食いに——」

　突如、ノックもなしに部屋の扉がガチャリと開いた。

　入ってきたトーヤと俺の視線がぶつかる。

　それはもう、バチーンと音を立てて。

　部屋の空気が凍る。

「——食いに行ってくる。しばらく帰ってこねぇから！　オレもナツキたちも！　そう、具体的には二時間ぐらい！　それじゃ‼」

バンッとやや乱暴に扉が閉まり、トーヤの走り去る音が聞こえる。

いや、どうしてくれるよ、この空気‼

そして俺は、どうしたら良い⁉

「…………」

「……二時間ぐらい帰ってこないんだって」

「そう、らしいな……？」

「どうするの？」

深く澄んだ瞳で、じっと俺を見つめるハルカ。

そんな彼女に、俺は再びゆっくりと手を伸ばした。

◇　◇　◇

俺とハルカのクレヴィリー最後の昼食は、マジックバッグにストックした料理だった。

トーヤたちが戻ったのは、本当に二時間あまり経った後。

そして、帰ってきてからも、特に何か言うでもなくいつも通りであり……。

むしろそのことに、微妙な居たたまれなさを感じるのは、俺だけなのだろうか？

ハルカは普段と変わることなく、ごく普通に接しているのだが。

「必要そうな物は全部買えたの？」

「えぇ。米も十分な量、手に入りましたし、香辛料もかなりの種類がありましたので、頑張ればカレーに近い物は作れると思います」

「他にも珍しい物がいっぱいあったから、色々買い込んでおいたよ。もしかすると、香辛料の中には庭で育てられる物もあるかも？」

「それは良いわね。種を食べる物ならいけるかしら？」

「できるだけ碾いてない物を選びました。頑張ってみますね」

「美味しい物、いっぱい食べられたの！」

本当にいつも通りの会話。カレーの話もしっかりと覚えていてくれたらしい。

そして、ミーティアの興味は食べ歩きか。

俺たちも披露宴で色々食べたが、やはり気楽に外で食事をしてみたかった。

詰め込みマナー講座があった関係で、俺とハルカはほとんど街に出られなかったからなぁ。

「その代わり、かなりお金は使っちゃったけど、いいよね？」

「まぁ、ナツキとユキが良いと判断したのなら、構わないけど……うわぁ、本当に使い込んだわね。帰ったら、しばらくの間は仕事を頑張らないと」

「この護衛依頼では、現金は貰えませんからね」

ユキが手渡した共通費が入った革袋を覗き込み、ハルカが声を上げた。

トーヤならともかく、ナツキたちが無駄遣いをするとは思わないが、ハルカの言葉からして、かなりの資金を使って食料を買い込んだのだろう。

対して、トーヤといえば――。

「あー、ナオ、トーヤ、さっきは悪かったな？」

少々気まずそうにそんなことを言うトーヤに、俺は『はて?』と首を傾げる。

「何が悪いんだ?　俺はハルカに治療してもらってただけだぞ?　昨日の披露宴では体中が凝ったからな。トーヤたちに置いていかれて、困惑したぐらいだ。うん、うん」

「いや、即座に追いかけてこなかった時点で、バレバレだから」

「………………」

「で、上手くいったのか?」

「……何のことを言っているのか、まったく解らないし、心当たりもないが、ノーコメント」

「男同士、隠すことでもなくねぇ?　別に詳細を訊いてるわけでもねぇのに。……ま、ハルカの様子を見れば、訊くまでもねぇか」

「……そう見えるか?」

「明らかに機嫌が良いじゃねぇか」

そんなものだろうか?

もちろん、悪いとは思わないが、いつもあんな感じだと思う。

——いや、それが解らないあたり、俺はダメなのかもしれない。

むむぅ、貴公子には程遠い。

「ま、オレは祝福するぜ?」

「何のことかは解らないが、ありがとう」

そう応えた俺に、トーヤは少し呆れたように肩を竦めた。

翌日の早朝、俺たちは予定通りにネーナス子爵領へと出発した。

来た道を逆に辿るように、クレヴィリーからミジャーラ、ピニングへと。往路で道の補修を行っていたことも奏功し、旅程はとても順調だった。

途中で雨に降られるハプニングこそあったものの、トラブルと言えばその程度。

一応、警戒もしていたのだが、今度は賊に襲われることもなく馬車は進み……。

俺たちは日程通り、無事にピニングへと帰り着いたのだった。

サイドストーリー「トミーの日常」

僕が師匠の下に弟子入りして、そろそろ一年が経つ。

弟子入りを認めてもらうため、トーヤ君と一緒にショベル作りを頑張ったあの日々も、今となっては懐かしい――と、言えるような気分では、なかったりするんだよね、実は。

トーヤ君と頑張ったのは事実だけど、『日々』と言うほど時間はかかっていないし、ショベル作りは今も継続して、この店の稼ぎ頭になっているから。

さすがにラファンの町では、もうあまり売れないので、大半は他の町への輸出用として作っているんだけど、武器と違ってコンスタントに売れて経営的には優良な商品となっている。

おかげでガンツさんの奥さん――シビルさんの機嫌はとても良いらしい。

ガンツさんとしては武器を作りたいようだけど、これまで苦労を掛けてきたシビルさんのことを思うと文句も言えず、頑張ってショベル作りに勤しんでいる――僕も付き合わせて。

いや、弟子だから、師匠が『やれ』と言ったら、『はい』以外の返事はないんだけど。

ただ、それでも文句を言いたくなる場合も、たまにはあるわけで。

「……えっ？　ショベルを二〇〇個、ですか？」

「おう。大至急な。できれば半月以内が希望らしい」

「マジですか？　そりゃ、やれと言われればやりますけど、一〇〇個を半月とか――」

「あ、俺は別に仕事があるから、トミー一人でやってくれ」

「…………もう一度言いますけど、マジですか？　世が世なら、労基が飛んでくる事態ですよ？」

　この世界には、そんな救済機関は存在しないけど！

「なんだそりゃ？　すまねぇとは思うが、俺は武器屋だ。馴染みの得意客から『急ぎで武器を作ってくれ』と頼まれたら、断れねぇんだよ」

「え？　師匠、トーヤ君たち以外に、大金を払ってくれる得意客がいたんですか⁉」

　思わず漏らした僕の言葉に、師匠が眉を逆立てる。

「いるわ！　アイツらが来たのは去年だぞ⁉　俺がこの町で店を開いて、何年経つと思ってやがる！　アイツらしか客がいなけりゃ、とっくに潰れてるわ！」

「いえ、てっきり、駆け出し相手にお手頃価格の武器を売って、小銭を稼いでいたのかと」

　僕の知る限り、この一年で数百万レアもする武器や防具を買ったのは、トーヤ君たちぐらい。

　大半の冒険者は、せいぜい数万レアの武器を買っていったり、修理に持ち込んだり。

　とても大きく稼げるような商いではなく、だからこそショベルの存在が大きいのだ。

　それなのに、まさかショベルよりも優先する仕事が、他にあっただなんて！

　僕が目を丸くすると、師匠はやや気まずげに視線を逸らす。

「いや、それも否定はできないんだが……。けどな？　たとえ安い武器でも、俺は手を抜いたことはねぇし、それを気に入ってくれるヤツらもいるんだよ」

ガンツさんの店で武器を買った冒険者も、ある程度の実力を付けると他の町に拠点を移す。

その大半は、移動した先の町で武器を買うようになるのだが、ガンツさんの武器の良さを理解できる人、それによって命を助けられた人など、ごく限られた人の中の、更にごく限られた成功者が、わざわざガンツさんの所に来て武器の注文をしてくれる。

そういう人たちは当然、お金も持っているので、経営的にはかなり助けられているらしい。

「……まぁ、それでも、金払いの良さはアイツらに敵わねぇんだが」

「トーヤ君たち、とんでもない大金でも、あっさり払ってくれますからねぇ……」

僕は師匠と共に、感嘆混じりのため息をつく。

スタート地点は同じだったはずなのに、今は随分と差が付いてしまっている。

もちろん、トーヤ君たちはそれに見合う努力はしているみたいだし、僕にはできないと思うから嫉妬はないけれど……ただひたすら、感心するとしか言いようがない。

「アイツらは、自分たちの身を守るための投資は一切惜しまない。駆け出しのガキにも分不相応な物を買ってやるし、自分たちの訓練も怠らない。冒険者の鑑だよな」

「はい。それに高価な素材まで持ち込んでくれますし、優良顧客ですよね？」

僕がそう指摘すると、ガンツさんは腕組みをして深く頷く。

「そこだよな。こんな田舎であれほどの武器を作る機会なんぞ、普通なら一生に一度ってレベルだからなぁ……。鍛冶師冥利に尽きるぜ。お前もアイツらに感謝しろよ？」

「解ってます。多少鍛冶の腕があっても、素材がなければ宝の持ち腐れですからね」

どんなに【鍛冶】スキルのレベルを上げたところで、ただの鉄で伝説の武器を作るなんてことは絶対に不可能。頑張っても、ワンランク上の素材と同等ぐらいが限界だろう。

だから、僕に良い武器を作る機会をくれるトーヤ君たちには、本当に感謝している。

「でも、それはそれとして。事情は理解しましたし、武器の方を優先する理由も納得ですが、それならショベルの方を断るか、納期を遅らせるように交渉すれば良かったのでは？」

無理に仕事を請けないといけないほど、このお店は厳しい状況にはない。

僕の指摘はかなり妥当なものだったはずだけど、師匠は困ったように眉尻を下げる。

「いや、それがな？　この依頼、領主様からのものなんだよ。トミー、お前なら断れるか？」

「……断れませんね」

理不尽な親会社とか、優良取引相手とか、目じゃないぐらいに力関係がハッキリしている。

まぁ、前世の僕は高校生だったので、想像でしかないけどね？

「もちろん、本当に無理なら断ったぞ？　ウチの領主様は理不尽じゃないから、交渉も可能だしな。だが、ギリなんとかなりそう、となるとな。頑張ってくれねぇか？　この通り！」

そう言いながら、師匠は頭を下げる。

そこまでされては、弟子として断ることはできず。

僕はそれから半月ほど、寝る間も惜しんで鎚を振るうことになったのだった。

◇　◇　◇

師匠がちょこちょこ手伝ってくれたこともあり、ショベルは期日までに納品された。

ただ、その代償として、僕は疲労困憊。

さすがにしばらく休まないとやってられないと、少々やさぐれ気味の僕に、師匠が感謝の言葉と共にくれたのは、数日の休暇とボーナスの入った小さな革袋だった。

こういうところはしっかりしていると、素直に感謝しつつ、泥のように眠り。

翌日の夕方、ようやく起き出して貰ったボーナスを確認してみたところ。

――んん？　これ、小さい家なら買えそうな額なんだけど？

さすがに間違いということはないだろうけど……良いのかな？

まぁ、ありがたく受け取っておこう。今後のことを考えれば、お金は貯めておいて損はないし。

独身だし、家事も面倒だから宿暮らしを変えるつもりはないけどね。

「さて、どうしようかなぁ……？」

本当なら、このボーナスを使って、トーヤ君やナオ君を誘ってちょっと一杯といきたいところなんだけど、残念ながら二人は付き合ってくれないんだよね、お酒には。

二人して、どうもエールが苦手なようで。

慣れたら結構美味しいと思うんだけどね、僕としては。

食事には付き合ってくれるから、また今度、美味しい店を見つけたら誘ってみよう。

今日のところはいつものように、ここ〝微睡みの熊〟で一杯。

宿の部屋を出て食堂に下りていくと、すぐに声が掛かった。

「おう、トミーじゃねぇか。久し振りだなぁ、おい」

「あ、ブレッドさん。おひさです。ちょっと仕事が立て込んでまして……っと、まずは一杯」

既に半分ぐらいできあがっているおじさんに挨拶を返しつつ、僕はカウンターへ向かう。

〝微睡みの熊〟で早く飲むためのコツ。それは自分で受け取りに行くこと。

運ばれるのを待っていたら、いつまで経っても飲めないのだ。

いい加減、ウェイトレスでも雇ってほしいところだけど、その人件費を削減した分が食事の味に反映されていると思えば、苦情も言えない。

ちなみに、もうワンランク上の常連になると、勝手に中に入って注いでくる。

もちろん、お金は払うけどね？

僕はまだそこまでじゃないので、カウンターでお金を払って、親父さんからジョッキを受け取り、先ほど声を掛けてくれたブレッドさんのテーブルに腰を下ろした。

「そいじゃ、かんぱーい！」

ブレッドさんとジョッキをガツンとぶつけ、『ごっごっごっ』と半分ほどを一気に飲む。

「ふぃ〜〜。美味い！」

「はっはっは！　それでなんだ？　臨時の仕事でも入ったのか？」

「ええ。ちょっと納期が厳しいのが。やっぱブレッドさんとこでもそういうの、ありますか？」

「いや、ウチはあんまりねぇな。最近は特に高級路線に傾斜してんからな。別の町に運ぶのに、急な仕事とか、よっぽどじゃなけりゃ、無理だろ？」

ブレッドさんは中年の木工職人。

その中でも、特に細かい細工を得意としている。

家具の表面に長い時間をかけて細工を彫るので、僕みたいに『急ぎのお仕事。半月で！』みたいなことはあり得ないのだろう。

僕も美術品のような武器を作るようになれば、別かもしれないけど……先は長そうだなぁ。

「家具関係は好調なんですか？」

「好調も好調。近年稀に見る好景気さ！　品不足になっていた銘木が一気に供給されたからな。たぶん、数年程度は仕事が途切れないいな」

「へぇ、そうなんですか」

ウチの店はあんまり扱わないけれど、家具関係の金物を作ることも、たまにはある。

けど本当にたまにで、その金物も細かい装飾は別途、金工職人が担当するんだけどね。

逆によく入る注文は、木工に使う道具の方。

一応武器屋なんだけど、案外、こういう工具の売り上げが、大きな割合を占めてたりするんだよねぇ。ラファンには高い武器を買うような冒険者、少ないから。

トーヤ君たちがほぼ唯一の大口顧客といえば、どういう感じか解るよね？

「あん？　今日はトミーが来てんのか。久し振りじゃねぇか」

「アンドリューさん。ええ、一段落付いたので」

そんな言葉と共に、僕とブレッドさんのテーブルにどかりと腰を下ろしたのは、冒険者ギルドで働いているという、アンドリューさん。

五〇歳ぐらいの、この世界では、下手をすればお爺さんと言われるような年齢の人。

この人もブレッドさん同様、頻繁にこのお店に飲みに来るので、僕とは顔なじみになっていた。

「アンドリューさんはどうですか、最近」

「別に変わんねぇよ。この町の冒険者なんざ、所詮、足かけか、半ば引退したような奴らばかりだ。ちぃーと腕が上がったと思ったら、すぐに出て行っちまう。一攫千金を夢みてな」

ため息をつくように首を振った後、僕を見て「あぁ」と言葉を続ける。

「そういや、お前の知り合いの冒険者は違うな。正直、さっさと出て行った方が成功できると思うんだが……。なんで残ってんのかねぇ？」

アンドリューさんはちびちびとエールを飲みながら、肩を竦めた。

やはり若者は都会に行きたいようで、ちょっと無理をしても町を出て行くみたい。

その点、ハルカさんたちは……都会云々に関してはあんまり興味は持たないだろうなぁ。

こちらの都会なんて、僕たちからすれば『古都探訪』って感じだろうし。

「やっぱり、別の町の方が冒険者として成功できますか？」

「そりゃ当然だろ？　この町の仕事を見てみろよ。ルーキーにはちょうど良いんだが、大したもんがねぇだろ。同じ技量なら迷宮都市に行く方がよっぽど稼げる。貴族との繋がりに関しても、ここじゃ、ネーナス子爵家以外はおおよそ無理だぜ？　あの家も悪かねぇんだが……」

統治者としては良くとも、残念ながら勢いのある家ではないし、金回りの方もイマイチなんだとか。冒険者が繋がりを求める相手としては少し微妙らしい。

「おめぇの知り合いは特殊事例だな。まぁ、俺たちからすりゃ、ありがたいんだが。銘木の供給、あいつらの仕業だろ？」

「……ご存じなので？」

「シモンさんの所から出てるが、ちっとばかし目端が利けば判るさ。一部、妬んでるヤツもいるが、問題はねぇだろうな。この町で木工職人を敵に回す意味を知らんヤツなんざ、モグリだ」

トーヤ君たちに手を出して銘木の供給が途切れるようなことになれば、町ぐるみで報復がある。

それを覚悟で馬鹿なことをする人はいない。

簡単に言えばそういうことらしい。

一安心――でも、トーヤ君たちにはお世話になってるし、一言ぐらい伝えておこうかな？

慎重なハルカさんたちが認識していないとも思えないけど、一応ね。

「そーいや、チョイと話は変わるが、トミー、おめぇ、成人してんだよな？」

「あ、はい。一応。まだまだ未熟ですけど」

「カーッ、うちの奴らに聞かせてやりてぇぜ！　大した腕でもねぇくせに、口ばっかいっちょ前になりやがる。そんだけの腕があって未熟とか、ガンツのヤツも大変だなぁ、オイ！」

僕の背中をバシン、バシンと叩きながら言うブレッドさんの工房には、弟子が三人いるらしい。

この店に連れてくることはないので、会ったことはないんだけど。

その人たちの腕に関しては、酒が入ると大抵『未熟者だ』と愚痴っている。

もっとも、お酒の席でのことだし、実際にどの程度の腕なのかは不明なんだけど。

ちなみに、なんで飲みに連れてこないのか、と聞いたら、『バカヤロウ！　俺の席がなくなるじゃねぇか!!』と怒られてしまった。

まぁ、〝微睡みの熊〟は、近所の人が集まる穴場的なお店だからね。

僕だってトーヤ君に紹介されなければ、ここに宿屋があると知ることはなかっただろうし。

あんまり席数は多くないし、秘密にしたい気持ちも解る。

「あいつら、道具の手入れからしてなってねぇんだよ！　俺が若ぇ頃は、大半の時間を研ぎに費やしたもんだぜ？」

ブレッドさん。その話、耳タコです。

酔っ払いあるある。同じ話を繰り返す。

こういうとき、素面でいられる【蟒蛇】が少々厄介に感じる。

ちなみに対処方法は、適当に聞き流してハイハイと頷いておくこと。

しかし、酒の入りが甘いと、聞き流していることがばれるので、注意が必要。

「……あー、そうじゃねぇ。トミーの話だった。おめぇ、独立するつもりはねぇのか？　ガンツも別に反対はしねぇだろ？」

「ハイハ……あ、いえ、今のところは考えていませんね」

「そうなのか？　お前の腕なら独立してもやっていけんだろ？」

不思議そうに尋ねるアンドリューさんに、僕は曖昧に首を振る。

「稼げるかどうかは。ミンサーは持って行って良いと言われていますが……」

「仕事がそんなにねぇか。クズ肉が美味く食べられるアレは便利だが、大量には売れねぇか……。となると、やっぱ武器と防具。ガンツと被るよなぁ」

一応、僕も考えていないわけじゃない。

例えば、製麺機。

以前、トーヤ君たちと話した時には却下したが、よく考えれば悪くないかもと思い直した。

確かに麺を食べる習慣はあまりなさそうだけど、乾麺の便利さは言うまでもないし、オークが流通しているこの町なら、豚骨ラーメンならぬ、オーク骨ラーメンだって作れる。

やり方次第で、製麺機の需要も出てくるだろう。

それから、アイスクリームメーカー。

これも絶対に数が出る物じゃないけれど、超高級路線の製品として、年に一、二台売れれば生活できるぐらいを目指すのは、ありかもしれない。

その上で武器の販売を、受注生産の高機能品だけに特化できれば——。

「トミー、お前は別の町に行くつもりはねぇんだよな？」

「——え？　あぁ、はい。今のところ、そのつもりはまったく」

考え込んでいたところに、アンドリューさんから尋ねられ、僕は慌てて頷く。

「別の町だからと、店を開くのが簡単になったりはしませんよね？」

「伝がなけりゃ、厳しいな。鍛冶屋がない町なら別だが、そんな町は余程の訳ありだ」

「そんな訳ありの町には行きたくありませんねぇ。たとえ、招かれたとしても」

それ、何か問題があって過去の鍛冶屋が逃げ出したか、そもそも仕事として成り立たないから鍛冶屋がいないかのどっちかじゃん。どう考えても地雷だよ。

「だろうな。ガンツと仕事を分け合えば、この町で店を開いてもやっていけるとは思うが……。それならあえて独立する意味もねぇか。ラファンの冒険者が急に増えるわけもねぇしな」

アンドリューさんは納得したように頷くが、それに異議を唱えたのはブレッドさんだった。

「いや、意味はあんだろ。嫁だよ、嫁。独立した方が嫁は貰いやすいだろうが。予定はねぇのか？」

「嫁、ですか？　残念ながら。種族的な問題がありますから」

「カーッ、それがあるかぁ。この町にはほとんどいねぇもんなぁ、ドワーフ。故郷に好いヤツはいなかったのか？　今の稼ぎなら、呼び寄せても養えんだろ？」

「それは、いませんでしたねぇ……」

ドワーフの集落の出身じゃないしね。

ちなみにこの世界の女性ドワーフ、ちょっとずんぐりむっくりなところはあるけど、髭もじゃではないんだよね、幸いなことに。種族の変化によって僕の嗜好、その他も変化している気はするけれど、さすがに髭もじゃの女性と結婚したいとは思えない。

ついでに言えば、ロリって感じでもないので、一部の紳士が大歓喜することもなければ、人間の子供と間違えることもない。いろんな意味で安心だよね。

「アンドリュー、冒険者にはいねぇのか？」

「ドワーフか？　この町にはいねぇんじゃねぇか？　儂は窓口担当じゃねぇから詳しくねぇが」

僕も女性ドワーフ、実物は見たことないしね。

店には冒険者も来るけど、その大半は人間だし。

「てぇーと、ガンツが世話することになんのか。チョイと大変そうだなぁ」

ブレッドさんが、難しい顔になって考え込む。

けど、この世界の師弟関係って、仲人おばさんみたいなことも必要になるの？

「そういうものなんですか？」

「そういうものだな。おめぇ、親がいねぇんだよな？　なら、自分の弟子に嫁の世話をすんのは、師匠の甲斐性ってもんだ」

「いや、でも、僕、まだ一年足らずですよ？」

僕がそう言うと、ブレッドさんはハッとしたように、少し驚いた表情を浮かべる。

「……そういやぁそうだったな？　腕が良いから忘れてたぜ。そうなるとチョイと微妙か？　丁稚から入れた弟子なら世話しねぇなんてあり得ねぇんだが」

嫁の世話……嬉しいような、ありがた迷惑なような。

でも、この町にいる限り、ドワーフ同士での恋愛なんて難しそうなんだよね。

対象となる相手がいないから！

なら、異種族はどうかといえば、これも難しい。

僕なんかは元が人間だからか、ハルカさんたちを見て普通に可愛いと思うし、恋愛対象にもなり得ると思うんだけど、これはドワーフとしてはマイノリティー。

その逆もまた同じことで、ドワーフと他種族のカップルは、かなりの少数派らしい。

簡単に言ってしまえば、普通なら無理。

人間、エルフ、獣人に関してはそこまでじゃないから……やっぱ原因は身長？

ドワーフが多くいる地域に移住するという方法もあるけど、元の世界で外国に移住するのがイージーモードに思えるほどに難しいからなぁ、この世界だと。

「ま、まぁ、そのうち機会があらぁ！　気落ちすんな！」

僕が考え込んでしまったことで、ブレッドさんは『しまった！』と思ったのか、慌ててフォローするようにそんなことを言い、アンドリューさんもまた頷いて口を開く。

「おう、儂もドワーフの冒険者がいたら気を付けておく」

「ですね！　いつか出会いがありますよね！」

——うん。取りあえず、飲もう。

いくら師匠でも、ドワーフの女の子を探してくることは難しいだろうし、あんまり考えても仕方ないよね。ドワーフは人間より寿命が少し長いみたいだし、しばらくはのんびり構えていよう。

問題は先送りして、僕はエールのお替わりを注文するため、ジョッキを手に立ち上がる。

だがしかし、数年も経たないうちに、その予想は覆されることになるのだが……。

当然、その時の僕は、まったく想像もしていなかった。

サイドストーリー「翡翠の翼　其ノ五」

貴族による地方分権が行われているこの国では、土地の住みやすさは領主に依存する。

今回、ネーナス子爵の領地に戻るにあたり、私たちはその評判を事前に調べていた。

その結果判ったのは、評価が大きく二分されていること。

それを簡単に纏めるなら、一つは『圧政を敷いており、危険な領地である』というもの。

他方は『領民思いの領主で、とても暮らしやすい領地である』というもの。

あまりにも相反する二つの評価には少々混乱させられたが、私たちは一度、ネーナス子爵の領地にあるサールスタットの町に滞在した経験があるわけで。

少なくともあの町で、『圧政』を感じたことはなかった。

それ故、もう少し詳しく調べてみれば、評価の基となる時期が明確に異なることが判った。

具体的に言うなら、酷い評価は先々代ネーナス子爵のもの。

暮らしやすいという、良い評価は今の領主のもの。

それだけでもかなりの安心材料であり、私たちが移動を決意するのに十分な情報だった。

とはいえ、今回の目的地であるラファンの町は、初めて訪れる場所。

実際はどうなのかと、若干の緊張感を持って町に入ったのだけど……。

「なんだか……のんびりした空気の町だね？」

「はい。キウラより、雰囲気は良いですの」

「そうじゃな。逆に稼げそうな感じではないが、暮らすには良さそうな町じゃのぅ」

私たちもこの世界に来て一年以上。

間違って治安の悪い場所に迷い込み、ちょっと危ない目に遭う経験なども経て、なんとなくではあるけれど、町の雰囲気を感じられるようにはなっていた。

そんな私たちの感覚からすれば、ラファンの町は『平穏』。

冒険者が多い町にありがちな、急かされるような慌ただしさはなく、小さなコミュニティにありがちな排外的な空気もない。町も全体的に清潔であり、荒れている様子もまたない。

歌穂が口にした通り、普通に暮らしていくなら良さそうな町。

それが私の抱いた第一印象だった。

「引退して家を構えるなら、こういう町が良いですの」

「同感じゃな。今は良いが、衰えてきてからは危険な町を避けたい」

「私も。だけど、そのためには、それまでにしっかりお金を貯めておかないとダメだよ。この町で貯蓄ができるほどに稼げるか。それが重要じゃないかな？」

第一の目的は〝明鏡止水〟というパーティーに会うことだけど、お金を稼げないようなら、ここに長期間滞在することは難しい。

多少の蓄えはあっても、生きているだけでガンガン減っていくのがお金なのだから。

「そうじゃなぁ。儂もそろそろ、武器の更新もしたいしのぅ」

「それを言うなら、佳乃の武器を新しくするべきですの。最初に買ってから変わってないのです。私はほとんど使わないから、良いですが」

「んー、困ってはないけど……良い物があったら欲しいかも？」

最初に歌穂が買った大剣は間に合わせだったけれど、二本目に買った物は鋼鉄製の高品質なもので、今もしっかりと活躍してくれている。

対して私の使っているメイスは、お世辞にも良い物とは言えない。

オークのような大物は、歌穂の大剣と紗江の魔法が斃してくれるので、私のメイスが活躍する機会は少ないけれど、万が一に備えて良い物が欲しいと思うことはある。

でも、それよりも今、必要なのは――。

「私としては、防具を充実すべきだと思ってるんだよね。動きやすさ優先でソフトレザーの防具を使ってるけど、心許ないでしょ？　今後のことを考えるなら」

私たちのメインターゲットがオークだったので、殴られないことを最優先として選んだ防具。

ミスった場合には、私の高い治療能力でカバーするやり方だった。

でも、敵をオークと限定しないのであれば、やはりしっかりした防具で備えておきたい。

「ふむ。道理じゃな。じゃが、次となると……まさか、全身鎧というわけにもいくまい？」

「歌穂ならいけそうです。でも、私や佳乃は無理なのです」

「儂も無理――じゃなくとも、嫌なのじゃ！」

自分の身長ほどもある大剣を振り回す歌穂だからね、全身鎧を着ても動けそうではある。

でも、嫌なのも理解はできる。可愛くないし。

「鎧関係でいうなら、鎖帷子あたりが妥当かなって思ってる。あとはブーツとグローブを良い物にするのも必須みたいだね。手脚をやられちゃうと致命的だから」

「未知の場所に行くなら、必須じゃろうな。ダンジョンに入れるかはまだ判らんが、毒にも注意すべきじゃろうて。佳乃と違うて、儂らに【毒耐性】はないからの」

「同感です。いくら佳乃の『毒治癒』があっても、一瞬で死んだら無意味なのです」

そう。オークだと気を抜かなければ一撃死は避けられたけど、他の魔物だとどうなるか。

さすがに私でも、死んじゃった人を生き返らせることはできないから。

「ただね、問題はお金でねぇ……。三人分の鎖帷子、それもそれなりに良い物となると、すっごく高いの！　びっくりするぐらいに！」

「そうなのか？　儂は調べたことがないんじゃが……」

「うん。素材の入手性もあるらしくてね。キウラで見積もってもらったら、なんと……」

「「……なんと？」」

私が声を潜めると、すすっと歌穂と紗江が顔を寄せてくる。

「――安くても数百万レアだって‼」

「ご、豪邸が建ちますの……」

「グローブやブーツも良い物にしたら、更に数十万！」

「ヤ、ヤバいのじゃ。スッカラカンどころじゃないのじゃ……」

それなりに貯めている私たちのパーティー資金、それを全部吐き出したところでまだ足りない。

もちろんメンテナンスだって必要だし、買って終わりというものでもない。

武器や防具という物はそれぐらいに金食い虫なんだよねぇ。

「そんなわけで、この町でもそれなりに稼ぎたいところだけど……」

「あんまり良いお仕事はないと聞いてます。難しいかもしれないのです」

「じゃがそれは、ルーキー基準かもしれんぞ？　儂らほどの腕があれば可能性は……いや、ここで話していても埒は明かんの。冒険者ギルドに行ってみるとしよう」

ラファンの町の冒険者ギルドは、決して悪くない雰囲気だった。

――ううん。それを判断できるほど、人がいなかったと言うべきかも？

時間的な問題か、ギルドの建物の中は閑散としていて、冒険者らしき姿はゼロ、受付の人も余裕がありそうで……でも、考えようによっては、これも悪くないかな。

少なくとも仕事もせずに管を巻くような冒険者はいないってことだし、受付の人に余裕があれば、遠慮をせずに色々と話を聞くこともできるってことだから。

「むぅ、仕事が少ないのは、やはり間違いはないようじゃ」

「割の良くないものしか、貼られてません」

歌穂と佳乃が見ているのは、壁の掲示板。

依頼がないってことはないけれど、彼女たちが言う通り、依頼料はとても微妙。

少なくとも、それなりに冒険者ランクも上がった私たちが、満足できるようなものじゃない。

でもこれは予想通り。私はカウンターを見て、優しそうなお姉さんを選んで声を掛ける。

「こんにちは。少し相談したいのですが、良いですか？」

「ええ、構いませんよ。初めてのご利用ですよね？」

お姉さんは書類仕事をしていたけれど、嫌な顔もせずに手を止め、私たちの顔を見てニコリと微笑む。大きな町じゃないし、冒険者全員の顔を覚えているのかもしれない。

「はい、今日、この町に来たところです。しばらくこの町に滞在しようと思っていますので、色々とお世話になるかと思います。よろしく願いします」

「よろしくなのじゃ」

「よろしくです」

そう言いながら私たちがギルドカードを示すと、それを確認したお姉さんは僅かに眉を上げた。

「ヨシノさん、カホさん、サエさんですね。私はディオラと申します。こちらこそ、よろしくお願いします。ランク三の冒険者の方がこの町に滞在されるのは、珍しいですね？」

「そうなんですか？　雰囲気は良さそうな町だと思いますけど」

「ありがとうございます。ですが、あの通りでして」

そう言いながらディオラさんが視線で示すのは、空きの多い掲示板。

あの依頼の数と報酬であれば、ランクの上がった冒険者が長期滞在は難しいか。

「確かに、ちょっと厳しいのぅ。やはりここで稼ぐのは厳しいかの？」

「いえ、必ずしもそうとは。実力さえあれば、採取や討伐でも十分に稼げます。ただ、この町でそれだけの実力を付けるのは、簡単ではないのです。具体的には――」

そう言って、ディオラさんが説明してくれたところによると、ルーキーを卒業した冒険者が戦えるような魔物が、この町の周囲には生息していないらしい。

ゲーム的に喩えるなら、適正レベルが二以下の敵と六以上の敵しかいないような状態かな？

レベルが三になった冒険者が効率的にレベルアップを図るなら、他の町で適正レベルの敵と戦う方が良いし、そちらでレベルを上げてしまえば、わざわざこの町に戻ってくる理由もない。

なら逆に、高ランクの冒険者がこの町に移ってくる理由があるかといえば、それもまたない。

国全体から見ればこの町は辺境。町の雰囲気は悪くないけれど、移住のハードルが高いこの世界で、それを決断させるほどかといえば、決してそこまでのものではなく――。

「そういえば、最近、近くでダンジョンが見つかったんですよね？　それはどうなんですか？」

ちょうど良い切っ掛けかと話を振ってみるけれど、ディオラさんは小さく首を振る。

「残念ながら、そこまで有望なダンジョンじゃないんです。あれを売りにしたところで冒険者が集まるとは到底……。もしかして、皆さんはダンジョンを目的として来られたんですか？」

「興味はあるのじゃ。これまで縁がなかったからの。どんなダンジョンなんじゃ？」

「えぇっと、色々と事情があって、詳しいことはお話しできないのですが……。それにダンジョンに入れるのはランク四からですよ？　皆さんはまだ――」

「はい、それは解っています。ただ、ちょっと興味があっただけです。他の町で調べても何も判らなかったので、聞いてみたかっただけなのです」

隠されると少し気になるけれど、今のところ入るつもりがないのは本当。

しかし、そう釈明する紗江、そして私たちをディオラさんはやや疑わしげな目で見る。

「……一応、お伝えしておきますが、ダンジョンには近付かない方が良いですよ？　あそこの周辺に出没する魔物はかなり凶悪です。皆さんよりも高ランクで、人数も多い冒険者パーティーですら、死にそうになっていますからね」

「高ランク……。それはもしかして、〝明鏡止水〟のパーティーですか？」

私がそう言った瞬間、ディオラさんの笑顔が貼り付いたものに変わったような気がした。

間違いなく笑みは浮かべているのだけど、紙一枚隔てているかのような、そんな空気感。

「申し訳ありませんが、個別具体的なことについてお答えすることはできません」

まるで官僚答弁。もしかして、警戒された……？

「そ、それじゃ、〝明鏡止水〟について訊くことも？」

「もちろんです。冒険者の個人的な情報をお話しすることはできませんから」

先ほどまでと同様に笑みは浮かべているのだけど、更に事務的になったディオラさんの口調に対し、私たちは慌てて言葉を継いだ。

「えっと、一応知り合いなんです。ナオ君とトモヤ君、ハルカさんのいるパーティーですよね？」

「他にもおそらく、ナツキやユキもいるのじゃ」

個人名を出したからか、ディオラさんの視線が若干柔らかくなるけれど、納得したという風ではなく、私たちを見回して小さく首を傾げる。

「人間、エルフ、獣人……。関係はありそうな組み合わせですが、彼らからあなた方の話を聞いた覚えはないのですが？　本当にお知り合いですか？」

もしかしてハルカさんたちは、この人と親しいのかな？

ただの冒険者と受付嬢の関係だと、個人的な話はしないと思うし。

「時々話す程度の知り合いですの。雑談で出るほどの関係じゃないのです」

「じゃな。儂らも何らかの切っ掛けがなければ、彼女らのことを他人に話したりはせんしのぅ」

「そうですか。そう言われると理解はできますが……」

キウラのギルドだともう少し緩い感じだったんだけど、ディオラさんがしっかりしているのか、それともハルカさんたちが特別なのか、思った以上にガードが堅い。

紗江と歌穂の言葉を聞いて少し沈黙したディオラさんは、小さく首を振って続ける。

「どちらにしても、〝明鏡止水〟の皆さんに直接確認しないと何も言えませんね。ちょうど今はお仕事で町を離れているので、私から彼らの情報を伝えることはできません」

「あー、タイミングが悪かったですね。この町に帰ってくることは？」

「はい、それは間違いなく」

冒険者なんて結構気ままに拠点を変えるのに、それは確信を持った言葉のようで。

歌穂と紗江に尋ねるように目を向けると、二人は小さく頷く。

「解りました。では、帰ってくるのを待つことにします。ついでに、どこかお薦めの宿を教えてもらえませんか？　安全でご飯の美味しい所が良いんですけど」

「それでしたら、〝微睡みの熊〟という宿がお薦めですね。ハルカさんたちもご利用になっていましたし、かなり満足されていましたよ。皆さんもきっと気に入るかと」

「ふむ。彼女らが満足する宿なら、問題はなかろう」

うん。安い宿だと、かなり不潔なところもあるんだけど、ハルカさんたちが使っていたところなら、その心配はなさそう。となると、あと問題となるのは……。

「滞在費を稼ぐ必要がありますの。どんな仕事が効率的か、それが重要です」

「だね。ハルカさんたちは、どんな仕事――って、これも訊くのはダメですか？」

「少し調べれば判る程度のことなら。時季によってはディンドルを採取されていましたが――」

そう言いながら、ディオラさんは意味ありげに紗江を見るけれど、この世界の事情に詳しくない私たちに察することなどできず、紗江はニコニコと笑うだけ。

幸い、反応がなければ変というほどではなかったようで、ディオラさんは言葉を続ける。

「そうですね、ランク三の皆さんが今の時季にやるのであれば、オークあたりが良いのでは？　油断はできない魔物ですが、売りやすいですし、森の奥に行けば見つかると思います」

「オークですか。それなら慣れているので、好都合ですね」

良い仕事がなかったとしても、オークを狩れるのであれば、生活には困らない。

私がホッと息を吐くと、ディオラさんは少し意外そうに私たちの顔触れを見る。

「そうなんですか？　女性パーティーだと、オークを忌避される方たちも多いのですが……。そういえば、最近、キウラで頭角を現したパーティーが、確か〝オーク・イー〟――」

「私たちのパーティーは、〝翡翠の羽〟、です！　それが正式名称です！」

「そうじゃ！　そんな不名誉な名前は知らん！」

「今言いかけた名前は他言無用ですっ！」

「あ、はい。了解しました」

三人揃って、ぐぐっと迫ると、ディオラさんは少し仰け反るようにして頷く。

「ちなみに二つ名も、ほんのりと伝わっていますが――」

「同じですっ！　少なくとも私は！」

　歌穂と紗江は知らないけれど、私は二つ名のリニューアルを期待したい！

「そうなんですか？　ヨシノさんは確か、エンジェ――」

「ダメですっ。言わないでください。どこから広がるか判らないので！」

　忌まわしき名前を口にしかけたディオラさんに、ぴっと手のひらを突き出して止める。

　たとえこの場に他の冒険者がいなかったとしても、何が蟻の一穴になるか判らないのだから。

「は、はぁ、そうですか。まぁ、本人が不本意でしたら、ギルド職員としては使おうとは思いませんが……二つ名って、冒険者たちが勝手に言うものですから、止めることは難しいですよ？」

「うっ。ですよね。変更できないものですかねぇ……」

「自分で付けて宣伝する冒険者もいますが、そういうのは大抵、好意的には広まりませんね。嘲笑的な意味合いで広まって、馬鹿にされることはありますが。――やってみますか？　元々二つ名を付けられるぐらいの実力があれば、上手くいくかもしれませんよ？」

「さ、さすがにそれは……恥ずかしいです」

　悪戯っぽく笑うディオラさんに、私は引き攣った笑みを浮かべる。

　仮にあまり恥ずかしくない二つ名にしたとしても、それを自分で名乗ったとなると一気に……。

「諦めるのじゃ、佳乃。おぬしはやはり『ドS』なのじゃ」

「せめて『天使』の方を残して!?　ち、ちなみに、ハルカさんたちに二つ名は？」

　似たような二つ名で呼ばれているなら、まだ救われる。

　しかし、そんな私の期待も虚しく、ディオラさんは困ったように苦笑を浮かべた。

「私が把握している限りはないですね。〝明鏡止水〟の皆さんは、誰も」

「お仲間はいなかったですの」

肩を竦め、やれやれと首を振る紗江を無視して、私はディオラさんに詰め寄る。

「あれだけ活躍してるのに！　変じゃないですか⁉」

噂のすべてが本当とは思わない。

でも、噂になるだけの活躍はしているはずで。

私たちなんて、一つの町でちょっと有名なだけにすぎない。それなのに、他の町にも名声が轟くハルカさんたちに二つ名がないなんて、あり得る⁉　絶対おかしいよ！

「原因は、他の冒険者とほとんど関わらないことでしょうね。尊敬はされているようですが、親しまれてはいないといいますか……。町には馴染んでいるんですけどね」

「そうなんですか……」

こ、これは、私がステキな二つ名を考えてあげるべき……⁉

私の二つ名が霞むくらい、すっごくステキなのを！

「……一応、忠告しておきますが、〝明鏡止水〟の皆さんと敵対すると、この町では暮らしづらくなると思いますよ？　冒険者以外には知り合いも多いですし」

「あ、あははは、べ、別におかしなことは考えてませんよ？　ええ、もちろんです！」

新参の私たちが地元の有力冒険者と敵対するなんて、愚かなことをするはずもない。

それに、妙なスキルのこともあって、クラスメイトでも油断できない中、ハルカさんたちは数少ない人柄的に信用できそうな人たちなのだ。対立するなど、考えたくもない。

ジト目を向けてくるディオラさんに、私は必死で首を振るけれど……。

「嘘じゃな。自分がやられたから、やってやろうと考えていた顔じゃな」

「はい。恥ずかしい二つ名をこっそり広めようとか、考えていた顔ですの」

「誤解だよ！　私はステキな二つ名を考えてみようかなって――あ」

味方から撃たれてポロリと漏らした私の言葉に、ディオラさんがため息をつく。

「はぁ。多少揶揄うぐらいで、怒ったりはしないとは思いますけど、取り返しのつかないことは、やめておいた方が良いですよ？　一度広まった噂はなかなか取り消せませんから」

「は、ははは、肝に銘じます。――自分で実感してますし」

私の二つ名にしても、〝オーク・イーター〟にしても、自分たちで名乗ったことはないのに、広まってしまってるわけだからねぇ。後から名乗った〝翡翠の羽〟はなかなか浸透しないのに。

「はい。お気を付けくださいさい。私たち冒険者ギルドは中立――という建て前になってますので」

実際は利益のある方を優先するということですね？　解ります。

とても明確に『建て前』を強調するディオラさんに、私たちは揃って頷いた。

◇　◇　◇

ディオラさんが紹介してくれた宿は、教わらなければとても見つけにくい場所にあった。

宿の亭主は非常に無愛想で、宿代もそこまで安くはなかったけれど、部屋の広さや清潔さなどに関しては満足のいくもので、私たちはそこで宿を取ることにした。

そして、もう少し〝明鏡止水〟について調べようと、町で噂を集めてみたのだけど……。

「キウラで集めた噂、概ね正しかったのじゃ……」

「本当ですの。微妙なニュアンスの違いはあっても、やったことは嘘じゃなかったです」

例えば、『ラファンを恐怖に陥れた菌が蔓延した時、それに対抗して立ち上がり、見事にすべてを浄化してみせた』なら、『菌』は茸のことで全員が影響を受けるものではなかったし、『浄化』というのも、依頼として対応に必要な素材を採りに行ったというものだった。

それでもハルカさんたちがいなければ、もっと大事になっていたことは間違いない。

他の噂に関しても似たようなもので、彼女たちに感謝している人は多く、『敵対すると、この町では暮らしづらくなる』というのは、冗談じゃなさそうという雰囲気は感じた。

私もキウラではそれなりに慕われてたけど……冒険者からは、だからなぁ。

しかも、微妙に嬉しくない慕われ方だったし？

「二人が気になった情報って、なにかあった？」

「私は、神殿に日参しているって話が気になりましたの」

「あぁ、あれ？　早朝のジョギングで立ち寄ってるみたいだけど、特に意味はないんじゃ？」

ハルカさんたちに信心深いという印象はなかったので、少し意外だけど、元の世界でもジョギングを日課としていれば、そしてコースの途中に神社があれば、参拝ぐらいはするかもしれない。

「それ以外でも、頻繁に神殿を訪れているという話もありました。キウラでも聞いた、『孤児院に寄付をしている篤志家』という情報が裏付けられた形ですが……」

「こちらに来て宗教に嵌まったのかの？　あんな体験をすれば、仕方ないのやもしれぬが」

「どうかなぁ？　もっと合理的な人、というイメージかも？」

そんなに親しくはなかったから、本当にイメージでしかないんだけど。

孤児が可哀想だから寄付をするのが目的とか、ゲームみたいに神殿で祝福してもらうと何らかの効果があるとか、そういった理由の方がまだしっくりくる。

特に後者は、魔法がある世界だけにあり得ないとは言えないし。

「そういえば、私たちは一度も神殿に行ってませんの」

「だよね。折角の機会だし、明日、神殿に行ってみる？」

「そうじゃな。一度ぐらいは参拝しても良いかもしれん。中を見たこともないしの」

私たちがキウラで住んでいた家と神殿が離れていたこともあって、縁がなかったんだよねぇ。

怪我や病気の治療をしてくれる所もあるようだけど、どちらも私がいれば必要のないことだし。

「なら、明日はその予定で……そろそろ夕食に行こっか。この宿は朝夕が出るみたいだし」

「じゃな。あんまり遅くなると、面倒なことになりかねん。早めに終わらせようぞ」

「ですの。酔っ払いの相手はしたくありません」

私はともかく、獣人の歌穂とエルフの紗江は目立つ。

差別はされなかったけど、最初のうちはキウラでも、酔っ払いに絡まれることが多かった。

幸い、【豪腕】持ちの歌穂がいるので容易に撃退できたし、それを繰り返したからか、それとも二つ名が浸透したからか、私たちに絡んでくる人はいなくなったけれど。

対してこの町で、私たちは知られていない。

キウラと同じことを繰り返すのは面倒だし、トラブルにならずに済むならそれが一番なわけで。

私たちは酔っ払いが増える前に夕食を終わらせようと、一階の食堂へと向かった。

宿の一階は、泊まり客の食堂も兼ねた酒場になっている。

――いや、亭主の様子からして、酒場がメインのお仕事で、宿屋はオマケなのかも？

日が落ちたばかりにも拘わらず既に満席に近い酒場に対し、宿の方は私たちの他は数組いるかどうか。元々部屋数が多くないことを考慮しても、泊まり客が少ない。

ただ、酒場の客層を見ると、それも少し納得できるかもしれない。

冒険者らしき人は見当たらず、おそらく大半は近所の人たち。当然、宿など利用しないだろう。

それもあってか、無茶な飲み方をしている人はおらず、雰囲気も悪くない。それに加え――。

「……思ったよりも、注目されんのぅ？」

「ですの。ありがたいことですが……」

私たちが目立つことは間違いないので、チラリとは見られるけれど、でもそれだけ。

すぐに視線を戻し、何事もなかったかのように酒を飲み始める。

エルフや獣人がいる様子もないし、異種族に慣れているって感じでもなさそうだけど……。

「ぬ。ドワーフが一人だけおるな。彼のおかげか？」

「いや、さすがにそれは……ないんじゃないかな？」

歌穂の言葉通り、隅で酒を飲んでいるグループに、ドワーフが一人交じっていた。

若干気になるものの、じろじろ見られる不快さは私たちも実感している。

私はすぐに視線を外し、歌穂たちを促す。

「ま、私たちには好都合だよ。快適に過ごせるんだから。さ、早く食べよ？」

「そうですの。なんだか美味しそうな匂いがしてます。期待できるかもしれないのです」

どうやらここは、カウンターに座らなければセルフらしい。

私たちは亭主に声を掛けて夕食を出してもらうと、それを持ってテーブルを一つ確保した。

「う、美味そうじゃな？　宿代からして、食事にはあまり期待しておらんかったが……」

「ボリュームたっぷりですの。美味しそうですが、ちょっと多いです」

無言で渡された夕食は、ワンプレート。そこに載っているのは、大きな肉団子が六個に木の実が入った丸パンが二つ、ニンニクの芽のような野菜が一盛り。これにスープが一杯、付いている。

支払った食事代からすると、十分すぎる量でありながら、匂いや見た目は美味しそう。

この豪華さの皺寄せが明日の朝食に来そうだけど、これだけの夕食なら、たとえ朝食が薄いスープ一杯でも許せるレベルかもしれない。

「ここではミンチがあるんだね。キウラでは見かけなかったけど」

「あそこはオーク狩りが盛んなので、ブロック肉が豊富――いえ、よく考えれば、オークを大量に解体するキウラこそ、ミンチにすると良さそうな肉が多く出そうな気もするのです」

オーニック男爵領では、狩ったオークの肉を大量に他領に輸出している。

効率を考えれば、そこに回す肉は形の良い、価値の高い部位になるはずで。

輸出に向かないような部位はどう処理しているのかと、私と紗江は顔を見合わせて首を捻るけれど、そんな私たちを急かすように歌穂がカップを掴む。

「そんな話は後で良いのじゃ。温かいうちに食べるのじゃ！」

「ははっ、そうだね。それじゃ、取りあえず。無事にラファンに到着したことを祝して、乾杯」

「「乾杯！」」

私たちはカップを持ち上げて、カツンと合わせる。

ちなみに、飲み物は水。お酒なんて百害あって一利なし、適量なんて存在しないという考えで一致している私たちは、お酒を飲まない。

そして水は、私の『浄化』があれば、常に清浄なわけで。

食堂で出される水、自分で井戸などから汲んだ水を飲む前にこの魔法を使うことで、お腹を壊すことがなくなったので、今となっては欠かせない習慣となっている。

歌穂たちも【頑強】を獲得したから、あまり心配ないとは思うんだけどね。

「やはり最初は肉団子かの。——ほほぅ。さすがに肉だけじゃないが、美味いの」

「あの値段で全部肉だったら、逆に怪しいって。どれどれ」

直接齧るには厳しい大きさで、四つに切って口に運べば、食感は思ったよりも柔らかい。

でも、しっかりとお肉は感じられ、旨味の詰まった汁も溢れ出てくる。

たぶんオークの肉だとは思うけど……混ぜてあるのは、潰した豆と野菜かな？

嵩増しの意味合いはあるにしても、それが十分に美味しい。

「思ったより、重くないですの。それでも、全部は食べられないですが」

紗江も肉団子を食べて頷きつつ、そのうちの三つを歌穂の皿に転がした。

私もちょっとキツそうなので、一つコロリと。山ができたけれど、歌穂なら大丈夫だろう。

豪快にフォークでぶっ刺して、むっしゃと食べているので。

ニンニクの芽に似た野菜は、箸休めかな？

シャクシャクとした歯応えは良いけれど、あまり味はない。

パンは木の実が香ばしく程良い硬さで、スープもあっさり風味ながらしっかり美味しい。

ディオラさんには『ご飯の美味しい所』と頼んだけれど、これは完全に予想以上だよ。

もちろん、お金さえ出せばもっと美味しいところはあるだろうけど、朝夕付き一泊で七四〇レア、しかも三人分なのだ。キウラ、そしてサールスタットのことを考えると驚異的安さ。

「これなら、当分滞在できそうだね」

「うむ！　儂もここなら満足じゃな！　少なくとも夕食は、腹一杯食べられそうじゃし」

既に三つ目の肉団子に取り掛かりつつ、まだ七個も残る肉団子を見て笑顔の歌穂。

紗江も、量の多さはともかく、味の方に不満はないようで——私たちは総じて満足感の高い夕食に舌鼓を打ち、移動の疲れを癒やすため、その日は早めに就寝するのだった。

◇　◇　◇

宿の朝食は、良い意味で私たちの予想を裏切る物だった。

さすがに夕食のように豪華ではなかったが、薄いスープだけなんてこともなく、出てきたのは、具沢山の美味しいスープにライ麦パンという、十分以上に満足度の高い料理。

これでやっていけるのかと心配になるけれど、客としてはありがたい限りであり、美味しく朝食を終えた私たちは予定通り、ハルカさんたちがよく訪れていると聞いた神殿へと向かった。

昨日、噂を集めた時に神殿の前は通っているので、特に迷うこともなく到着。

周囲よりも広い敷地の中に建てられた、素朴な石造りの建物を前に、私は歌穂たちを見る。

「ここは、アドヴァストリス様の神殿だったよね？」

「そうじゃな。紗江も覚えておいた方が良いぞ？　この国は宗教原理主義ではないが、神が存在する世界じゃ。神罰もある故、妙なことはしないようにの」

「解っています。他人の信仰を軽んじるほど愚かじゃないのです」

私と歌穂は【異世界の常識】を持っているので、一般的な宗教に関する知識もあるが、紗江はそうじゃない。問題ないとは思うけれど、一応、助言だけして神殿の中に入った。

「……ふむ。特に派手な装飾などはないの」

外から見た時と同様、神殿の内部も素朴な印象。正面の中央、神様の像が置かれている台座や柱などに若干の飾り彫りが施されているけれど、特段精緻な彫刻というわけでもない。

また、カラフルなフレスコ画があるわけでも、タペストリーが掛かっているわけでもない。

珍しい物が見られるかとの期待もあったので、少し拍子抜けかも――。

「神殿を飾り立てるより、人々の救済に使うべきである」

突如、背後から聞こえてきた声に歌穂の尻尾がビクンッと伸び、私と紗江も肩を震わせ――振り返ったそこにいたのは、優しげな笑みを浮かべた綺麗な女性神官だった。

「――アドヴァストリス様であれば、きっとそう仰ることでしょう。初めての方ですよね？」

「は、はい。まだこの町に来たばかりで……お邪魔しています」

これでも私たちは冒険者。気配には敏感なはずなんだけど、それでも気付かなかった彼女の存在に驚き、早鐘を打つ心臓を押さえつつ私がそう応えると、彼女はゆったりと頷く。

「神殿の門戸はすべての方に開かれています。そして、余裕のある方が、そうでない方に手を差し伸べる、そういう場でありたいと私は願っております」

そう言った神官のお姉さんは、私たちに微笑みかけると、神像の方へと顔を向ける――が、その視線が向いている先は、台座の前に置かれている賽銭箱だった。

な、なるほど……？

「そ、それじゃ、祈っていこうかの。儂らは作法には、あまり詳しくないんじゃが……」

「お心のままに。必要なのはお気持ちであり、形式ではありません」

面倒なことを言われないのはとても助かる。

でも、微妙に『お気持ち』が強調されているように聞こえたのは、気のせいかな？

とはいえ、神殿に来て祈りもしないのは、不敬といえば不敬。

私は個人用のお財布を取り出し、大してお金が入っていない中を覗く。

――う〜ん、さすがに銀貨は失礼かな？　それじゃ、ご飯も食べられないし。

せめて一食分ぐらいは、と大銀貨を選ぶと歌穂と紗江も似たようなことを考えたのか、持っていたのは同じ硬貨。互いに相談するように視線を交わし、進み出たのは歌穂だった。

「では、まずは儂から……」

それが慣れている形だからか、歌穂は賽銭箱にそっと硬貨を入れ、目を瞑って手を合わせる。

そして彼女が祈った次の瞬間、その尻尾が再び、シュピンッと伸びた。

「ど、どうしたのです……？」

紗江が小さく尋ねるけれど、歌穂はそれには応えず、丸く見開いた目を何度もパチパチ。

数秒後、大きく息を吐いてから、私たちに囁く。

「……やってみた方が解りやすいじゃろう。が、声を出さぬように気を付けよ」

「う、うん。それじゃ……」

後ろで神官のお姉さんが見ていることもあり、下手に議論もできない。

私は歌穂に倣い、同じように手を合わせて祈ったところ――。

《ヨシノは現在レベル17です。次のレベルアップには6,510の経験値が必要です》

「――っ⁉」

突如頭に響いた声に驚き、私は漏れそうになった悲鳴を必死に抑える。

――な、何これ！　っていうか、歌穂、よく我慢できたよね⁉

事前に忠告されてても危なかったよ！　と歌穂を見れば、彼女は私の表情を見て、どこか満足げに『うむ、うむ』と何度も頷いている――うん、これ、意図的だわ。

私は無言で歌穂の頭をガシガシと撫で、紗江はそんな私たちに戸惑いつつも続いて祈った。

さて、紗江はどんな反応を――肩をピクッと震わせただけ？

祈りを終えて振り返った紗江は笑みを浮かべていて……あ、動揺を隠してるだけだね、これは。

私と歌穂の肩にポンと手を置き、視線で外を示す。

「ははは……。あ、お邪魔しました」

いつの間にか、壁際で控えていた神官のお姉さんに軽く挨拶をすると、彼女は優しく微笑む。

「いえ、いつでも。皆様に神のご加護がありますように」

そんな言葉を聞きながら、私たちは紗江に背中を押されて神殿を後にした。


「もうっ！　あんなことが起きるなら、先に言ってほしいですの！」

神殿を出て、暫し無言で歩き——紗江が破裂するように言葉を吐き出して、歌穂を睨んだ。

しかし、睨まれた歌穂は小首を傾げて肩を竦める。

「儂は初めての感動を大事にしたのじゃ。ゲームに於いてネタバレは許されざることじゃぞ？」

「ここはゲームじゃないのです！　現実を見るのです！」

「だよねぇ。もう、びっくりしちゃって、声を漏らすかと思ったよ。まったく、歌穂ってば！」

紗江に同意して『あれは危なかった！』と私が深く頷くと、紗江は私にもジト目を向けた。

「佳乃も同罪です！　忠告、できたはずなのです！」

「いや、でも、私が突然『こ、声が聞こえる……。頭の中に声が！』とか言ったら、ヤバい人じゃないかな？　あの状況で簡潔に説明するのは難しいよ？」

「ならば、儂もなのじゃ。レベルとか、経験値とか、おいそれとは口にできん」

「そう言われると、そうなのですが……微妙に納得できないのです」

でも実際、あの状況で言えるとすれば、『祈ったら不思議なことが起こるよ』ぐらい？

だから、歌穂は『やってみた方が解りやすい』じゃなくて、もうちょっと忠告できたとは思うけど……ま、私も同罪だから、それは良いとして。

「改めて確認するけど、二人ともレベルと経験値を伝える声が聞こえた、で良いんだよね？」

「はい。聞こえましたの。レベルが17で、経験値が六千ぐらいって言ってました」

「正確には、レベルアップに必要な、じゃがの。儂も同じレベルじゃったが、佳乃もか？」

「うん。ま、みんな一緒に行動してるしね。でもこれで、ハルカさんたちが日参している理由は解ったね。これを確認するため——つまり、祈ったら何度でも聞けるってことだろうね」

「じゃろうな。お賽銭は毎回必要なのかの？」

「判らないけど……払った方が良いんじゃないかな？」

「私もそう思いますの」

きっと、私たちの頭に揃って浮かんでいたのは、さっきの神官のお姉さん。

美人で優しげだったけれど、どこか逆らえない圧のようなものを感じて……。あの人の前でお賽銭も入れずにただ祈るだけというのは、避けた方が良さそうな、そんな気がする。

幸か不幸か、この世界には神罰があるので、神殿に払ったお賽銭も無駄にはならないだろうし。

「でも、ゲームみたいなレベルがあるなんて、私、知りませんでした」

「儂も初耳じゃの。【異世界の常識】にもなければ、他の冒険者から聞いた覚えもない」

「うん。だからこれって、私たち——クラスメイト限定じゃない？　ハルカさんたちに訊いてみれば判ると思うから、それまでは他言無用ということにしよ？」

「じゃな。下手なことを言えば、面倒事になりかねん」

「賛成ですの。参考程度に考えておけば良いと思います——けど、私たちって、レベルが高いのか、低いのか、そこは気になるかも？」

「どう……じゃろうなぁ？　オークはかなりの数を狩ってきたが、それだけで経験値が貯まるほど単純か？　あの邪神様が関わっとるんじゃぞ？　落とし穴があっても不思議ではなかろう」

「オークだけを斃し続けて強くなれるほど、単純じゃないというのには賛成だけど、そこまで意地悪じゃないとも思うかな？　あの邪神さん、『努力は裏切らない』とも言っていたよね？」

既に一年以上前のこと。

薄れつつある記憶を辿ってそう言うと、歌穂たちも覚えていたのか小さく頷く。

「そういえば、そうじゃな。——まぁ、儂らが努力したかと言われると、微妙じゃが」

「程々には頑張ってきたと思いますの。余裕を持つことも必要だと思います」

「ま、そうだね」

受験勉強とかなら数年頑張れば良いだけ。でも、私たちはここで一生暮らしていくわけで、無理をせずに続けていける範囲の努力が重要だと、私も思っている。

「さて、取りあえず、今日の目的は達成したわけだけど、これからどうしよっか？」

ゲームみたいに、ランキング上位に入ったらボーナスがあるとかなら、話は別だけどね。

「もちろん、お仕事ですの。今より生活レベルは下げたくないです」

「うむ。休息は昨日で十分じゃろう。今の宿はお得じゃが、貯蓄を減らすことは避けたい」

丸一日休んだわけではないけれど、昨日の噂集めは町の観光を兼ねたもの。

サールスタットからの移動も、のんびり歩いていただけだし、疲労は溜まっていない。

そして、生活レベルを下げたくないという紗江の言葉には、諸手を挙げて賛成しかないわけで。

「それじゃ、装備を調えてから、冒険者ギルドだね！」

ギルドでオークがいそうな場所を聞いた私たちは、ラファンの北西にある森に入っていた。

キウラでは比較的街道近くでオークを狩れるのだけど、ここでは街道に出てこないように討伐しているようで、かなり奥に入らなければオークがいないらしい。

もっとも、キウラが特殊なだけで、これは当然のこと。

私たちにとって脅威でなくとも、オークは一般人にとって死の象徴。そんな魔物が頻出するような街道を使おうとするはずもなく、普通の町であればオークの存在は死活問題である。

オーニック男爵があのような施策をとれるのは、サールスタット=キウラ間という、一般人が通れなくなってもあまり問題のない街道があってこそなのだろう。

「森が濃いの。これが普通なのじゃろうが……リヤカーを使えないのが面倒じゃの」

「まぁ、そこは仕方ないよ。バックパックもあるし、オーク一匹なら運べるでしょ。それだけでも三万から四万レア、一日の稼ぎとしては十分、十分」

「歌穂が一匹担げば、二倍ですの。宿代が安いので、貯蓄も捗ります」

一見無茶な紗江の言葉。でも――。

「いや、不可能ではないが……ドン引きされんか？」

うん、できちゃうんだよねぇ、歌穂なら。

「それはそれで、ありかもね。一気に認知されるかもよ？　ラファンの冒険者に」

子供のように小柄な歌穂が、数百キロのオークを持ち上げて運ぶ姿のインパクトは十分。

不良冒険者に絡まれる心配はなくなるかもしれない。

「必要ならやるが……おかしな二つ名が付きそうじゃの。先んじて広めておくべきか？」

「……それ、キウラの冒険者がいたら、私の二つ名まで広まりそうなんだけど？」

「いた時点で手遅れですの。佳乃は諦めるか、二つ名を自作すべきだと思います」

「ど、どっちも嫌だなぁ……」

「ハルカさんたちに頼んだらどうじゃ？　穏当な二つ名を付けてもらって、広めてもらうのじゃ。この町で有力な冒険者なら、きっと広まりやすいのじゃ」

正直、二つ名自体が要らないぐらいなんだけど……。

でも、それに身を守る効果があることも、間違いじゃないんだよね。

「いざとなれば、それもありかなぁ」

「それは追々考えれば良いのです。それより、ディオラさんから、オークの集落跡を見てきてほしいと言われましたが、そこまで行きますか？」

それは、オークの生息地を聞くために、ギルドに立ち寄ったときのこと。

ディオラさんは快く、オークがいそうな場所に印を入れた周辺の地図を譲ってくれたのだけど、その地図にはオマケのように、『以前、オークが巣を作っていた場所』も記されていた。

そして、『そこがどうなっているか、見てきてくれれば助かります』との言葉も頂いた。

地図を渡す代価というわけでもないし、無視しても構わないだろうけど……。

「問題なさそうなら、行ってみても良いんじゃないかな？」

「報酬はないみたいじゃがの」

「ギルドからの信用が得られるのも報酬だよ。私たち、この町だと新参者なんだから」

「そうですの。ギルドに嫌われることは、生死に関わります」

真面目に仕事をしていれば、そのうち信用も得られるだろうけど、多少の手間でその期間が短縮されるなら、それは報酬として十分な価値がある。

ギルド職員から信用されることは、冒険者を続けていく上でとても重要だから。

相手もお仕事なので、多少嫌われたところで事務的には対応してくれる。

でも、信用されて個人的に仲良くなれれば、ちょっとしたアドバイスが貰えたり、お得な仕事を回してくれたり、不正にならない範囲で色々と手助けを受けられる。

時に命に関わることもあるだけに、疎かにはできないのだ。

「儂も別に反対とは言っておらん。ただ、安全優先じゃぞ？　初めての場所なのじゃから」

「当然だね。もっとも、魔物に関しては歌穂の野生の勘に頼ることになるけど」

「野生の勘と違うんじゃが……。まぁ、任せるがよい」

私も警戒はしているけれど、一番早く魔物の接近やその強さに気付くのは歌穂。

オーク以外とも戦う可能性があるここでは、その力が重要になる。

歌穂は微妙な表情ながらも、しっかりと請け合ってくれ、彼女の勘に頼って森の奥へと進むことしばらく、地図に記されたオークの巣の場所が近付いて来たのだけど……。

「空き地、だね」

「草茫々……何かを燃やした跡があるぐらいですの」

大規模な巣があったというわりに、そこには木の生えていない大きな空き地があるだけで、新たな巣ができているわけでも、オークの姿があるわけでもなかった。

「ふむ……これは、良かったのかの？　少なくとも、ギルドの懸念は解消されたようじゃが」

ラファンでは街道までオークが出てこないよう、定期的に駆除を行っている。

普段であればそろそろ駆除が必要な時期なのだが、ハルカさんたちが時々オークを狩っていることもあって増加状況が読めず、今の森がどうなっているか、若干の不安があったらしい。

「私たちとしては微妙？　オークがたくさんいたら、稼ぎやすかったんだけど」

「でも、ここは広くて戦いやすそうですの。ちょうど良いので、ここまで引っ張ってくるのは？」

「それは良いかもしれんの。この辺りならオークもいるようじゃし」

木の多い森の中は、大剣を振り回す歌穂や強力な火魔法を使う紗江には戦いにくい。

これまでは街道まで引っ張っていけば良かったのだけど、それができたのはキウラだからこそ。ラファンでそれをやるのはマズいし、そもそも街道までの距離が遠すぎる。

「その点、ここなら安心か。それじゃ、それでやってみようか？」

「うむ」「はい」

そんなわけで私たちは、その空き地を利用してオーク狩りを始めた。

もちろん、ディオラさんには、巣の跡地の状況を報告した上で。

基本的に狩るのは一日二匹。コンスタントに狩って、売って、順調にお金を貯めて。

一週間もすれば、オークを担いだ歌穂の姿と共に私たちの知名度も上がり、冒険者ギルドからの信用を得ると共に、真面目なパーティーという評価を受けることもできた。

その結果として、ディオラさんが私たちに斡旋してくれたのは、一つの依頼だった。

「採取依頼ですか？」

「はい。とある錬金術師の方からの依頼でして。できれば女性だけのパーティーが望ましいのです。普段なら〝明鏡止水〟の方たちに頼むのですが、今は不在ですから」

ちなみに女性限定である理由は、依頼者が女性であり、且つ人見知りだから。

男性の依頼者が女性を希望しているわけではないので、そこは安心——というか、冒険者ギルドを通せば、そういった怪しげな依頼は弾いてくれるというメリットがあるんだよね。

その分、仲介料は取られるけど、リスクを考えれば十分に許容できる費用だと思っている。

「報酬も良いですし、皆さんであれば熟せる仕事だと思います。いかがですか？」

受付嬢との関係が悪くなければ、薦めてくれる仕事は本当にお得なものが多い。

当然、私たちはその依頼を請け、依頼者が経営しているという錬金術師のお店へと向かった。

場所は町の中心部から外れた、街壁に近い辺り。

商売にはあまり向いていないような場所にあったそのお店は——。

「わ、素敵なお店なのですっ！」

紗江が弾んだ声を漏らしたのも、当然かもしれない。

こぢんまりとしているけれど、可愛さとお洒落さが同居したような外観。

日本の繁華街、路地を一本入ったところにあっても不思議ではないような、そんな雰囲気。

全般的に雑な印象が強いこの世界では、外装からして一線を画している上に、事前に聞いていた『錬金術』というイメージからはかけ離れた、完全に女性向けの見た目だった。

「もっと怪しげな店を想像しておったのじゃが……。これも悪くないの」

「うん。中が楽しみかも。入ってみよう！」

あえて古風な話し方をしている歌穂だけど、中身は女子高生。

元の世界では、可愛い輸入雑貨を扱う店などにも興味があったお年頃であり、三人して軽い足取りでお店に入ってみると、内装もまた素朴でありながら温かな雰囲気だった。

それに何より、そこにいる店員さんが可愛かった。

薄桃色の髪と少し垂れた兎耳。初めて見る兎系の獣人。

思わず注目する私たちに、彼女は驚いたようにピクリと身体を震わせ、俯きがちに口を開く。

「い、いらっしゃいませ……」

かなり小さな声だけど……やっぱり可愛い。お近付きになりたい。

私の左右からもそんな雰囲気を感じるけれど、まずはお仕事。

――というか、お仕事を通じて仲良くなろう。

そんな下心を隠しつつ、私はできるだけ優しく見えるような笑みを浮かべ、彼女に話しかける。

「あの、私たち、冒険者ギルドのディオラさんに紹介されて来た、〝翡翠の羽〟という冒険者パーティーです。依頼についてお話を伺いたいのですが……」

私がそう言うと、店員さんは顔を上げて表情を緩めると、ホッとしたように息を吐いた。

「あ、依頼の！　見つかったんですね。良かったです。最近せっつかれていて……」

「依頼主は、あなたということで良いのでしょうか？」

「は、はい。申し遅れました。私が依頼主でこの店の店主のリーヴァと申します」

私が改めて確認すると、彼女は少しぎこちない笑みを浮かべて、そう名乗ってくれた。

「リーヴァさんですね。私は佳乃です」

「私は紗江です。よろしくお願いします」

「儂は歌穂じゃ。――人見知りと聞いて少し心配だったのじゃが、問題なさそうじゃの」

歌穂が少々遠慮のない言葉を漏らすが、リーヴァさんは困ったように笑って歌穂を見る。

「あ、あはは……。皆さんは、その……威圧感がないので……」

「うんうん、歌穂とか、小さいもんねぇ」

私は一六〇センチぐらいあるけど、歌穂は一四〇センチそこそこ。

ちょうど良い感じの場所にある頭を撫でると、歌穂はやや不満そうに耳をぷるりと震わせる。

「ふん。儂だけではなかろう。多少背丈（せたけ）があろうと、佳乃や紗江も含（ふく）め、儂ら三人に威圧感はないのじゃ――と、そうではない。リーヴァさん、依頼について詳しく聞かせてくれるか？」

「はい。皆さんにお願いしたいのは、〝ウルオソウ〟という薬草の採取です。いつもなら知り合いの冒険者に頼むのですが、今回は予定が合わなくて……。私が人見知りなので、できれば女性だけのパーティーとお願いしたこともあって、請けてくれる方がいるか不安だったんです」

その上、薬草が生えているのはそれなりに危険な場所らしく、ラファンの冒険者でそこまで行けるランクのパーティーは、あまり多くないという事情もあったらしい。

「女の冒険者は多くないからのぅ。ちなみに、何に使うのか訊いても良いか？」

「えぇ、構いませんよ。簡単に言えば、肌（はだ）の調子を整えるお薬です。ほら、冒険者の皆さんも、この時季の冷たい風や強い直射日光に曝（さら）されると、髪や肌も荒れて――ませんね？」

リーヴァさんは私たちを見て小首を傾げる。

普通に考えれば、冒険者なんて過酷（かこく）な生活をしていたら肌もボロボロになるけれど――。

「うむ。儂らには佳乃がいるからの。肌トラブルとは無縁なのじゃ」

「大抵のものは治癒魔法で治せちゃうからねぇ。あんまりお薬に頼る必要がないんだよね」

化粧をする必要もないから、光魔法を取って良かったと本当に実感している。

まぁ、そもそも、化粧をする余裕がある冒険者なんて、私は見たことがないんだけど。

「ははぁ、それは羨ましいですね。ただ普通は、そう簡単に治癒魔法なんて使えないじゃないですか。なので、多少お金に余裕のある人たちには人気のある薬なんです、これ。——そのせいで、品切れになった途端、早く作れと強くせっつかれているわけですが」

人気があっても素直には喜べないのか、リーヴァさんは情けなさそうに眉尻を下げる。

でも、『お金に余裕がある人』の社会的地位を考えれば、その表情も理解できるかも？

「品切れですの？　例年よりも多く出たのですか？」

「い、いえ、その、実はこの冬、初めて売る商品なので……思った以上に売れてしまって」

「へー、新商品なんだ？　でも、同じ女として気持ちは解るよ。魔法がなければ私でも欲しいし」

「さすがにこのお薬は、魔法みたいに劇的な効果はありませんけど。あ、でも、これは身体の中から効果が出る薬なので、肉体的年齢にも若干の好影響が——」

「「詳しく！」」

「ひぅっ」

非常に気になる情報に、私と歌穂がリーヴァさんにずいっと近付き、リーヴァさんが縮こまるようにして声を漏らすけれど、これはとても重要な情報。引くことはできない。

種族的に長生きな紗江とは違い、私と歌穂は年齢相応に老けてゆく。

それは仕方ないことだけど、できれば若くいたいと思ってしまうのも仕方ないよね？

「肉体年齢ってことは、若返りの秘薬――みたいな？」

期待を込めて尋ねる私に、リーヴァさんは困ったように笑う。

「さすがに、そこまでの物じゃありませんよ。ですが、老化は少し遅くなるかもしれません」

「少しなのか。う～む、それでもないよりは……」

「ちなみに、リーヴァさんって何歳ですか？」

少しとはどのくらいなのか。

それを確かめるには、目の前の見本に訊けば良い。

そんな気持ちも込めて尋ねると、リーヴァさんは不思議そうに目を瞬かせて小首を傾げる。

「え？　私ですか？　今は二三歳ですね」

「「見えないです（のじゃ）！」」

外見的に若干幼く見えるのは間違いないけれど、ぷるんとした肌艶の良さが……。

さすがに赤ん坊のようにとは言わないものの、絶対に私たちより下だと思ってた。

いや、冷静に考えれば、お店を構えていることからして、計算は合わないんだけどね？

「そ、その薬、儂らにも譲ってもらうことは可能か⁉」

「は、はい。タダというわけにはいきませんが……薬草を多く採ってきてくれるなら」

「頑張ってたくさん採ってくるのじゃ！　今回の報酬代わりに、その薬というのはどうじゃ？」

「私は構いませんが……良いのですか？」

「もちろん！　願ったり叶ったりだよ！」

「私も別に構わないのです」

リーヴァさんが歌穂だけではなく、私たちにも尋ねるように視線を向けるけれど、当然のように私は即座に頷き、紗江も私ほどではなくともすぐに頷く。

「解りました。では、そういうことで。ところで、皆さんはウルオソウをご存じですか？」

「あ、はい。私は多少、薬学を齧っているもので」

「そうですか。では安心ですね。一応、参考となる絵も用意しましたが」

そう言いながらリーヴァさんが見せてくれた絵は、スズランに似ていて、釣り鐘状の花の部分に水の雫のような形の実が付いている。必要となるのは葉っぱも含めた地上部分。錬金術なので違いがあるかと思ったけれど、それは私の【薬学】の知識とも一致していた。

「この周辺で生えている場所は、ラファンの南東の森、その奥にある湿地帯になります。とても危険な場所ですから、十分に注意してくださいね？」

「強い魔物がおるのか？　じゃが、心配は要らん。こう見えて儂ら、それなりに腕が立つからの」

歌穂は自信ありげに胸をポンと叩くが、リーヴァさんはゆっくりと首を振る。

「いえ、ディオラさんの紹介なので、それは心配していません。ただ、その湿地帯は水の上に草の塊が浮かんでいるような状態なので……たまにある隙間に、落ちちゃうことがあるんです」

凄く実感が籠もった真剣な言葉に、私たちはゴクリと唾を飲む。

「重い装備を身に着けた冒険者だと特に危ないですね。草が絡みついて、水中で装備を外すのも難しいですし……川や湖に落ちる方が余程マシだと思います。助けてくれる仲間がいないと、隙間に嵌まり込んだまま、浮かんでこれないこともあり得ますから」

「それは……、とても危ないですの」

その状況を想像して、私たちは改めて湿地帯の危険性を認識する。

どうやら、気軽に行って薬草を摘んでくるとはいかないらしい。

「はい。魔物は斃せても、水は斃せませんからね。それに、この時季にずぶ濡れになってしまうと、風邪を引いてしまうかもしれません。本当に、十分に気を付けてくださいね？」

再度、確認するように言うリーヴァさんに、私たちは揃って頷いた。

忠告を受けたこともあり、私たちは事前に情報収集をしてから森に向かった。

幸いなことに、冒険者ギルドにはきちんと資料が備えられていて、それによると南東の森に出てくる魔物は、ゴブリンを除けばブランチイーター・スパイダーとスラッシュ・オウルの二種類。

ルーキーなら危険みたいだし、私たちも初めて戦うので警戒はしたのだけど……。

「あんまり、怖くはないかな……？」

「そうじゃのぅ。不意打ちに気を付ければ、所詮は雑魚じゃな」

私が飛んできたスラッシュ・オウルをメイスで打ち返すと、歌穂が近くの木の枝を大剣で豪快に切り飛ばして、隠れていたブランチイーター・スパイダーを斃す。

「でも、歌穂はちょっと豪快すぎる気がしますの」

実際、歌穂の攻撃による森の被害はそれなりに大きい。

枝の上にいる敵を攻撃する手段がないので、ある程度は仕方ないのだけど、ブランチイーター・スパイダーを一匹斃す度に、歌穂と同じぐらいの大きさの枝が一本犠牲になる感じ。

この森は木材の伐採場所でもあり、あまり木を傷付けすぎないように注意してください、と言われていることも考えると、歌穂の攻撃は少々微妙なラインかもしれない。

「そう言われてものう……。儂の武器でスマートに斃すのは難しいぞ？　紗江が魔法でやるか？」

「森林火災は避けたいですの」

「うん。紗江がやると、枝だけじゃ済まない危険性があるよねぇ」

燃えないかもしれないけれど、燃えてからじゃ遅い。私たち、水魔法は使えないので。

しかし、歌穂は悪戯っぽく笑って、紗江が手に持っている物を指さす。

「そうではなく。杖も持っておるじゃろう？　それは飾りか？」

「飾りですの」

間髪容れずに紗江がきっぱりと断言、歌穂が鼻白む。

「か、欠片も迷わなかったの。じゃが、紗江も少しぐらいは戦えた方が良いのではないか？」

ここで言う『戦える』は、もちろん『腕力で』という意味。

魔法を使えばオークすら消し飛ばす紗江も、腕力ではそこらのチンピラにすら――いや、さすがにチンピラには勝てるかな？　ただ、やっぱり冒険者としては弱いと言わざるを得ない。

とはいえ、簡単に対処できることではなく、紗江は困ったように杖で地面を突く。

「そう言われても、難しいです。杖の使い方なんて、教えてくれる人はいませんし……」

「それじゃ、これ、やってみる？　バッティングセンターみたいで、少し面白いよ？」

私も【棍棒術】のスキルしか持っていないので、杖の使い方は教えられない。

そもそも紗江が杖を持っているのは、雰囲気重視で選んだだけ。

魔法使いであっても使う武器に制限はないし、どうせ使えないなら無理にこだわる必要もない。

ついでに言うと、紗江はエルフ故に筋力が低いだけで、別に運動が苦手というわけでもないし、この一年の冒険者活動で身体も鍛えられている。

「バッティングセンターって……私、行ったことないのです」

困惑気味にそう言いつつも、紗江は私からメイスを受け取り――。

「う～ん、私にできるでしょうか？　あ！　――えいっ」

私とは違い両手でしっかりと握られたメイスが、バットのように振り抜かれた。

シュピッ――パンッ！

響いたのは素早く風を切る音と、ちょうど飛んできたスラッシュ・オウルが弾ける音。

最後まで敵から目を逸らさない、という基本がきちんとできている紗江は、スラッシュ・オウルの真芯を完璧に捉え、一撃で潰れた挽肉へと変えてしまった。

「「おぉ……」」

冷静に見ると少々衝撃的な光景だけど、今更その程度で動揺するほど、私たちも温く生きてはいないわけで、紗江が戦えそうなことに、私と歌穂は素直に賞賛の声を上げる。

「できましたの。でも、これはちょっと違う気がします」

「うん。バッティングだったね、今の攻撃は」

私の棍棒術とは明らかに違う、メイスの扱い方。武術というよりスポーツである。

「でも、多少は意味があるかもしれないし、しばらくやってみる？」

「そうですか……？　解りました。試してみますの」

それから、何匹ものスラッシュ・オウルが紗江のメイスの餌食となった。

しかし、その程度で得られるほど、【棍棒術】のスキルは容易いものではないらしい。

残念ながら紗江のステータスに新たなスキルが追加されることはなく、やがて私たちの行く先に、木の生えていない広い草原が見えてきた。

「あそこが目的地、かな？　見た感じは普通の草原に見えるけど、たぶん湿地帯だよね」

「じゃろうな。そろそろ注意して進もう——紗江、先に行ってはくれぬか？」

草原へと足を踏み出そうとした歌穂だったが、その寸前で足を引き、紗江を振り返った。

「私、ですか？」

「うむ。重量が軽いのは紗江じゃろう？　既にこの辺りで、足下がフワフワするのじゃ」

これ、『体重』ではなく、『重量』なのがミソ。

身長差が大きいので、体重が一番軽いのは間違いなく歌穂なんだけど、彼女が持っているのは重量級の大剣。その点、紗江が持っているのは、粗末とも言える木の杖である。

どちらの総重量が重いかは、言うまでもない。

「ここなら見通しも良い。紗江が先頭でも、魔物に不意打ちされる心配はなかろう」

「なるほどです。飾りが役に立つときが来たようですの」

紗江はメイスを私に返し、代わりに木の杖で地面を突きながら歩き出す。

私と歌穂はその後ろ。そして歩き出してすぐ、私にも歌穂が言っていた言葉の意味が解った。

「確かに、足下が少し頼りない感じだね？」

「じゃろ？　儂は佳乃より重いし、足も小さいから、単位面積あたりの重量は倍以上かもの」

言われて歌穂の足下を見れば、私よりも深く足が沈み、地面から水が少し染み出している。

対して先を歩く紗江の方は、ほとんど沈み込んでいる様子もない。

「注意が必要なのは本当みたいですの。所々、気付きにくい穴があります」

時々、紗江の杖の先がスルリと地面に沈む込み、そこを私たちが踏まないように紗江が示してくれるのだけど、かなり注意して観察していなければ気付けないほどに判りづらい。

「うーむ、次に来ることがあれば、儂らも杖を持参すべきかの？」

「慣れれば見分けられそうな気もするけど……。今回みたいに薬草を探して歩き回るなら、持っていた方が安心かもね。どうしても薬草の方に気を取られそうだし」

「私もそう思いますの――あっ、佳乃、あれがウルオソウじゃないのです？」

「どれどれ……あ、そう。あれだね」

紗江が杖で示した方を見ると、確かにそこにはウルオソウが数本、生えていた。

特徴的な雫状の実が付いているのは一本のみで、残りは葉っぱだけ。

それでも、ぱっと見ただけですぐに判ったのは、【薬学】スキルのおかげかな？

これまでは意識していなかったけど、薬草採取の依頼を請けるなら便利なスキルかもしれない。

足下に注意しつつ早速採取し、周囲を見回してみると、この辺りにはウルオソウがポツポツと生えているのが見える。これなら私たちの分も含め、十分な量を確保できそうだね。

「それじゃ、手分けして集めようか。これが見本ね」

実物を見ながらであれば、歌穂や紗江でも問題なくウルオソウを見つけられる。

私は二人にウルオソウを一本ずつ渡し、あまり距離を空けないようにしながら採取を始めた。

「佳乃、これって、大量に採っても大丈夫ですの？」

「球根を残しておけば、また生えてくるみたいだね。もちろん、採り続けたら枯れると思うけど」

もっとも、新芽のうちに採ったりせずに光合成をさせて、球根に栄養を蓄えた後なら大丈夫。

環境の変化には弱くても、逆に環境さえ整っていれば結構強い植物らしい。

「そこまで珍しいわけでもないんじゃな。これなら、無事に依頼は終えられそうじゃ」

うん。ウルオソウを集めること自体に、不安はない。

道中の魔物も予想の範囲内で、私たちなら脅威ではなかったし、足下の穴にも注意している。

普通に考えれば、歌穂が言う通りで問題はないはずなんだけど……。

「でも、気を抜いたときに限ってフラグが立つ気がするんだよねぇ、私は。歌穂だけに」

「そうか？　周囲は見通せて魔物はいない。危険な箇所は紗江が見つけてくれるし、足下も――」

そう言いながら、歌穂がぴょんぴょんと跳ねると若干地面が揺れるけれど、それだけ。

思った以上に草の浮力は強いようで、ズブズブと沈み込むことはない。

「この通り、場所を選べば不安はなかろう？」

胸を張る歌穂が主張する通り――ではあるんだけど。

「歌穂が言うと、余計不安になりますの」

「む。それは杞憂というものじゃ！」

紗江まで私に同調したことが不満だったのか、歌穂がドンッ、ドンッと足を踏みならす。

「ほれ、ほれ、こんなことをしても、まったく問題は――」

ザンッ！　ドバンッ‼

草の間に空いた穴から水を割って巨大な影が飛び出し、空中でクルリと回転、水飛沫を巻き上げて地中――いや、水中へと戻っていった。

――ついでのように、歌穂をずぶ濡れにして。

「………………」

「ほら」

「やっぱりですの」

やや離れた場所にいたので無事だった私と紗江が呆れ気味にそう言うと、歌穂は怒ったように足を踏みならし、耳と尻尾を振って水を弾き飛ばしながら叫ぶ。

「いや、おかしいじゃろ⁉　なんで、そんなタイミング良く出てくる！　つか、なんじゃ、あれは！」

すぐ近くだったので、歌穂は判らなかったのだろう。

でも、少し距離のあった私と紗江には、空中に跳んだその全体像が見えていた。

「なんだか、見覚えのあるシルエットでしたの。気のせいでしょうか？」

「気のせいじゃないと思うよ。でも、とんでもなく大きく見えたけど」

先日、サールスタットで私たちを人気者にした皇帝鮭。それと同じ形に見えた。

ただ見間違えじゃなければ、あれよりも更に――具体的には全長で二倍ぐらい巨大だった。

「でも、魚って、冬眠しませんでした？　今は冬ですの」

「歌穂がドンドンするから、目が覚めちゃったんじゃない？　水中って、地上の音はあまり聞こえなくても、震動はよく響くみたいだから」

それならば、タイミング良く飛び出してきたのも、それが歌穂の傍だったことも理解できる。

「いや、それにしてもデカすぎるじゃろ⁉　この前のですら三メートルはあったんじゃぞ⁉」

「川と繋がっているのかな？　生存競争を勝ち抜いた個体がこっちに来てるのかも」

「ぐぬぬぬ……。ならば、人間様に喧嘩を売ったことを後悔させてやろうぞ！　魚同士の生存競争など、所詮は下等生物の飯事にすぎぬと思い知らせてくれるわっ‼」

濡れ鼠――いや、濡れ狐にされたからだろう。歌穂が悔しそうに歯軋りをして大剣を構える。

「歌穂、手助けは要ります？　必要なら、鮭の丸焼きを作りますが」

「要らぬ！　――いや、万が一、落ちたときには助けてくれ」

「了解。一応、冷静さは残っているようで安心したよ」

冬眠していたなら動きはそこまで活発じゃないだろうし、今の気温や水温を考えても、魚に不利なのは間違いない。歌穂一人でも対処できるだろうと、私と紗江は見守ることにする。

というか、紗江の強引な攻撃を使わないなら、下手に手を出すより歌穂一人の方が安全だろう。

「よし、来るなら来い！」

歌穂が再び、ドンドンと足踏み。

程なく黒い影が飛び出してきて――。

「陸に上がった魚類など、ただの食材じゃ‼」

振り抜いた大剣が尾鰭を直撃、バランスを崩した皇帝鮭が草地の上に転がる。

その大きさは実に五メートル超え。あまりの大きさに驚く間もなく、再度大剣が振られ――。

「ちゃんちゃん焼きにしてやろうぞ！」

ゴズッという鈍（にぶ）い音と共に皇帝鮭（エンペラー・サーモン）の頭が凹（へこ）み、私たちは新たな冬の幸（さち）を手に入れたのだった。

◇　◇　◇

ちょっとしたハプニングはあったものの、依頼された仕事は無事に完了した。

ウルオソウを届けたリーヴァさんはとても喜んでくれたし、十分な量を確保できたおかげで、私たちも若返りの秘薬（？）を手に入れることができた。

斡旋された仕事をしっかり熟したおかげで、冒険者ギルドからの信用度も上がった。

更には私たちだけでは食べきれない皇帝鮭（エンペラー・サーモン）を、リーヴァさんやディオラさん、ついでに宿の亭主や他に知り合った人にもお裾分（すそわ）けすることで、町の人との個人的な友好度も上昇（じょうしょう）。

少し過ごしやすくなったラファンの町で、私たちは〝明鏡止水〟の帰りを待つのだった。

あとがき

早いもので、もう五周年なんですね。ドラゴンノベルスが創刊されてから。

つまり、同時に刊行が始まったこの作品、『異世界転移、地雷付き。』もまた五周年。

皆様のおかげで、ついに一〇巻目。二桁です。やったね！

別作品も合わせると、なんだかんだで年に平均して三冊を出させて頂いているわけで。

これはもう、職業小説家と名乗っても許されるんじゃないでしょうかっ⁉

……いえ、名乗る相手もいないんですけどね？　税務署職員とか？


さて、今回の表紙のテーマは『結婚詐欺』です。

何がどう詐欺なのかは、本編をお読み頂いた方には既にお解りですね？　明らかにナオとハルカが結婚して大団円――って感じですが、当然のように結婚していません。一〇巻というキリの良い巻数ですが、まだまだ続きます。読者の皆様がお買い上げくださるのであれば！

ということで、読者の皆様、猫猫猫さん他、関係者の方々、今後ともよろしくお願い致します。

そして、今回のあとがきは一ページで良いみたいなので、ちょっと短いですがこのあたりで。

また次巻でお目にかかれることを願っております。

いつきみずほ

異世界転移、地雷付き。10

2024年2月5日　初版発行

著　　者　いつきみずほ

発 行 者　山下直久

発　　行　株式会社 KADOKAWA
〒102-8177　東京都千代田区富士見 2-13-3
電話 0570-002-301（ナビダイヤル）

編　　集　ゲーム・企画書籍編集部

装　　丁　AFTERGLOW

D　T　P　株式会社スタジオ205 プラス

印 刷 所　大日本印刷株式会社

製 本 所　大日本印刷株式会社

DRAGON NOVELS ロゴデザイン　久留一郎デザイン室+YAZIRI

●お問い合わせ
https://www.kadokawa.co.jp/（「お問い合わせ」へお進みください）
※内容によっては、お答えできない場合があります。
※サポートは日本国内のみとさせていただきます。
※ Japanese text only

定価（または価格）はカバーに表示してあります。

ISBN978-4-04-075330-0　C0093